古典文學研究輯刊

初 編

曾 永 義 主編

第26冊

「占花魁」故事研究

王 瑞 宏 著

國家圖書館出版品預行編目資料

「占花魁」故事研究／王瑞宏 著 -- 初版 -- 台北縣永和市：花木蘭文化出版社，2010〔民 99〕

目 2+194 面；19×26 公分

（古典文學研究輯刊　初編；第 26 冊）

ISBN：978-986-254-388-7（精裝）

1. 通俗小說　2. 明清小說　3. 戲曲　4. 研究考訂

820.9706　　99018496

古典文學研究輯刊

初 編 第二六冊　　ISBN：978-986-254-388-7

「占花魁」故事研究

作　者　王瑞宏

主　編　曾永義

總編輯　杜潔祥

出　版　花木蘭文化出版社

發行所　花木蘭文化出版社

發行人　高小娟

聯絡地址　台北縣永和市中正路五九五號七樓之三

電話：02-2923-1455／傳眞：02-2923-1452

網　址　http://www.huamulan.tw 信箱 sut81518@ms59.hinet.net

印　刷　普羅文化出版廣告事業

初　版　2010 年 9 月

定　價　初編 28 冊（精裝）新台幣 45,000 元　

「占花魁」故事研究

王瑞宏　著

作者簡介

王瑞宏，一九七七年生於台北，國立雲科大漢學資料整理研究所畢業。師事陳益源教授，著有碩士論文《「占花魁」故事研究》，曾發表〈隱微幽蔽的女性身影——解讀『京本通俗小說』與『清平山堂話本』中女性妖魅形象之意涵〉、〈追尋人生真正的桃源——從「桃花源記」延伸整合生命教育的課外閱讀教學〉等單篇論文。現任教於國立中和高中。

提　　要

「占花魁」故事，自《醒世恒言・賣油郎獨占花魁》問世以來，作品中洋溢的市井風情，以及青年男女真摯動人的情感主題，頗受讀者及文人作家青睞。自李玉（1611?-1677?）《占花魁》傳奇，及後出之選編話本集，乃至流布各地的戲劇與俗曲說唱，「占花魁」故事搬演不輟、膾炙人口之影響力，可窺一斑。

然而回顧文獻，歷來關於「占花魁」故事之研究，大率聚焦於《醒》卷三與《占花魁》傳奇之上；至於衍生的相關主題作品，學界則未有著墨。立基於此，本文索驥各體文本，藉由分析諸作之故事特色，以廓清「占花魁」故事之衍變與發展脈絡。本文分為五章，研究架構如下：

第一章：緒論。講述論文之研究動機與目的，試圖從文獻回顧形成發問；並說明研究範圍及題材來源，以及採用之研究方法與架構。

第二章：小說作品中的「占花魁」故事。本章分為四節，先就「占花魁」故事之本事來源進行考察；進而分就《醒世恒言》、《今古傳奇》、《西湖拾遺》中的「占花魁」故事進行分析。其中對於馮夢龍（1574-1646）及《醒》卷三之內容，則予以全面性之分析。

第三章：戲曲作品中的「占花魁」故事。本章分為五節，分就李玉《占花魁》傳奇，及京劇、川戲、粵戲與噱噱戲之花魁故事著手解讀與探究。對於李玉及其《占花魁》傳奇，則進行較為全面性的分析。

第四章：說唱作品中的「占花魁」故事。本章分為三節，每節各以一部說唱作品進行解讀。關於「占花魁」故事在說唱作品之呈現，過去為研究者所忽視，筆者希冀藉此章之介紹，補足此一故事之完整板塊。

第五章：結論。回顧論文第二至第四章之分析內容，並對研究論題做一綜觀歸納式的總結展示。藉以梳理出「占花魁」故事在不同載體所呈現互相滲透與嬗變之軌跡。

誌　謝

三載之前，我懷抱理想，闊別台北的繁囂；負笈斗六，只為一圓初衷。迤邐行來，縱然箇中甘苦點滴，如今終盼得輕舟渡越山嶺一刻，實百感盈胸。論文得以完成，得之於人者甚多，走筆至此，我滿心感激。

由衷感謝業師陳益源教授的費心指導。論文寫作千頭萬緒，老師總是即時且耐心地提點與指引，循循善誘，諄諄教誨，包容我的闕誤與疏漏，細心地為我過濾材料線索。老師的學養與處世，學生仰之彌高，得沐吾師春風，實甚幸也！

承蒙龔顯宗教授與徐志平教授在口試過程中的指正細評，提供諸多珍貴建議，並揭示論文中部分線索值得深究之可能性。對論文之修改極富裨益，不勝感荷。

感謝林葉連老師的抬愛、引薦，使本論文得以付梓問世。老師以經師的深厚學識，使我親承敦厚詩教與經學堂奧；朱鳳玉老師在俗文學範疇的教授，並對於學生的論文題目與發展目標多所建議與鼓勵；李哲賢老師著重的研究方法與國際視野，使學生獲益良多，而老師三年來對我的關懷、鼓勵與期許，學生銘感在心；王美秀老師的叮嚀與問候，總令我打從心底升起暖意。師培中心的師長們，教導我須具有社會科學的視域，及成為經師與人師之條件，在此一併致謝。

吾友瑩珍、翔偉、鈞婷、建欣、奕仁與嘉珮，認識你們是我來到雲科的美好收穫。咱們共奮鬥、同歡笑，三年甘苦共享的日子，構築每段值得一再細品的回憶。感謝吾友！因為有你們的支持與鼓舞，才能豐盈我的碩士生涯。亦感謝宏民老師，在我建立論文的背景知識時，不吝給予資料的協助。

我最親愛的家人，你們全心全力的關懷與支持，是我在異鄉求學能堅持努力的後盾。感謝爸媽一路以來的栽培，苦口婆心的鞭策與期許，愛子心切，何以能報？最好的弟弟嘉仁，助我熬過論文寫作的低潮，聆聽與分享生活中所遭遇的順逆。成長的過程中有你相伴，是爲兄莫大的幸福。謹以本論文與所學的一點成績，獻給家人無私的包容與關愛。

學術研究之途，路漫漫其修遠兮。曾經上下求索，挖掘論文的材料；孜孜矻矻，勉力盡學生之責；焚膏繼晷，不違初衷。論文寫作的過程中，幸賴多助，恕無法一紙道盡謝悃，惠我者多，謹記寸衷。

王瑞宏　謹誌于漢學所

戊子年仲夏

目次

第一章　緒　論

宋元以降，話本小說由發軔以至蓬勃發展，反映的是「說話」這種民間口頭文學抬頭的現象。所謂「說話」，即爲講故事之意。話本的出現，是中國小說史上的一大變遷與開拓。直至有明一代，通俗文學之發展，在宋代堅實奠基之後，燦爛勃發，邁越前朝。其中以小說一項之成就尤爲特出，可與漢賦、唐詩、宋詞、元曲等文體同躋歷朝之代表文學。其時各種通俗小說之發展已臻至成熟之境：長篇巨著如《三國演義》、《水滸傳》、《西遊記》、《金瓶梅》等，皆已漸次風行；而短篇話本，亦有洪楩所編《清平山堂話本》等陸續刊行，唯其影響力不若長篇小說深遠，受重視程度亦遜之。

此一現象，逮馮夢龍（1574～1646）〔註1〕一出，其大量蒐集歷代話本資料，吸收整理，去蕪存菁，進而形成通俗小說發展的另一巔峰。

> 大抵唐人選言，入於文心；宋人通俗，諧於里耳。天下之文心少而里耳多，則小說之資於選言者少，而資於通俗者多。試令說話人當場描寫，可喜可愕，可悲可涕，可歌可舞；再欲捉刀，再欲下拜，再欲決脰，再欲捐金；怯者勇，淫者貞，薄者敦，頑鈍者汗下。雖日誦孝經、論語，其感人未必如是之捷且深也。噫！不通俗而能之乎？〔註2〕

這說明馮氏已意識到，通俗文學在廣大的市井小民中，具有廣泛而深遠的藝術影響。他提倡通俗文學，就是爲使小說從單純地供少數「文心」者閱讀中

〔註 1〕關於馮夢龍生卒年之討論，詳見本論文第二章第二節。

〔註 2〕〔明〕馮夢龍編，李田意輯校：《古今小說・敘》（台北：世界書局，1991 年 3 月再版），頁 7～9。

解脫出來，而能適應廣大「里耳」者的審美興味。由馮氏所編纂的話本集「三言」——《喻世明言》、《警世通言》與《醒世恒言》，即是深刻反映編者欲「嘉惠里耳」之作意。

「三言」中的題材內容，普遍在描摹市井小民的現實生活情狀；並以通俗的語言，加強作品的生活氣息與藝術表現。其中諸多作品具有濃厚的故事性，生動曲折，善於布置懸念，情節引人入勝。這些故事有來自於舊本所載，包括小說與戲劇作品；亦有記錄時事者，是皆在馮氏筆下呈現紛繁的各色面貌。這其中又以愛情婚姻題材的故事甚受讀者歡迎，影響所及，衍生出數量可觀的戲曲及說唱改寫作品。以小說、戲曲、說唱等不同體裁，書寫及呈現同一題材故事，便產生主題流衍與轉移之現象。本文即著意於此進行探討。爲能有效開展本研究相關論題與論述，以下茲先敘明研究動機與目的，並對目前既有之研究成果做一回顧；進而說明本論文之取材範圍、研究方法與章節安排。

第一節　研究動機與目的

小說與戲曲，有著同源而異派的關係。小說的內容，就是在講說故事；而戲曲亦是「以歌舞演故事也」〔註3〕。向來戲曲本事，往往是作者於有意或無意間，或依據史冊舊籍，或掇拾小說題材，或向民間傳說故事取材，假托增新者有之，借題翻案者亦有之，將此些素材加以點竄組合，即成一問世之作。在「三言」中，部分作品摭取舊本戲曲故事而來；然而書中亦有更多膾炙人口的作品，如杜十娘、占花魁、玉堂春等愛情故事，受到創作者與讀者的青睞，爲後出的戲曲及民間說唱作品一再搬演，流傳不輟。

筆者注意到，馮夢龍編纂的《醒世恒言》中有〈賣油郎獨占花魁〉一篇故事，而清初劇作家李玉（1611?～1677?）〔註4〕亦著有《占花魁》傳奇一部，此二部作品皆是敷演「占花魁」故事之代表作。將馮、李二人背景相較，在明末清初的文壇擂台，馮氏在通俗小說的領域上獨領風騷；而在傳奇戲曲創作的範疇裡，李玉則是創作等身，與馮氏相較亦不遜色的優秀作家。李玉乃

〔註3〕王國維：〈戲曲考原〉，收錄於氏著：《王國維戲曲論文集》（台北：里仁書局，2005年10月初版三刷），頁233。

〔註4〕關於李玉生卒年之討論，詳見本論文第三章第一節。

蘇州派戲曲創作的代表人物之一，生當明末清初之際，關於其生平，可見資料甚少。據研究推測，李氏出身應屬低微，無顯赫的家世背景，且仕途困蹇，故缺乏確切的資料可資查證。僅知其於明崇禎時已有戲曲傳世，因而可推斷其生年約在萬曆中、晚期〔註5〕。李玉作品有「一、人、永、占」之譽，「占」所指即爲《占花魁》傳奇。馮、李二人活躍於文壇的時期相距不遠，因此，兩人是否有交遊往來之關係，而李玉的《占花魁》傳奇是否承衍自〈賣油郎獨占花魁〉的故事內容，便是本論文著手探討的主題之一。

經陳師益源提點，關於「占花魁」故事的其它俗文學作品，可於《俗文學叢刊》中索驥相關材料。經過筆者比較與統計，發現「占花魁」故事無論在戲曲或說唱作品中，有一定之篇章比例，反映該故事在俗文學的範疇中，固有其影響性及一席之位。因此筆者遂決定將論題置於「占花魁」故事研究之上。

馮夢龍之於「三言」之影響與重要性，文學史已給予表彰及定位。本文擬就《醒世恒言》卷三〈賣油郎獨占花魁〉故事及李玉《占花魁》劇作故事爲主幹，進行多面向的比較研究：從改編與創作的角度，探討兩位作者在審美情趣、價值取向、主題、人物與情節等方面呈現之異同處；並兼及「占花魁」故事主題之其餘相關作品，比較各類體裁故事之特色，角色塑造特出之處，探討其中流變。藉由爬梳上述搜羅所得素材，希冀能廓清「占花魁」故事之發展脈絡，及其在時代與文化層面上互相滲透與嬗變之軌跡。

第二節　文獻回顧與檢討

目前學界尚未有專論「占花魁」故事之著作。由於此一故事以《醒》卷三及李玉《占花魁》傳奇較爲人所熟知，故歷來學界關注對象多置於此二部作品之上。包括：台灣地區已有一篇學位論文《李玉占花魁研究》〔註6〕，其研究主題聚焦於李玉《占花魁》傳奇劇作；在單篇論文方面，近年來有多篇以《醒世恒言》中〈賣油郎獨占花魁〉故事爲研究對象，探討其人物性格、情節安排與主題意識等篇章；另有一篇乃比較分析《占花魁》崑劇之原作與改寫之內容。茲列述如下：

〔註5〕詳見王安祈：《李玄玉劇曲十三種研究》（台北：國立台灣大學中國文學研究所碩士論文，1980年6月），頁3～4。

〔註6〕李旻雨：《李玉占花魁研究》（台北：國立台灣師範大學國文研究所碩士論文，1985年11月）。

一、張淑香：〈從小說的角度設計看賣油郎與花魁娘子的愛情〉〔註7〕

作者認爲「賣油郎獨占花魁」這個標題，即顯示兩位主角之間的「角度關係」。男女主角無論身分、地位、財富皆有著懸殊的距離，但標題強烈地使用「獨占」二字，卻泯滅了兩者之間的顯著差距。作者以小說的角度設計——一種「由低向高」的仰視角度爲論述主題，強調此則故事實乃瀰漫著濃厚的「宗教愛」，將男主角的行爲視做一種「追求聖化」的等待之旅。並揭示故事是以雙襯的筆法，描繪男主角卑微／志誠，女主角高貴／墮落的形象。故事即是運用諸多奇特的結構技巧，因而顯得格外出色。

二、柏子仁：〈兩個話本故事的研究〉〔註8〕

作者分析〈賣油郎獨占花魁〉與〈兩縣令競義婚孤女〉之故事、人物與主題，並加以比較。其認爲說話人以相當的篇幅轉入對莘瑤琴作「傳奇」式的刻畫，女主角雖是佳人一名，卻再三遭遇拐騙與惡棍欺凌，令讀者所見的是「傳奇」的美德被置於「話本」世界中遭受考驗；相對地，男主角秦重的美德，是在一個極其複雜的都市環境中自衛及生存的稟能。兩篇話本故事的「商業精神」是顯然可見的，故事中不僅是穿插商人販夫而已，重要的是兩篇故事的情節組成及推行，是以一連串交易活動構成的。總結兩篇故事之主要精神仍在於「傳奇」性質，唯屬不同階層之傳奇作品耳。

三、周英雄：〈賣油郎：從獨占花魁到歸宗復姓〉〔註9〕

本篇之討論重心，除了「獨占花魁」之第一主題外，「歸宗復姓」乃第二主題。作者援引西方寫實主義理論「問題人物」進行比較闡發，認爲男主角身爲孤兒，女主角孑然一身，兩者雖在社會中備受歧視，卻因所受禮俗約束相對減低，因此個人行動較爲自由，故能發展出秦重存錢只爲求與花魁夜度，瑤琴雖身爲妓卻能自由決定交往對象之情節。作者並分列父親之形式、孤兒與代父母、擺脫生父與養父的影響而獨立，以及複雜的泛家族主義等論點，

〔註7〕張淑香：〈從小說的角度設計看賣油郎與花魁娘子的愛情〉，《現代文學》第45期（1971年12月），頁136～145。

〔註8〕柏子仁：〈兩個話本故事的研究〉，《文學評論》第7集（1983年4月），頁71～107。

〔註9〕周英雄：〈賣油郎：從獨占花魁到歸宗復姓〉，《當代》第29期（1988年9月），頁60～73。本文亦有篇名爲：〈男女與親子的心理關係——獨占花魁的深層意義〉，收錄於氏著：《小說・歷史・心理・人物》（台北：東大圖書公司，1993年10月再版），頁99～120。

深入探究「歸宗復姓」之主題。最末歸結此一故事之人物特色，男、女主角間的幫襯關係雖看似簡單，但生父母與代父母從頭到尾支配兩人的思想行爲，其複雜程度實令「占花魁」故事有另一層面的深度意識。

四、胡萬川：〈「賣油郎獨占花魁」的喜劇藝術〉〔註10〕

胡氏認爲「賣油郎」此篇小說將秦重知情識趣、體貼入微、善於幫襯的「有情郎樣貌」，寫得極爲生動感人；且故事中無論文字表達或情節佈局來說，皆是一篇充滿喜趣的「喜劇小說」。作者點出故事中的基調乃諧謔幽默，而非俏皮油滑，透過許多文字的衝突運用，達致不協調的喜劇效果。如秦重見到瑤琴的美貌之後，遂發下宏願，爲自己立下長遠計畫，要存錢數載。他如此苦心孤詣的終極目標，竟僅是要「嫖她一次」，實在叫人莞爾。作者亦分析故事在語言方面，表現得更爲精采，充分運用雙關、仿擬、轉類、變格等修辭技巧，及適當使用俚語、俗語及歇後語等，創造出豐富而幽默的語境，是該篇故事營造出喜劇效果之高竿所在。

五、黃思超：〈從原作到改編——李玉與上崑『占花魁』的比較〉〔註11〕

本文探討改編本之關係，故先從原作的分析著手。作者著重分析李玉《占花魁》原作，以作爲討論改編本之基礎。上崑《占花魁》改編本劇作，將原作刪減爲六場，雖然符合現今的演出習慣，但如此作法的改編效果如何，亦是本文探討的重點。其分別從兩部作品的情節構造、人物塑造入手，再進入戲曲唱唸安排層面的探討，全面性地分析作品之成就與特色。經過比較，作者認爲改編本放棄對原作完整情節的模擬，選擇以連綴折子爲基礎，在此基礎上做適度修改。如此的改編方式有其優點，雖在情節安排上略有缺憾，敘事成分稍嫌不足；但在某種程度上，其保留了原作折子精緻細膩之特色，在「抒情」層面下足工夫，呈現與原作不同的美感，此即爲改編本最值得肯定之處。

六、邱盛煌：〈淺析「賣油郎獨占花魁」〉〔註12〕

作者以「賣油郎」故事爲分析對象，就故事主題、人物形象、情節結構、

〔註10〕胡萬川：〈「賣油郎獨占花魁」的喜劇藝術〉，《中外文學》第20卷第10期（1992年3月），頁4～16。

〔註11〕黃思超：〈從原作到改編——李玉與上崑『占花魁』的比較〉，《國立中央大學中國文學研究所集刊》第9期（2004年3月），頁55～68。

〔註12〕邱盛煌：〈淺析「賣油郎獨占花魁」〉，《中國語文》第574期（2005年4月）頁76～83。

雅俗用語、表現技巧等方面稍加淺析。其認爲秦重憨直可愛、善良體貼令人印象深刻，而他與花魁娘子的情愛始末，更是充滿極高的趣味性。作者並表彰秦重的眞誠摯愛，值得普世讀者反省學習；而男女主角跨越藩籬障礙的戀歌，也告訴讀者：人生沒什麼不可能，天地之大，俯拾皆是機會。

七、林月惠：〈女性自主權的展現：試論「杜十娘怒沉百寶箱」和「賣油郎獨占花魁」妓院愛情悲喜劇比較〉〔註 13〕

「三言」中有許多關於妓院愛情題材的故事，然而其重點不在情慾的描寫，而是在情愛的追求。此種追求明顯地與社會既定的價值不符，能知道馮夢龍在一定程度上展現對封建禮教的叛逆和衝擊。作者以兩篇故事所代表的悲喜劇，做一比較：包括杜十娘與花魁娘子異同之處；男主角與男配角的形象比較等。對於兩位女主角遭遇現實難關時表現的勇敢堅決亦加以讚賞。

上述單篇論文，大率以《醒世恒言》卷三〈賣油郎獨占花魁〉爲研究對象，分別就主題意識、寫作手法、人物形象及藝術風格等方面進行探究。另在報刊亦有潘壽康所撰〈占花魁的思想與作者問題〉〔註 14〕一篇文章，分析《醒》卷三之主題思想與作者問題。此外，關於大陸的期刊論文，亦多圍繞於《醒》卷三內容進行相關論析，包括：盧興基〔註 15〕、山鄉〔註 16〕、張文珍〔註 17〕、張麗〔註 18〕等篇；另有以莘瑤琴與杜十娘兩位馮夢龍筆下的名妓爲研究對象，分析其人物性格及悲喜劇成因的篇章，如：趙志成〔註 19〕、黃小蓉〔註 20〕、周秀榮〔註 21〕、王小敏〔註 22〕等；對於李玉《占花魁》劇作進

〔註 13〕林月惠：〈女性自主權的展現：試論「杜十娘怒沉百寶箱」和「賣油郎獨占花魁」妓院愛情悲喜劇比較〉，《國文天地》第 252 期（2006 年 5 月），頁 45～49。

〔註 14〕潘壽康：〈占花魁的思想與作者問題〉，《中央日報》第六版，1964 年 9 月 21 日。

〔註 15〕盧興基：〈寓有近代精神的一個愛情故事——談談「賣油郎獨占花魁女」〉，《古典文學知識》1992 年第 5 期（1992 年），頁 37～41。

〔註 16〕山鄉：〈試說「賣油郎獨占花魁」的文化意蘊〉，《集寧師專學報》第 23 卷第 1 期（2001 年 3 月），頁 19～23、45。

〔註 17〕張文珍：〈把握自己命運的人——「賣油郎獨占花魁」秦重形象賞析〉，《名作欣賞》2001 年第 4 期（2001 年 7 月），頁 40～42。

〔註 18〕張麗：〈市井風塵中的辯士——淺析「賣油郎獨占花魁」中劉四媽的形象〉，《中國西部科技》2006 年第 18 期（2006 年），頁 43～44。

〔註 19〕趙志成：〈杜十娘與莘瑤琴悲喜劇的內在成因〉，《錦州師範學院學報》第 21 卷第 1 期（1999 年 1 月），頁 86～90。

〔註 20〕黃小蓉：〈一悲一喜青樓吟——馮夢龍妓女從良藝術形象探析〉，《廣西師院學

行分析的則在少數〔註23〕。

在學位論文方面，前已述及目前僅有單本《李玉占花魁研究》。該論文係研究李玉《占花魁》劇作。首先略述明代聲勢的主要腔調及其演變，藉以了解李玉所處時代背景。次論《占花魁》一劇的作者，考辨李玉的生平際遇、思想、交遊與著作等一連串的關係，而引申至其在當時劇壇上的地位和成就。而後針對該劇做本事考，略述占花魁劇情梗概，加上探討本劇故事的淵源，與其題材之如何發生及剪裁去取。末以李玉作劇技巧做深入探究，以結構各分爲主題思想、關目布局、排場處理，次以樂曲各分爲聯套、音律精審、韻協和句式，以及文詞各分爲曲文、賓白、科諢等，總括研究本劇之寫作技巧，與戲劇文學的藝術成就及特色。

該文與本論文均以「占花魁」爲研究對象，唯李氏一文著眼於李玉所著之《占花魁》傳奇劇，對其作者、本事、作劇技巧、樂曲及文詞進行一系列之探討，是著重於《占花魁》傳奇戲曲之研究；而本論文乃著眼於「占花魁」主題之「故事研究」，討論涉及之年代與作品數量更甚，筆者特於此說明之。

若衡諸於馮夢龍與李玉二人之背景與作品研究，則另有兩本論文可資參考：

一、胡萬川：《馮夢龍生平及其對小說之貢獻》〔註24〕

論文分爲四章，以馮夢龍之生平入手，包括對其生平事蹟繫年，彙及馮氏各種著作，針對早期學界研究所闕漏之處多有訂正與補充。而後考述馮氏各種小說之版本及其庋藏情形，並辨明僞托馮氏諸書，分爲話本、長篇與筆記三類小說介紹。本論文著力最深之處，在於探考馮氏主要小說「三言」之編纂概況，及馮氏編纂該書之過程，可藉此工夫了解馮氏編寫三言之眞正用意，與其價值所在，進而歸結討論馮氏對小說之成就與建樹，及其對後世小說創作之影響。

報》（哲學社會科學版）1999年第2期（1999年），頁53～57。

〔註21〕周秀榮：〈「名士情結」的形成與消解——從『李娃傳』、「杜十娘」、「占花魁」看名妓從良取向的嬗變〉，《黃岡師範學院學報》第21卷第2期（2001年4月），頁52～55。

〔註22〕王小敏：〈『三言』中莘瑤琴與杜十娘形象的比較〉，《新東方》2005年Z2期（2005年），頁77～80。

〔註23〕筆者於此僅搜得單篇作品。宋光祖：〈『占花魁』——一本獨特的愛情戲〉，《戲文》2003年第6期（2003年），頁30～32。

〔註24〕胡萬川：《馮夢龍生平及其對小說之貢獻》（台北：國立政治大學中國文學研究所碩士論文，1973年6月）。

二、王安祈：《李玄玉劇曲十三種研究》

論文以當時所存李玉之劇作十三種爲研究對象。內容共分四章，首論李玉之生平與著作，由於李玉可考生平資料甚少，作者援引同時代交遊文人與史籍資料之相關紀錄，交叉比對，考證李氏生平背景與梗概，現存劇作之版本亦附於此。次論劇曲本身的研究，依各作品次序，分爲本事源流、關目排場與音律正誤三方面加以討論。對於《占花魁》一劇之考述即見於此。進而深入主題意識、人物刻畫、曲文賓白、表現手法、樂曲評析等面向做綜合性的討論，由此歸納出李玉作品之風格與其在戲曲史上的地位。

綜合上述前人文獻成果，可知關於「占花魁」故事的研究論題，歷來研究大多以不同視角，關注於《醒》卷三〈賣油郎獨占花魁〉之故事內容；少數篇章則以李玉《占花魁》劇作爲研究對象。對於此一故事在其它小說、戲曲及說唱作品所呈現之面貌，其挖掘與探究則不夠全面，甚至是付之闕如。是以本論文乃據上述研究成果爲基礎，推進研究視野至「占花魁」故事之其餘相關作品。在橫向上，分析個別作品之故事特色；在縱向上，則對「占花魁」故事之發展脈絡進行考察。

第三節　研究範圍與題材

本論文之題目定爲「占花魁」故事研究，是以研究主題乃聚焦於「占花魁」故事相關之文學作品，這其中包括話本小說，以及俗文學範疇內的戲曲與說唱作品等。據學界已有之考證成果，「占花魁」故事目前得見之最早作品，應爲馮夢龍編纂的《醒世恒言》卷三〈賣油郎獨占花魁〉一篇故事。而馮氏所編「三言」影響後世擬話本〔註 25〕創作與纂輯甚鉅，因此《醒》卷三之故

〔註25〕「擬話本」一詞，非襲舊有而來，乃始見於魯迅《中國小說史略》一書。其第十三篇爲「宋元之擬話本」，云：「說話既盛行，則當時若干著作，自亦蒙話本之影響。」似謂其所標舉「擬話本」即指「蒙話本之影響」的這部分作品。第二十一篇則以馮夢龍之「三言」及凌濛初之「二拍」諸書爲「明之擬宋市人小說」。然魯迅卻未對該詞做一完整定義。胡士瑩則云：「由於書寫文字的日益發達，話本已明顯地脫離了說話表現的範疇而逐漸書本化。爲了適應市場的需要，它不只是通過說話人敷演的影響，這就刺激了文人的興趣和愛好；創作了大批擬話本。於是話本和說話技藝，也開始分了家，而擬作也就成爲專供閱讀的白話短篇小說，紛紛刊印問世。」胡氏在此較爲清楚地界義「擬話本」爲「專供閱讀的白話短篇小說」。見氏著：《話本小說概論》（台北：丹青圖書公司，1983 年 5 月），頁 377。徐志平則定義擬話本爲「模擬說

事便一再受到後出的編撰者青睞，被選入或加以改寫輯入話本集中。關於「占花魁」故事在小說作品中的搜集範圍，除已知的《醒世恒言》外，其餘資料乃筆者就前人之相關論述，包括：魯迅（1881～1936）〔註 26〕、馬廉（1893～1935）〔註 27〕、孫楷第（1898～1986）〔註 28〕、鄭振鐸（1898～1958）〔註 29〕、譚正璧（1901～1991）〔註 30〕、胡士瑩（1901～1979）〔註 31〕、胡萬川〔註 32〕等專論篇章，從中爬梳「占花魁」故事出現於其它小說作品之相關資料。至於戲曲與說唱作品之搜集，則檢閱《俗文學叢刊》1～500 冊之內容；以及於中研院史語所傅斯年圖書館檢索所得之善本俗曲資料、近史所郭廷以圖書館所得之部分唱本；並參考劉復（1891～1934）、李家瑞（1895～1975）所編纂之《中國俗曲總目稿》〔註 33〕，從中查索比對與「占花魁」故事相關之作品材料。

關於本論文所搜集之研究題材，茲以文體分類條列如下：

書形式的白話短篇小說創作」，其認爲擬話本除外形彷彿之外，已和說書幾乎毫無關連。參見氏著：《清初前期話本小說之研究》（台北：臺灣學生書局，1998 年 11 月），頁 13。

〔註 26〕魯迅：《中國小說史略》，收錄於《魯迅小說史論文集》（台北：里仁書局，2003 年 2 月增訂一版二刷），頁 177～186。

〔註 27〕這些資料包括馬廉所撰：〈中國通俗小說考略〉、〈關於白話短篇小說「三言」、「二拍」〉、〈明末短篇小說集「三言」、「二拍」——馬隅卿先生演講筆述〉，以及〔日〕鹽谷溫著，馬廉譯：〈明代之通俗短篇小說〉，皆收錄於馬廉著，劉倩編：《馬隅卿小說戲曲論集》（北京：中華書局，2006 年 8 月）。

〔註 28〕資料包括孫楷第所撰：《中國通俗小說書目》（台北：木鐸出版社，1983 年 7 月），頁 101～111。〈三言二拍源流考〉，收錄於《國立北平圖書館館刊》第 5 卷第 2 號（台北：台灣學生書局，1967 年 2 月重新影印出版），頁 3481～3532。

〔註 29〕資料包括鄭振鐸所撰：〈明清二代的平話集（上）〉，收錄於《小說月報》第 22 卷第 7 號（東京：株式會社東豐書店，1979 年 10 月重新影印出版），頁 38190～38193。〈明清二代的平話集（下）〉，收錄於《小說月報》第 22 卷第 8 號，頁 38303～38330。

〔註 30〕資料包括譚正璧編：《三言兩拍資料》（上海：上海古籍出版社，1981 年 10 月第二次印刷），頁 402～410。及氏著：〈三言兩拍本事源流述考〉，收錄於《話本與古劇》（上海：上海古籍出版社，1985 年 4 月），頁 136。

〔註 31〕胡士瑩：《話本小說概論》，頁 454～486；576～648。

〔註 32〕胡萬川：《馮夢龍生平及其對小說之貢獻》（台北：國立政治大學中國文學研究所碩士論文，1973 年 6 月），頁 39～43；70。

〔註 33〕劉復、李家瑞等編：《中國俗曲總目稿》（台北：中央研究院歷史語言研究所，1932 年 5 月初版；1993 年 2 月景印一版）。

一、小說作品

1. 《醒世恒言》〔註 34〕卷三〈賣油郎獨占花魁〉
2. 《今古奇觀》〔註 35〕卷七〈賣油郎獨占花魁〉
3. 《今古傳奇》〔註 36〕卷八〈莘瑤琴身墜柳巷　賣油郎獨占花魁〉
4. 《西湖拾遺》〔註 37〕卷三十六〈賣油郎繾綣得花魁〉

二、戲曲作品

1. 〔清〕李玉《占花魁》傳奇〔註 38〕
2. 崑曲「占花魁」齣目〔註 39〕
3. 《綴白裘》十集四卷「占花魁」〔註 40〕

〔註 34〕本論文採葉敬池刊本，世界書局之影印本，凡四十卷。〔明〕馮夢龍編，李田意蒐集編校：《醒世恒言》（台北：世界書局，1983 年 1 月三版）。本文引用《醒》卷三相關資料，率以世界書局排印本爲準。文字與內文句讀亦參考桂冠圖書與三民書局出版之排印本。〔明〕馮夢龍著：《醒世恒言》（台北：桂冠圖書公司，1991 年 2 月再版三刷）；〔明〕馮夢龍編撰，廖吉郎校注：《醒世恒言》（台北：三民書局，2007 年 1 月二版一刷）。另，日本東京大學東洋文化研究所所藏「雙紅堂文庫」全文影像資料庫中，亦收有《醒世恒言》四十卷，清衍慶堂刊本（雙紅堂-小說～30），1 帙 16 冊，本文亦參酌使用。資料詳見：http://hong.ioc.u-tokyo.ac.jp/index.html。

〔註 35〕本文所據版本爲〔明〕抱甕老人輯，笑花主人閱：《今古奇觀》（據上海圖書館藏本影印），收錄於《古本小說集成》（上海：上海古籍出版社，1990 年 8 月）。

〔註 36〕本文所據版本爲〔清〕夢閒子漫筆：《今古傳奇》（天津圖書館所藏集成堂本影印），收錄於《古本小說集成》。

〔註 37〕本文所據版本爲〔清〕陳樹基搜輯：《西湖拾遺》（大連市圖書館藏乾隆 56 年自愧軒刻本影印），收錄於《古本小說集成》。

〔註 38〕王安祈謂《占花魁》劇作，知見本有三：（1）明崇禎刊本，二卷，古本戲曲叢刊三集所收；（2）清乾隆五十九年寶研齋刊本，二卷，一笠菴四種曲之一；（3）清刊本，二卷。第三種清刊本二卷爲西諦所藏，《西諦書目》中除此之外尚有《一笠菴新編占花魁傳奇》殘存一卷，爲清初刊本，但趙景深卻說西諦「藏有明末刊本的《一笠菴新編占花魁傳奇》殘存一冊」，未知孰是。見氏著：《李玄玉劇曲十三種研究》（台北：國立台灣大學中國文學研究所碩士論文，1980 年 6 月），頁 132～133。本文所據爲林侑蒔主編：《一笠菴新編占花魁傳奇二卷二冊》，收錄於《全明傳奇：中國戲劇研究資料第一輯》（台北：天一出版社，出版年月不詳）；並參酌〔清〕李玉著，陳古虞、陳多、馬聖貴點校：《李玉戲曲集》（上海：上海古籍出版社，2004 年 12 月）。

〔註 39〕本劇出自《俗文學叢刊》第 80 冊，戲劇類崑曲（台北：新文豐出版公司，2002 年 5 月），頁 75～170。所收齣目包括：「賣油」、「品花」、「醉歸」、「雪塘」、「酒樓」、「獨占」、「占花魁」等七齣。

〔註 40〕「占花魁」劇目收錄於《繪圖綴白裘》十集四卷，爲木刻本，首有清乾隆三

4. 京劇《獨占花魁》〔註 41〕
5. 新編國劇《獨佔花魁》〔註 42〕
6. 川戲《獨占花魁》〔註 43〕
7. 粵戲《獨占花魁》〔註 44〕
8. 蒲蒲戲《花魁從良》〔註 45〕

三、說唱作品

1. 鼓詞〈賣油郎獨占花魁〉〔註 46〕
2. 福州評話《賣油郎》〔註 47〕
3. 閩南歌仔《最新賣油郎歌》〔註 48〕

以上爲筆者目前所能搜羅到的「占花魁」故事相關題材。資料蒐集工作千頭萬緒，欲爬羅剔抉本非易事，亦受時空以及資料佚失之限制，唯筆者已勉力盡搜羅之功。除《醒》卷三與李玉《占花魁》傳奇外，其餘小說、戲曲與說唱作品部分，據筆者檢索資料顯示，尚無完整搜集並做綜合研究之成果。因此本論文就上述題材，進行不同層面之比較分析，自有其價值所在。

十七年（1772）朱鴻鈞序。出自《俗文學叢刊》第 96 冊，戲劇類崑曲（台北：新文豐出版公司，2002 年 5 月），頁 315；442～453。此劇目收錄「種情」、「串戲」、「雪塘」及「獨占」四齣。

〔註 41〕北京市戲曲編導委員會編輯：《獨占花魁》，收錄於《京劇彙編》第八十八集（北京：北京出版社，1961 年 11 月）。

〔註 42〕張青琴修編，吳仁溥編譜：《獨佔花魁》，收錄於《新編國劇劇本叢書》（台北：黎明文化事業公司，1983 年 7 月）。

〔註 43〕本劇出自《俗文學叢刊》第 105 冊，戲劇類川戲，頁 216～344。

〔註 44〕本劇出自《俗文學叢刊》第 133 冊，戲劇類粵戲，頁 521～539。

〔註 45〕本劇出自《俗文學叢刊》第 124 冊，戲劇類蒲蒲戲，頁 81～93。筆者另於中研院傅斯年圖書館檢索得有三部「占花魁」故事之蒲蒲戲曲本，其版本比較及介紹，詳見第三章第五節。

〔註 46〕陳師益源亦費心搜得此份資料，代印付于筆者，謹致謝悃。資料出處爲陳新主編：《中國傳統鼓詞精匯》（北京：華藝出版社，2004 年 3 月），頁 881～890。該篇末註明爲「原奉天東都石印局版」。

〔註 47〕本篇出自《俗文學叢刊》第 372 冊，說唱類福州評話（台北：新文豐出版公司，2004 年 10 月），頁 67～92。

〔註 48〕本篇出自《俗文學叢刊》第 363 冊，說唱類閩南歌仔，頁 237～258。

第四節　研究方法與架構

關於「占花魁」故事，較爲人熟知的作品爲《醒世恒言》卷三及《占花魁》傳奇；但據筆者搜求後，發現其更以多樣的面貌呈現在不同體裁的作品之中。因此，本論文最主要的研究方法，便是採取「故事研究」的主題概念，針對同一主題在不同時代、不同體裁之作品進行探討，進而勘察此一主題之流變與差異性。

一、研究方法

爲能有效展開論述，本論文所採取的研究步驟如下：

1. 資料蒐集與分類

本論文蒐集《醒世恒言》卷三〈賣油郎獨占花魁〉與李玉《占花魁》傳奇戲曲，並旁及「占花魁」主題之其它體裁資料等，依小說、戲曲及說唱作品三種文體進行分類，並判斷作品可能著成或通行時代。

2. 文獻分析

在爬梳整理上述文本之後，筆者進而細讀、分析各體裁之文本內容，並加以鑑別與解讀，以求能全面而詳實地掌握「占花魁」主題之背景知識與材料，達致文獻綜述的成果。

3. 比較與評價

承繼文獻分析之成果，筆者將已分類之文本資料，利用比較研究之法，對個別作品之異同關係進行對照、比較，挖掘作品之間可能的內在聯繫與承衍關係。並對各作品之主題呈現、情節鋪陳、人物塑造等方面進行批判與評價。

4. 歷史研究

在完成所有作品之分析與評價之後，綜覽「占花魁」故事在主題、情節、人物各方面的衍變情形，梳理出各體故事之間的聯繫性，以及故事發展之歷史脈絡。

二、論文架構

在論文架構方面，以「占花魁」故事研究爲本論文論述之主軸；進而就筆者搜羅所得的「占花魁」故事相關文本著手分析，就文體分爲小說、戲曲與說唱三類分別進行探究；繼而綜覽「占花魁」故事在主題、情節及人物各方面之衍變情形。因此，全文共分爲五章，茲簡述如下：

第一章：緒論。講述本論文之研究動機與目的，並試圖就文獻回顧挖掘「占花魁」故事論題研究之不足處，加強研究背景與動機；並說明本論文研究範圍及題材來源，以及所採用之研究方法、步驟與章節安排。

第二章：小說作品中的「占花魁」故事。本章分爲四節，先就「占花魁」故事之本事來源進行考察；進而分別對《醒世恒言》、《今古傳奇》、《西湖拾遺》中的「占花魁」故事進行分析。在本事來源部分，茲先援引前人各家說法及研究成果，以做爲考察之基礎，進而爬梳各說中値得深究之處，挖掘出「占花魁」故事之可能來源。其中對於《醒世恒言》及卷三〈賣油郎獨占花魁〉之解讀則是全面性的，先就馮夢龍之生平、著作、編纂「三言」之動機與主題意識等面向，了解及建構背景知識；進而就情節、人物、主題與藝術風格之不同層面，解析〈賣油郎獨占花魁〉之內容。至於後出的《今古傳奇》與《西湖拾遺》各書，則先簡述其成書，再分析該書中之「占花魁」故事特色。

第三章：戲曲作品中的「占花魁」故事。本章分爲五節，分就李玉《占花魁》傳奇、京劇《獨占花魁》、川戲《獨占花魁》、粵戲《獨占花魁》與噹噹戲《花魁從良》進行故事分析。對於李玉及其《占花魁》傳奇，則進行較爲全面的分析與解讀；其中亦著墨於李玉與馮夢龍之背景關係，期能藉此找尋馮、李二人在編作「占花魁」故事作品時，是否具有聯繫性。除此之外並旁及其餘戲曲材料之分析，先簡述劇種，再分析該劇之故事特色。

第四章：說唱作品中的「占花魁」故事。本章分爲三節，每節各以一部說唱作品進行解析，包括：鼓詞〈賣油郎獨占花魁〉、福州評話《賣油郎》、閩南歌仔《最新賣油郎歌》。關於「占花魁」故事在說唱作品之呈現，過去爲研究者所忽視，筆者希冀藉此章之分析介紹，補足此一故事之完整板塊。

第五章：結論。回顧論文第二至第四章之分析內容，並對「『占花魁』故事研究」之論題，做一綜觀式的總結展示。包括：突破文類之區隔限制，呈現各體故事間可能之承衍情形；梳理各故事中較具普遍性之情節元素。最末則歸納出各作品間衍變之軌跡與特色。

第二章　小說作品中的「占花魁」故事

「占花魁」故事，從馮夢龍小說作品，到李玉戲曲，乃至流布各地的民間俗曲說唱，一直是膾炙人口的作品。馮氏所編纂刊印的「三言」，是一套綜合性的短篇通俗小說選，其兼收並蓄，博取眾長；在題材上包羅萬象，在風格上則豐富多采。程毅中謂其歸納宋、元、明三代故事，總結了說話人、書會才人與文人作家的成果；包容各種題材、思想傾向與藝術風格的作品，才構成一個百花齊放的園囿。〔註1〕明末清初之際，不少文人先後承其餘緒，投入創作行列，因而產生可觀數量之擬話本小說集。

《醒世恒言》卷三之〈賣油郎獨占花魁〉故事，歷來研究者多認爲是目前得見「占花魁」故事相關作品中最早的一部。因此本章先就「占花魁」故事之本事來源進行考察，藉由援引前人各家說法及研究成果，以做爲考察之基礎；進而爬梳各說中值得深究之處，挖掘出「占花魁」故事之可能來源。

筆者於前章述及，已於相關文獻中搜羅「占花魁」故事之其它小說作品。在考察本事來源之後，茲就搜羅所得之小說題材，包括：《醒世恒言》卷三、《今古傳奇》卷八、《西湖拾遺》卷三十六等三篇作品，以刊行年代先後順序，分節介紹其成書與分析其「占花魁」故事特色。

第一節　「占花魁」故事之本事來源考察

據學界已有之考證成果，「占花魁」故事目前得見之最早作品，應爲馮夢

〔註1〕參見程毅中：〈古代短篇通俗小說的百花園——「三言」導讀〉，收錄於氏著：《明代小說叢稿》（北京：人民文學出版社，2006年12月），頁261。

龍編纂的《醒世恒言》卷三〈賣油郎獨占花魁〉一篇。《醒世恒言》纂輯時間晚於《喻世明言》與《警世通言》，凡四十卷，成書於明天啓七年丁卯（1627），馮氏時年五十四。〔註2〕本書編纂的目的，一則如書名命之曰「恒言」，乃希冀各篇能「習之而不厭，傳之而可久」；二則以其在序中所言，是繼「明言」和「通言」之後，用以輔助六經國史的一部白話短篇小說集。

「三言」中許多原作和材料，取自於宋元舊本或明代話本，但經過歷來學者的考證，可謂是公認的「保存」了「宋人話本」最多的一套話本選集。〔註3〕馮夢龍在編纂過程中，下了不同程度的加工及整理工夫。他對於宋元話本的選擇，有自己的一套藝術及喜好標準，如：改訂各篇題目，讓三言的回目看來像是章回小說般的整齊；刪去一些說話人的術語，以便於閱讀；增補小故事作爲「頭回」或「入話」；以及對某些個別字句的增刪改易。經這些整理工作而成的篇章，在三言中佔絕大多數。馮氏根據民間唱本或史籍雜記取材的擬作，亦不在少數，唯目前能證爲其作品者，僅〈老門生三世報恩〉一篇。而馮氏亦根據舊本故事加以增補，或是文字及情節上的增添，或是故事主旨的改易，反映了他的思想與感情。〔註4〕

《醒世恒言》四十篇作品，其中含有宋、元之作，如〈鬧樊樓多情周勝仙〉，學者考證，多認爲是宋人話本；〈金海陵縱欲亡身〉，即《京本通俗小說》未刊之〈金主亮荒淫〉；〈鄭節使立功神臂弓〉，即宋代羅燁《醉翁談錄》著錄之〈紅蜘蛛〉。此類作品有五、六篇之多，亦有明人擬作，如〈施潤澤灘闕遇友〉，有的或出自馮夢龍之手。〔註5〕

〈賣油郎獨占花魁〉一篇，歷來對其本事考證已有部分成果。包括黃文暘、馬廉、孫楷第、鄭振鐸、譚正璧、胡士瑩、小川陽一等人，分別試圖從不同角度切入，其從文本內容進行解讀；或衡諸「三言」作品之選材取向及整體風格；或援引外圍資料臆度推敲。然爲能明其本事來源，以下茲先表列各家所見，期能在既有的考證資料爲基礎下，進行爬梳工作：

〔註2〕見容肇祖：〈明馮夢龍的生平及其著述〉，收錄於容肇祖、繆詠禾等著：《馮夢龍與三言》（台北：木鐸出版社，1983年9月），頁143。

〔註3〕見胡萬川：〈從馮夢龍編輯舊作的態度談所謂宋代話本〉《古典文學》第2集（1980年12月），頁360。

〔註4〕參見胡士瑩：《話本小說概論》（台北：丹青圖書公司，1983年5月），頁398～403。

〔註5〕朱一玄、寧稼雨、陳桂聲編著：《中國古代小說總目提要》（北京：人民文學出版社，2005年12月），頁536。

出　處	與〈占花魁〉故事相關內容	備　註
〔清〕黃文暘：《曲海總目提要》〔註6〕	其卷十九列劇名〈占花魁〉，曰：「明萬曆間人撰，不著姓名，署曰一笠庵（按，即李玉之書室名）。或曰李元玉所作也。……情史云，小說有賣油郎慕一名妓……」。	首標「花魁」故事亦見於《情史》書中，該劇目資料並略加附註，比較小說與戲曲情節之異處。
馬廉：〈中國通俗小說考略〉〔註7〕	馬氏為著名藏書家，其對於小說戲曲之研究，特別著力於目錄版本之學，尤以話本小說為精。其分析「三言」所演故事，往往見於《情史》一書。由於《情史》卷五〈史鳳〉條附錄云：「小說有賣油郎」；而《恒言》有〈賣油郎獨占花魁〉。馬氏認為：「就其口氣論之，似馮氏著書時已有此話本，故特為注出」。	馬氏推斷「花魁」故事可能在馮氏寫作前已有舊本流傳，這是相當重要的一個論點。
孫楷第：〈三言二拍源流考〉〔註8〕	孫氏精於古典小說及戲曲研究，在中國古代白話小說的資料搜集、考證與研究方面成績卓著，本篇即針對「三言」與「二拍」之成書、著者與故事源流進行探考。對於馮夢龍編著「三言」的材料來源，他說：「馮氏《三言》，彙集宋元舊作，兼附自著，實為彙刻總集性質。」、「猶龍子以一代逸才，多藏宋元話本，識其源流，習其口語，故所造作摹繪聲色，得其神似，足以摩宋人之壘而與之抗衡，……《古今小說》及《通言》《恒言》所收，多至一百二十種，宋元舊種亦蒐括略盡。」說明了馮氏不僅彙集宋元舊作，更能「習其口語」加以仿作。關於〈賣油郎獨占花魁〉一篇，其云：「《情史》均引，似亦原有單行本。」餘所言皆與馬廉相同。	孫氏亦認為馮夢龍在編著前可能已有「花魁」舊本故事為底稿，但馮氏亦可能仿宋元話本口語進行仿作。
孫楷第：《中國通俗小說書目》〔註9〕	在是書卷三「明清小說部甲」分類中，孫氏錄有「賣油郎」一目，旁敘：「存《情史》卷五〈史鳳〉條附錄引。當即《恒言》卷三之〈賣油郎獨占花魁〉。」	孫氏應是著眼於《情史》中「小說有賣油郎」一句，故於此認為有「賣油郎」小說一部。

〔註6〕〔清〕黃文暘：《曲海總目提要》（台北：新興書局，1985年11月），頁929～932。

〔註7〕馬廉：〈中國通俗小說考略〉，收錄於馬廉著，劉倩編：《馬隅卿小說戲曲論集》（北京：中華書局，2006年8月），頁28。

〔註8〕孫楷第：〈三言二拍源流考〉，收錄於《國立北平圖書館館刊》第5卷第2號（台北：台灣學生書局，1967年2月重新影印出版），頁3481～3510。

〔註9〕孫楷第：《中國通俗小說書目》（台北：木鐸出版社，1983年7月），頁101。

鄭振鐸：〈明清二代的平話集〉〔註10〕	鄭氏將當時所知及所見的明、清話本集，依各集子的編著時代，進行大略性的分析，爲早期研究宋以迄明、清話本集之重要文章。關於馮氏「三言」的成書，其云：「幾已囊括著古代的平話無遺。其中或儘有一部分是他自己或他友人的擬作。惜他不曾說明，今已不可得而知的了。」關於《醒世恒言》與〈賣油郎獨占花魁〉一篇的探討，其謂：「《警世通言》中所載的宋元人話本特多，但馮氏著手選錄《恒言》時，似乎這些材料已很稀少，所以收錄的便也不多。惟明人所做，《恒言》中則特多，也許一部份還是馮氏自作的也說不定。這些明人作品，有確證者爲：第三卷〈賣油郎獨占花魁〉：篇中所敘的雖爲宋事，但文中卻有『西湖上子弟，編出一隻〈掛枝兒〉，單道那花魁娘子的好處』云云。按〈掛枝兒〉小曲，至明嘉、隆間始盛行。（見沈德符《顧曲雜言》）馮氏自己也曾擬作《掛枝兒》一集，爲世所艷稱，則此本自當爲明人作。」	鄭氏明確標舉因〈掛枝兒〉曲在明代盛行，故「花魁」一篇當爲明人所作，或有可能即爲馮氏自作。
譚正璧：《三言兩拍資料》〔註11〕	譚氏於該書詳列三言二拍諸篇之考證相關資料，在「醒世恒言卷三賣油郎獨占花魁」條目中，先完整列出唐代白行簡〈李娃傳〉，註記「以上入話」，此因〈賣油郎獨占花魁〉篇中入話爲李亞仙與鄭元和故事，李亞仙即爲唐妓李娃，兩人相戀的故事爲白行簡傳述爲〈李娃傳〉。其後列《情史》卷五〈史鳳〉之附記：「小說有賣油郎慕一名妓……亦一夕之豪也。」最末則是完整抄錄《曲海總目提要》卷十九〈占花魁〉條目內容，並註記「以上正話」。	
譚正璧：〈三言兩拍本事源流述考〉〔註12〕	譚氏以其所獲得的材料，將「三言兩拍」五部作品之本事來源及其影響，作一綜合性的敘述。文中曰：「〈賣油郎獨占花魁〉，即本書卷三，本事亦見《情史》，清初李玉作有《占花魁》傳奇（有《古本戲曲叢刊》三集本），它的入話李亞仙的故事，恐與《醉翁談錄》所錄〈李亞仙〉有關。」	本條資料較之於譚氏在《三言兩拍資料》中所錄，另增〈李亞仙〉故事，是一特出線索。

〔註10〕鄭振鐸：〈明清二代的平話集（上）〉，收錄於《小說月報》第22卷第7號（東京：株式會社東豐書店，1979年10月重新影印出版），頁38169～38193。

〔註11〕譚正璧編：《三言兩拍資料》（上海：上海古籍出版社，1981年10月第二次印刷），頁402～410。

〔註12〕譚正璧：〈三言兩拍本事源流述考〉，收錄於氏著：《話本與古劇》（上海：上海古籍出版社，1985年4月），頁136。

胡士瑩： 《話本小說概論》 〔註 13〕	胡氏在明代擬話本一章中，逐一分析三言各篇之來源與其影響。其謂〈賣油郎獨占花魁〉一篇入話敘鄭元和與李亞仙事，見《太平廣記》之〈李娃傳〉；並在前章附錄完整附記明人話本〈李亞仙記〉，說明「賣油郎」一篇入話承襲自唐傳奇〈李娃傳〉及明話本〈李亞仙記〉之可能性。又謂：「《情史》卷五〈史鳳〉條附錄略載其事，蓋即據小說者。所敘雖係宋時事，然篇中每插入明代特有的〈掛枝兒〉小曲，當爲明人所作。李玄玉有《佔花魁》傳奇，亦譜此事。」	胡氏標舉出「賣油郎」篇中一再出現的《掛枝兒》小曲，爲明代特有之作，與鄭振鐸所見相同。
莊一拂： 《古典戲曲存目彙考》 〔註 14〕	此書蒐羅曲目資料頗爲完備，向爲治曲者稱道。在卷十一所列清代李玉戲曲作品中，有〈占花魁〉傳奇一目，其中曰：「此劇本事，與《醒世恒言》中〈賣油郎獨占花魁〉，頗多不同。亦見《情史》。」	莊氏標出「花魁」話本與傳奇作品內容「頗多不同」特點，爲本文研究一重要線索。故事亦見於《情史》與前述資料同。
潘壽康： 〈占花魁的思想與作者問題〉〔註 15〕	本文專論《醒》卷三〈賣油郎獨占花魁〉主題思想與作者之論題。其中關於故事來源部分，潘氏提出幾點見解： （1）入話記鄭元和與李亞仙故事，大概和《醉翁談錄》中的〈李亞仙不負鄭元和〉有關； （2）故事背景是南宋初年，但文中附錄〈掛枝兒〉小曲，是明代嘉隆間才流行的，馮夢龍也編有一部《掛枝兒》，流行很廣。可見故事當是明人作品； （3）在馮夢龍《情史》未成書之前，這篇取材民間故事的小說便已流傳。馮氏當時並不怎樣重視這篇小說，只在編《情史》時聯想到它，便簡單地轉述小說情節，作爲〈史鳳〉條的附錄，直到編《醒世恒言》時才將它收進去。	潘氏以這幾點觀察，遽斷這篇小說不可能是馮夢龍所作。
胡萬川： 《馮夢龍生平及其對小說之貢獻》〔註 16〕	胡氏將〈賣油郎獨占花魁〉列入「三言所收舊作」，視其爲「較可確定爲前人舊本（包括早期話本與擬話本而言）」，該條目云：「情史卷五史鳳條後評云：『小說有賣油郎』（史鳳故事與此篇無干）。」《情史》之資料與前者皆同。	將「花魁」故事視爲「所收舊作」，是值得探究之論點。

〔註 13〕胡士瑩：《話本小說概論》（台北：丹青圖書公司，1983 年 5 月），頁 540。
〔註 14〕莊一拂編著：《古典戲曲存目彙考》（台北：木鐸出版社，1986 年 9 月），頁 1145～1147。
〔註 15〕潘壽康：〈占花魁的思想與作者問題〉，《中央日報》第六版，1964 年 9 月 21 日。
〔註 16〕胡萬川：《馮夢龍生平及其對小說之貢獻》（台北：國立政治大學中國文學研究所碩士論文，1973 年 6 月），頁 70。

綜上所述，大致能夠對於前人研究〈賣油郎獨占花魁〉一篇之本事來源有所理解，是以持其爲馮氏「所收舊作」之說者爲多；然「舊作」所本爲何，目前已無法得見資料。爲明其本末，筆者歸納出上述資料的其中三項特點：

一、《情史》中〈史鳳〉條附註之內容

二、入話所言鄭元和與李亞仙故事

三、故事中出現的〈掛枝兒〉小曲

以下茲就此三項特點分別進行考察：

一、《情史》卷五〈史鳳〉條

《情史》，亦稱《情史類略》。據容肇祖考證：「我新購有嘉慶丙寅年刊本，首頁題『情史』二字，每卷首行標題皆作『情史類略』四字。總目下題『江南詹詹外史評輯。』日本內閣文庫有這書，亦稱爲『情史類略。』（見董康書舶庸譚卷一）」〔註17〕全書共二十四卷，首序有二：一爲龍子猶序，序首曰：「情史，余志也。」序後署「吳人龍子猶序」；二是詹詹外史序，序首曰：「六經皆以情教也。」序後署「江南詹詹外史述」，蓋詹詹外史爲馮夢龍之別名。〔註18〕關於《情史》的作者問題，可判定爲馮氏作品，理由有二：《同治蘇州府志・藝文》云：「馮夢龍……情史二十四卷」〔註19〕，是證據一；《曲海總目提要》亦記載《情史》爲馮氏作品〔註20〕，是證據二；此外，學界如容肇祖〔註21〕、胡萬川〔註22〕等人亦皆認定是書爲馮氏評輯之作。

〔註17〕容肇祖：〈明馮夢龍的生平及其著述續考〉，收錄於容肇祖、繆詠禾等著：《馮夢龍與三言》（台北：木鐸出版社，1983年9月），頁218。

〔註18〕見〔明〕馮夢龍等著，橘君輯注：《馮夢龍詩文》（福州：海峽文藝出版社，1985年10月），頁84～87。

〔註19〕〔清〕李銘皖、譚鈞培修，〔清〕馮桂芬纂：《同治蘇州府志（四）》（上海：江蘇古籍出版社，1991年6月），頁486。

〔註20〕《曲海總目提要》中，卷十六〈斷機記〉有「馮夢龍情史」；卷九《萬事足》有「又馮夢龍情史云」字樣。見〔清〕黃文暘：《曲海總目提要》（台北：新興書局，1985年11月），頁790；頁425。

〔註21〕容肇祖認爲《情史》與《智囊》及《譚概》爲一類的書籍，而《情史》卻不自署姓名，只以「龍子猶」之名作序。「大約以中間有近於穢褻之點，恐來謗議，故遂如此。」容氏並比較《情史》與《智囊》兩書，發現兩書體例相近似，疑同爲子猶所做。參見容肇祖：〈明馮夢龍的生平及其著述〉，收錄於容肇祖、繆詠禾等著：《馮夢龍與三言》，頁166。

〔註22〕胡萬川曰：「情史乃彙輯古今情感軼事而成之書，託爲詹詹外史評輯，然實馮氏所編。……觀其序，則情史似爲所謂詹詹外史氏其人所編，而龍子猶不過

至於《情史》編纂出版的時間，根據王凌所做考察，約略在萬曆四十八年（1620），馮氏年四十六歲左右。早於《喻世明言》（天啓元年，1621）、《警世通言》（天啓四年，1624）及《醒世恒言》（天啓七年，1627）三書的出版時間。〔註23〕這個說法，爲《情史》這部選錄自歷代野史及筆記資料匯編而成的筆記小說，是馮夢龍編纂「三言」重要的素材來源之一，提供了背景性質的佐證。《情史》卷五〈史鳳〉條之內容〔註24〕，敘述出自《常新錄》的一則故事：唐代一位宣城妓女史鳳，選擇客人有自己的原則，她是以不同等級作爲標準接客的。這則紀錄與後面註記的「小說有賣油郎」資料沒有直接性質的關係，茲列如下：

> 小說有賣油郎，慕一名妓，乃日積數文。如是二年餘，得十金，傾成一錠，以授嫗求一宿。是夜，妓自外醉歸，其人擁背而臥，達旦

其作序之人而已。其實詹詹外史氏即馮氏之託名，此書即馮氏所編。」見氏著：《馮夢龍生平及其對小說之貢獻》（台北：國立政治大學中國文學研究所碩士論文，1973年6月），頁50。

〔註23〕王凌分析《情史》與《古今譚概》的數筆資料，發現《情史》內容往往出現「《譚概》評云」字樣，故可推斷《情史》的編纂在《古今譚概》之後。而《古今譚概》於1620年改名爲《古今笑》出版，《情史》不提《古今笑》，卻反復提及「《譚概》評云」，即可說明它是在《古今譚概》改爲《古今笑》（1620）前出版的。而當時馮夢龍四十六歲，之前長期科舉不中，又與相愛的名妓侯慧卿分離，在人生與愛情皆遭遇重大挫折，生活困難，故其在《情史・序》自言：「落魄奔走，硯田盡蕪。」遂編成《情史》以寄寓自己的情感。參見氏著：《畸人・情種・七品官——馮夢龍探幽》（福建：海峽文藝出版社，1992年3月），頁12～13。

〔註24〕茲將該條內容列出：史鳳，宣城妓也，待客以等差。甚異者，有迷香洞、神雞枕、鎖蓮燈；次則鮫紅被、傳香枕、八分羹。各有題咏，咏「迷香洞」云：「洞口飛瓊珮羽霓，香風飄拂使人迷。自從邂逅芙蓉帳，不數桃花流水溪。」「神雞枕」云：「枕繪鴛鴦久與棲，新裁霧縠鬥神雞。與郎酣夢渾忘曉，雞亦留連不肯啼。」「鎖蓮燈」云：「燈鎖蓮花花照罍，翠鈿同醉楚臺巍。殘灰剔罷攜纖手，也勝金蓮送卻回。」「鮫紅被」云：「肱被當年僅禦寒，青樓慣染血猩紈。牙床舒卷鵷鸞共，正直窗櫺月一團。」「傳香枕」云：「韓壽香從何處傳，枕邊芬馥戀嬋娟。休疑粉黛加鋋刃，玉女栴檀侍佛前。」「八分羹」云：「党家風味足肥羊，綺閣留人謾較量。萬羊亦是男兒事，莫學狂夫取次嘗。」下則不相見，以「閉門羹」待之，使人致語曰：「請公夢中來。」亦有詩云：「一豆聊供遊冶郎，去時杯喚鎖倉琅。入門獨慕相如侶，欲撥瑤笙彈鳳凰。」馮垂，客於鳳，罄囊有銅錢三十萬，盡納之，得至迷香洞。題〈九迷詩〉於照春屏而歸。出《常新錄》。本條資料內容句讀由筆者自標，見〔明〕馮夢龍編：《情史》，收錄於《古本小說集成》（上海：上海古籍出版社，1994年），頁420～421。

不敢轉側。妓酒醒時，已天明矣。問何不見喚，其人曰：「得近一宵，已爲踰福，敢相犯耶！」後妓感其意，贈以私財，卒委身焉。夫十金幾何，然在賣油郎，亦一夕之豪也。〔註25〕

細觀之，可見其所述情節亦頗爲簡單而粗糙，近似於「筆記」性質。但筆者推測，編者將賣油郎資料置於〈史鳳〉條後，可能性有二：

（一）或許因史鳳爲妓，卻頗有主張地自行選擇待客方式，恰巧賣油郎故事中的花魁，其人素有個性，成名後盡與王公貴族往來，一般小民非不得近之，而兩者皆是妓女身分；

（二）〈史鳳〉故事中有客罄囊三十萬，便得入「甚異」的「迷香洞」；對照賣油郎因傾慕花魁而「日積數文，如是二年餘」之經歷，兩者想要一親芳澤的過程，一快一慢；一灑潑一積誠，實是大異其趣的。又因爲《情史》中所記「小說有賣油郎」一句，而《情史》成書既早於《醒世恒言》，那麼這裡的「小說」所指應非「恒言」，而是馮氏自更早期的舊話本故事，改作敷衍而成。至於記載於《情史》中的筆記資料，亦可視爲馮夢龍在編纂「三言」時，從事整理與加工所需的底本素材。

二、入話所言鄭元和與李亞仙故事

在《醒世恒言・賣油郎獨占花魁》的故事前面，有一段鄭元和與李亞仙的唐人傳說故事：鄭元和在卑田院做了乞丐，李亞仙於雪天中仍以繡襦包裹他，並與他做了夫妻。李亞仙曾於病中想吃馬板腸湯，元和就把個五花馬殺了，取腸煮湯奉之。可見亞仙並非爲了錢與貌，而是元和的「識趣知情，善於幫襯」，念其舊情才打動了芳心。後來元和中了狀元，亞仙封爲汧國夫人，在風月場中傳爲美談。

譚正璧在《三言兩拍資料》書中，針對上述故事，引錄白行簡撰、陳翰所編《異聞集》中的〈李娃傳〉爲例，說明入話與〈李娃傳〉之關係；亦在〈三言兩拍本事源流述考〉一文中，提出其入話應與《醉翁談錄》所錄〈李亞仙〉有關之論點，與胡士瑩提供的資料有所相通。筆者據此說加以觀察：〈賣油郎獨占花魁〉入話所提，主要牽涉鄭元和知情識趣的「幫襯」舉動，「幫襯」的說法實已濫於唐傳奇〈李娃傳〉；且〈李娃傳〉隱去滎陽生與李娃本名，而

〔註25〕〔明〕馮夢龍編：《情史》，收錄於《古本小說集成》（上海：上海古籍出版社，1994年），頁421～422。

其內容並無宰殺五花馬取腸煮湯，及元和在卑田院唱蓮花落等情節。故可知此段入話應是馮夢龍本於唐代傳奇本事〔註 26〕，而受到後出改作戲曲的影響。在宋代羅燁所撰《醉翁談錄．小說開闢》所列小說，已有〈李亞仙〉傳奇〔註 27〕，其書癸集卷一「不負心類」收有〈李亞仙不負鄭元和〉故事，篇首曰：「李娃，長安娼女也，字亞仙，舊名一枝花。有滎陽鄭生，字元和者，應舉之長安。」〔註 28〕可見在宋末時兩人皆以字行。明代《寶文堂書目》在子雜類有〈李亞仙記〉一條〔註 29〕，至於鄭元和於卑田院唱蓮花落（亦見之於《警世通言．趙春兒重旺曹家莊》之入話，有「大雪中唱蓮花落」一句〔註 30〕），以及鄭元和爲李亞仙殺五花馬做馬板腸湯兩段情節，皆未見於〈李娃傳〉及〈李亞仙〉傳奇。筆者考查以〈李娃傳〉爲本改作之戲曲資料，在元代石君寶雜劇《李亞仙花酒曲江池》首見「蓮花落」字樣；〔註 31〕而此二段情節在同一作品出現，是到了明代傳奇《繡襦記》裡的第三十一齣〈襦護郎寒〉，以及第十四齣〈試馬調琴〉才有的。

由以上探討可知，〈賣油郎獨占花魁〉一篇之入話，可能揉合自《太平廣記》以來的各種文學體裁作品，包括唐傳奇、元雜劇以至明傳奇。小說根據的樣本可能是某個中介作品，如口頭故事或戲劇。〔註 32〕然而較能確定的是，由於歷代對於〈李娃傳〉故事情節的加工，出現在「賣油郎」入話的內容已非唐傳奇之原本面貌。這則入話可能出於馮夢龍之手，抑或舊有話本即有之作。

〔註 26〕許建崑認爲：馮夢龍可能沒見過嘉靖 45 年的《太平廣記》，但從他的《太平廣記鈔》序文中，可知他見過「閩中活版」，以及萬曆 17 年的許自昌刊本。馮氏採用不同的文體分類編纂，輯成《太平廣記鈔》與《情史》，可說此二書都是受益於《太平廣記》。詳見氏著：〈「三言」故事對唐人小說素材的借取與再造〉，收錄於《第一屆通俗文學與雅正文學全國學術研討會論文集》（台中：國立中興大學中國文學系，2001 年 2 月），頁 302。

〔註 27〕〔宋〕羅燁：《醉翁談錄》（台北：世界書局，1975 年 5 月三版），頁 4。

〔註 28〕〔宋〕羅燁：《醉翁談錄》，頁 113～115。

〔註 29〕〔明〕晁瑮：《晁氏寶文堂書目》（上海：古典文學出版社，1957 年 12 月），頁 114。

〔註 30〕〔明〕馮夢龍編撰：《警世通言》（台北：世界書局，1991 年 3 月再版），頁 402。

〔註 31〕〔元〕石君寶：《李亞仙花酒曲江池》，收錄於嚴一萍選輯：《叢書集成三編．古雜劇（二）》（台北縣：藝文印書館，1972 年），頁 1。

〔註 32〕康韻梅：《唐代小說承衍的敘事研究》（台北：里仁書局，2005 年 3 月 20 日），頁 190～191。

三、故事中出現的〈掛枝兒〉小曲

〈賣油郎獨占花魁〉文中提到：「西湖上子弟編出一隻〈掛枝兒〉，單道那花魁娘子的好處」；又因為王美年十五仍未梳弄，「西湖上子弟又編出一隻〈掛枝兒〉來」；後因劉四媽好言相勸，使瑤琴轉了念頭，讓「西湖上子弟們又有隻〈掛枝兒〉，單說那劉四媽說詞一節」；最後是秦重初會花魁娘子後離開，其承受穢吐的幫襯舉動令瑤琴頗為感念，亦有一隻〈掛枝兒〉記之。全文中一共出現四次〈掛枝兒〉小曲。鄭振鐸與胡士瑩皆認為：「賣油郎」篇中插入明代特有的〈掛枝兒〉小曲，故當為明人所作。馮夢龍曾致力蒐集吳中地區的俚曲與民歌專集，編纂成《掛枝兒》與《山歌》兩本俗曲集，這與明代中葉民歌的繁榮發展互為因果。王驥德在《曲律》卷四〈雜論〉曰：「小曲〈掛枝兒〉即〈打棗竿〉」〔註33〕沈德符言〈掛枝兒〉等小曲，在嘉隆間開始興盛，其云：

> 比年以來，又有〈打棗乾〉、〈掛枝兒〉二曲，其腔調約略相似，則不問南北，不問男女，不問老幼良賤，人人習之，亦人人喜聽之，以至刊布成帙，舉世傳誦，沁人心脾。〔註34〕

當時像〈駐雲飛〉、〈山坡羊〉、〈鎖南枝〉、〈掛枝兒〉等民歌，簡直如流行歌曲般，為沉寂的文壇注入一股活潑的清流。〔註35〕在萬曆己亥年（1599）以前，掛枝詞在吳中風行一時，也造就馮夢龍編纂《掛枝兒》的成熟時機。〔註36〕因此，〈掛枝兒〉既然於明代中葉以降盛行一時，而馮氏又致力蒐集，以抒寫男女愛情生活與社會樣貌的曲子為主要內容，纂編成集。那麼在〈賣油郎獨占花魁〉篇中一再出現的〈掛枝兒〉小曲，既反映曲子在當時的流行程度；亦能貼切呈現故事中的平民戀愛與生活情狀，可見本篇出自明人手筆的痕跡是相當明顯的。

除此之外，王曾瑜進一步以歷史、地理、社會及名物諸項進行考察，剖析「三言」與「二拍」中出現的宋代史料。其中關於《醒》卷三〈賣油郎獨占花魁〉的一些發現〔註37〕，值得在此提出一講：

〔註33〕〔明〕王驥德：《曲律》，收錄於嚴一萍選輯：《百部叢書集成・指海》（台北縣：藝文印書館，1965年），卷四頁34。

〔註34〕〔明〕沈德符：《顧曲雜言》，收錄於《叢書集成初編》（北京：中華書局，1985年北京新一版），頁9。

〔註35〕參見繆咏禾：《馮夢龍和三言》（台北：萬卷樓圖書公司，1993年6月），頁97。

〔註36〕參見聶付生：《馮夢龍研究》（上海：學林出版社，2002年12月），頁281。

〔註37〕詳見王曾瑜：〈開拓宋代史料的視野與『三言』、『二拍』〉《四川大學學報》（哲學社會科學版）2005年第1期（總第136期），頁90～103。

1. 篇中有「金虜」一詞，卻訛稱女眞人爲「韃子」，可證明不是南宋前期或中期的作品。因爲南宋稱金人和女眞人爲「虜人」或「番人」，直到後期方稱蒙古人爲「韃虜」之類。此處分明是將女眞人誤用蒙古人的稱呼。表明至早已是南宋晚期受蒙古威脅時的作品。
2. 篇中有「身邊藏下些散碎銀兩」、「取銀兩藏於袖中」及「王九媽賺了若干錢鈔」、「替做娘的掙得錢鈔」等詞。貨幣交換使用銀兩，這是明代的情況，故有明人加工痕跡；而「錢鈔」兩字聯用，已非宋人辭彙，而是金元明的辭彙。
3. 小說中莘瑤琴被破了身子，「媽兒進房賀喜，行戶中都來稱賀」，王九媽「要哄他上行」，稱妓女接客爲「上行」。宋代行戶一般是指編入同業組織的商戶，將妓院也稱「行戶」，又可與宋代稱美妓爲「行首」互證。而記載臨安城有「油行買賣」，油行作爲同業組織，其中又有「油坊」、「油店」，秦重是「與油坊取油」，然後「挑擔上街」。這是當時的一個具體的商業銷售鏈之寫照。
4. 描寫莘瑤琴「一對金蓮」，南宋纏足之風較北宋稍多，但並不普遍，可能仍屬後人加工的情節。
5. 故事中對於臨安城一些具體地點的描述，顯然非後人隨便杜撰；還有臨安不少地名，如「十景塘」、「靈隱、法相、淨慈、天竺等寺」，天竺又有「上天竺、中天竺、下天竺，三處香火俱盛」等。作者若非眞實生活於當時，很難對這些地點及景象作如實的描繪。

過去往往因「三言」、「二拍」成書於明代，而將其視作研究明代歷史的素材。其實「三言」、「二拍」中一部分脫胎於宋人話本，應可援作宋代史料使用。現存的宋人話本多係元、明時期刊印，因此後人的竄改編作就勢不可免。王氏認爲：明人模擬的話本，在追擬宋代名物制度的細微處，是不大可能維妙維肖的；而經過明人加工的宋人話本，即使攙雜了明代的名物制度，也必然在名物制度之細微處，亦能維妙維肖地反映宋代社會生活的現實。因此，以史觀角度視之，〈賣油郎獨占花魁〉中所描述的宋代各色景況，正可呼應其「明人加工的宋人話本」之論點。〔註38〕

〔註38〕然王曾瑜亦強調，「三言」、「二拍」中若干取材于宋人話本者，往往成爲宋、元、明三代社會生活和名物制度的雜燴，這是研究者在使用此類史料時必須注意的現象。

綜合上述各項分析與考察，能夠確定的是，《醒世恒言》卷三爲目前所能得見「占花魁」故事之初始面貌作品；至於其本爲何，已不可考。〈賣油郎獨占花魁〉一篇雖然敘述發生在南宋的故事，但篇中有著經過不同加工的痕跡，顯示從宋、元以迄明代的過渡跡象。這篇故事非全由明人擬作，亦非全是宋元舊本內容；而是在原本流傳的話本故事上進行添飾加工，而集大成的加工者應爲馮夢龍〔註 39〕，即爲後世所見《醒世恒言》卷三的面貌。

第二節 《醒世恒言》中的「占花魁」故事

「三言」的編撰者馮夢龍，其一生包含了古典白話小說的顯著成就。他被認爲是「明代最卓越的通俗文學實踐者，也就是說，在當時的中國，他是一位具有最進步的文學意識的文學工作者。」〔註 40〕從鑽研六經到醉心於俗文藝，其間有著歷程的演進與心態上的轉化。

學界對於馮氏與其著作之研究成果已豐，因此本節茲先略述其生平與著作，爲求能對其人其事有一概略背景瞭解；進而了解馮氏編纂「三言」之動機與主題意識；知其書後，再進而全面性地分析〈賣油郎獨占花魁〉之相關故事內容。

一、馮夢龍之生平與著作

馮夢龍，長洲（今江蘇省蘇州市）人，爲明代通俗文學巨匠。父親乃儒林中人，馮氏生於書香門第，十餘歲時入學爲諸生，與兄夢桂、弟夢熊爲時人冠以「吳下三馮」〔註 41〕之名馳譽文壇。受家學影響，亦爲了晉身科場，他在年少時期便刻苦勵學，博覽經籍，同當時的士人一般，對科舉仕進寄託著理想；

〔註 39〕馮夢龍所從事的通俗文學編輯工作，多半的目的不僅止於「諧里耳」，更希望它們能「入文心」。其所以需要改編前人舊作，或因舊作文字俚俗，或是情節荒謬。因此他的編輯舊作，往往不只是「輯」，而是常加以「重編」，有文字上的修飾，亦有情節上的改易，幅度大小不一。參見胡萬川：〈從馮夢龍編輯舊作的態度談所謂宋代話本〉，《古典文學》第 2 集（1980 年 12 月），頁 361～362。

〔註 40〕小野四平著，魏仲佑譯：〈關於馮夢龍〉，載於靜宜文理學院中國古典小說研究中心主編：《中國古典小說研究專集 5》（台北：聯經出版公司，1982 年 11 月），頁 204。

〔註 41〕〔明〕梅之煥：「吳下三馮，仲其最著。」見〈敘麟經指月〉，收錄於〔明〕馮夢龍編著，魏同賢主編：《馮夢龍全集・麟經指月》（上海：上海古籍出版社，1993 年 6 月），頁 3。

然而因時勢的變異，他的抱負無從伸展，際遇困蹇，其一生七十載的歲月，正當明代盛極而衰之際，更見證了明室日薄崦嵫的景況。馮氏秉性多情，年少即涉足青樓酒舍，加以懷才不遇，內心抑鬱，更促使他寄情酒榭歌台。但此般放蕩的生活，卻也使得他有機會同平民相交，歌妓相和，在那裡的所見所聞，幫助他熟悉百姓生活情態，瞭解其所愛與所需。這樣的經歷，給予馮氏創作帶來豐沛滋養，對於他在通俗文學志業的經營，起了積極的作用。

馮夢龍雅好民歌、小說與戲曲，輯刊的《掛枝兒》、《山歌》、《喻世名言》、《警世通言》、《醒世恒言》及《墨憨齋定本傳奇》等著作達五十餘種，其中尤以「三言」最負盛名，影響亦甚。馮氏對於短篇話本小說之編纂，可謂自宋元話本小說風行以來，最大的一次結集，存古之貢獻甚鉅。〔註 42〕

（一）馮夢龍的生平

馮夢龍，字猶龍〔註 43〕，一字子猶〔註 44〕，又字耳猶〔註 45〕，別署龍子猶〔註 46〕。在《蘇州府志》卷八十一〈人物〉有段關於他的記載：「馮夢龍，字猶龍。才情跌宕，詩文麗藻，尤明經學。崇禎時，以貢選壽寧知縣。」〔註 47〕所居曰墨憨齋，因以爲號。又署墨憨子、墨憨齋主人等。此外所用化名甚多，包括：香月居顧曲散人、古吳詞奴、姑蘇詞奴、江南詹詹外史氏、茂苑野史氏、綠天館主人、可一居士、隴西居士、豫章無礙居士、可觀道人小雅氏、七樂生及平平閣主人等。〔註 48〕蘇州府長洲縣人〔註 49〕，生於明神宗萬

〔註 42〕參見胡萬川：〈馮夢龍所編話本小說「三言」的版本與流傳〉，《中華文化復興月刊》第 9 卷第 6 期（1976 年 6 月），頁 71。

〔註 43〕〔清〕李銘皖、譚鈞培修，〔清〕馮桂芬纂：《同治蘇州府志（三）》人物八（上海：江蘇古籍出版社，1991 年 6 月），頁 176。

〔註 44〕〔明〕馮夢龍纂：《古今譚概・迂腐部》敘言，收錄於〔明〕馮夢龍編著，魏同賢主編：《馮夢龍全集・古今譚概》，頁 7。

〔註 45〕〔明〕呂天成：「馮耳猶，吳縣人。」見〔明〕呂天成撰，吳書蔭校注：《曲品校註》（北京：中華書局，1994 年 3 月第二次印刷），頁 282～283。

〔註 46〕〔明〕張無咎：「蓋吾友龍子猶所補也。」見《新平妖傳・敘》，收錄於〔明〕羅貫中編，〔明〕馮夢龍補：《馮夢龍全集・新平妖傳》（上海：上海古籍出版社，1993 年 6 月），頁 7。

〔註 47〕〔清〕李銘皖、譚鈞培修，〔清〕馮桂芬纂：《同治蘇州府志（三）》人物八（上海：江蘇古籍出版社，1991 年 6 月），頁 176。

〔註 48〕以上諸名，參見胡萬川：《馮夢龍生平及其對小說之貢獻》（台北：國立政治大學中國文學研究所碩士論文，1973 年 6 月），頁 5。

〔註 49〕《曲品》認爲馮氏是吳縣人，見〔明〕呂天成撰，吳書蔭校注：《曲品校註》，頁 282～283；然馮氏在所編《壽寧待志》中自稱是「直隸蘇州府吳縣籍長洲

曆二年（1574）〔註50〕。

明代末葉的蘇州，是個繁華富庶的商業都市，手工業與絲織業相當發達，馮夢龍便是生活於這樣的環境之中。他出生於書香門第〔註51〕，由其編著的《麟經指月》觀之，可知子猶自幼接受系統性的完整傳統教育。〔註52〕兄夢桂爲當時名畫家；弟夢熊是太學生，詩名亦享譽當時，「吳下三馮」齊名文壇，而「吳下三馮，仲其最著。」他的「明經學」態度，可由審視自己的話略窺之：

不佞童年受經，逢人問道。四方之秘笈，盡得疏觀。廿載之苦心，亦多研悟，纂而成書，頗得同人許可。頃歲讀書楚黃，與同社諸兄弟掩關卒業，益加詳定，據新汰舊，摘要芟煩，傳無微而不彰，題雖擇而不漏。非敢僭居造後學之功，庶幾不愧成先進之德云耳。〔註53〕

曾隨兄受業的馮夢熊亦言：

余兄猶龍，幼治春秋，胸中武庫，不減征南，居恒研精覃思，曰：「吾志在春秋。」墻壁户牖，皆置刀筆者積二十餘年而始愜。〔註54〕

縣人」，見〔明〕馮夢龍：《壽寧待志．官司》，收錄於〔明〕馮夢龍編著，魏同賢主編：《馮夢龍全集．壽寧待志》，頁187。《曲海總目提要．新灌園》云：「啓禎間長洲人馮夢龍」，見〔清〕黃文暘：《曲海總目提要》（台北：新興書局，1985年11月），頁411。資可證馮氏實長洲人無疑。

〔註50〕據馮氏於甲申年（1644）所編《甲申紀事》敘言署名「七一老人草莽臣」，依此逆推，則馮氏生於萬曆2年（1574）。參見〈甲申紀事敘〉，收錄於〔明〕馮夢龍等著，橘君輯注：《馮夢龍詩文》（福州：海峽文藝出版社，1985年10月），頁194。

〔註51〕據陸樹侖考證，馮杜陵（即子猶弟馮夢熊）曾撰有〈杜陵馮先生跋〉。跋云：孝子以道王先生，與先君子交甚厚，蓋自先生父少少參公，即折引交。先君子云：「予舞勺時，數見先生杖履相過；每去，則先君子必提耳命曰：『此孝子王先生，聖賢中人也，小子勉之。』」……通家後學馮非熊跋。王先生即王敬臣，字以道，號仁孝，長洲人。萬曆中，受薦國子監博士，辭而不就。在家開館講學，先後收有門生四百餘人，學者稱他爲「少湖先生」，譽爲「大儒」。馮夢龍的父親既與王敬臣父子交厚，並有通家之關係，故可推斷馮夢龍之父洵爲名儒，非尋常家庭可比。參見氏著：《馮夢龍研究》（上海：復旦大學出版社，1987年9月），頁9。

〔註52〕參見〔明〕馮夢龍編著：《麟經指月．發凡》，收錄於〔明〕馮夢龍編著，魏同賢主編：《馮夢龍全集．麟經指月》，發凡頁1～7。

〔註53〕〔明〕馮夢龍：《春秋定旨參新．春秋發凡》附記，收錄於〔明〕馮夢龍編著，魏同賢主編：《馮夢龍全集．春秋定旨參新》（上海：上海古籍出版社，1993年6月），春秋發凡頁1。

〔註54〕〔明〕馮夢熊：〈麟經指月序〉，收錄於〔明〕馮夢龍編著，魏同賢主編：《馮夢龍全集．麟經指月》，序頁1～8。

「征南」即爲晉代杜預，博學多才，以深諳《左傳》成一家之學。由此可見馮氏將「治經」視做個人治學觀的重要一環。他的青春時期，當時的明代表面上仍維持著一派國強民富的昇平景象，受到這種時代氛圍的影響，他同當時的士人一樣，對於科舉仕進抱持滿腹理想，埋首鑽研四書五經。其治學重心尤以《春秋》爲甚，編纂《麟經指月》、《春秋衡庫》、《春秋定旨參新》、《春秋別本大全》等作，不僅是個人爲學所得之體現，更成爲指導當時諸生舉業科考的參考書。

馮氏出身書香門第，有治世大志；然其最爲後世稱道的，是對通俗文學的主張與豐富創作。他在青年時期雖勤於治經，卻也過著流連歌場，出入青樓的放蕩生活。王挺對他的這種生活有很傳神的描繪：

> 笑罵成文章，燁然散霞綺。放浪忘形骸；觴咏托心理。石上聽新歌，當隄候月起。逍遙艷冶場，游戲煙花裡。本以娛老年，豈爲有生累。予愛先生狂，先生忘予鄙。從此時過從，扣門輒倒屣。〔註55〕

他這種一面讀書應考，一面出入酒榭的生活，實是當時一部份士人的習氣。子猶性情豪邁，少負情痴，每「見一有情人，輒欲下拜。」〔註56〕如此的痴情性格，使得他在情路上多所顛簸。年少時的涉獵雜書，開拓他廣闊的知識視野，但多情的性格與其廣採博取的爲學態度，卻未能讓他晉身官場，一展抱負。內心抑鬱之餘，促使他混跡秦樓，徵逐於煙花場中。

馮夢龍在編纂的《掛枝兒》中有一段少年時期狎妓生活的記載：

> 每見青樓中，凡愛人私餉，皆以爲固然。或酷用、或轉贈，若不甚惜。至自己偶以一扇一帨贈人，故作珍秘，歲月之餘，猶詢存否？而痴兒亦遂珍之，秘之，什襲藏之。甚則人已去而物存，有戀戀似有餘香者，眞可笑已！余少時從狎邪遊，得所轉贈詩帨甚多。夫贈詩以帨，本冀留諸篋中，永以爲好也。而豈意其旋作長條贈人乎？然則汗巾、套子耳，雖扯破可矣。〔註57〕

〔註55〕〔明〕王挺：〈挽馮猶龍〉，收錄於〔明〕馮夢龍等著，橘君輯注：《馮夢龍詩文》（福州：海峽文藝出版社，1985年10月），頁147。

〔註56〕〔明〕馮夢龍：〈情史序〉，收錄於〔明〕馮夢龍等著，橘君輯注：《馮夢龍詩文》，頁84。

〔註57〕〔明〕馮夢龍編：《掛枝兒・扯汗巾》尾批，收錄於〔明〕馮夢龍編著，魏同賢主編：《馮夢龍全集・掛枝兒》（上海：上海古籍出版社，1993年6月），頁144～145。

馮氏追歡買笑，生性風流不羈，與其絕倫才情、浪漫情懷有密切關係。他同一班文友在風月場裡吟風弄月，臧否人物，暢論古今。壯年時期，子猶曾與歌妓侯慧卿有過一段刻骨銘心的熱戀，然而這段戀曲並沒有圓滿收場，侯氏最後另為他嫁，令曾經為她痴心一片的馮夢龍大失所望。這段遭遇對他打擊甚大，他在〈商調・端二憶別〉散曲前有一序形容自己：

> 五月端二日，即去年失慧卿之日也。日遠日疏，即欲如去年之別，亦不可得，傷心哉！行吟小齋，忽成商調，安得大喉嚨人，順風唱入玉耳耶？噫！年年有端二，歲歲無慧卿，何必人言愁，我始欲愁也。〔註58〕

其對侯慧卿的思念與百轉千迴的情懷，盈滿於字裡行間。自此，他便絕跡青樓，將他生命中充盈的「情」變相寄託於文學創作中，成就了他在中年時期的創作高峰，編纂或創作包括「三言」、《古今譚概》、《情史類略》、《智囊》、《太平廣記鈔》、《太霞新奏》等作品。又由於他長期在酒樓歌坊活動，有了更進一步頻繁接觸市井小民生活的機會，所見所聞，便愈能了解其思想感情，學習他們的語言表達方式，這都成為他熟悉市民生活情態之助力。對於他編寫通俗小說，收集民間山歌，亦有積極之效，子猶的兩本民歌集子《掛枝兒》、《山歌》，便是在這樣的的背景下蒐集撰成。

子猶曾參與「復社」活動〔註59〕，與熊廷弼、錢謙益、袁中道等人交遊〔註60〕。復社的活動中心在蘇州，社友習作揣摩時興的八股文，評論文章，針砭社會與時政，馮氏因而得以在社中一抒己志，被社友稱為「同社長兄」〔註61〕。

〔註58〕〔明〕馮夢龍：《太霞新奏》卷十一，收錄於〔明〕馮夢龍編著，魏同賢主編：《馮夢龍全集・太霞新奏》（上海：上海古籍出版社，1993年6月），頁509。

〔註59〕繆咏禾認為：馮夢龍是「復社」的成員之一。見氏著：《馮夢龍和三言》（台北：萬卷樓圖書公司，1993年6月），頁3。胡萬川考證比較後則認為：馮氏的社友很多是復社中人或同路人，而且這些社友不處一地，相隔遙遠，只有復社「是一個網羅大江南北各地社團而成的一個大組織」，因此他認為馮夢龍即使「不是一個復社人物，但至少是個復社的同路人，他和復社人物關係的密切，已是不容置疑的事實。」見氏著：〈馮夢龍與復社人物〉，收錄於靜宜文理學院中國古典小說研究中心主編：《中國古典小說研究專集1》（台北：聯經出版公司，1991年8月第二次印行），頁123～136。

〔註60〕見胡士瑩：《話本小說概論》（台北：丹青圖書公司，1983年5月），頁448。

〔註61〕見〔明〕錢謙益：〈馮二丈猶龍七十壽詩〉，其中注云：「馮為同社長兄，……皆社中人也。」收錄於〔明〕馮夢龍等著，橘君輯注：《馮夢龍詩文》（福州：海峽文藝出版社，1985年10月），頁146；又，馮氏在《智囊補・自序》中

客觀的說，「胸中武庫，不減征南」的馮夢龍，努力治經也不僅止於裨益科舉一個目的，他亦試圖向《春秋》中的微言大義取材，來闡發個人的政治主張與理想。既然要實現理想，在當時唯有依賴舉業一途，而他是否眞正參與過科舉？沒有直接可證的資料。天啓年間，他以諸生任丹徒縣訓導，於蔣之翹三徑齋讀書寫作，近兩月間成《智囊》一書，後續有補輯。〔註 62〕馮夢龍直到崇禎初年才考取貢生，並在六十一歲高齡時出任福建壽寧知縣，一展從政理想。他在〈竹米〉詩志自謂：「余雖無善政及民，而一念爲民之心，惟天可鑑。」〔註 63〕在任期間恫瘝在抱，視民如己〔註 64〕，有「政簡刑清，首尙文學，遇民以恩，待士有禮。」〔註 65〕之美譽，可見其政績深受後世肯定。

爲官期間，他並未忘情鍾愛的文學創作，曾做戲曲《萬事足》，惜未完稿，亦撰著一部特別的志書《壽寧待志》〔註 66〕，爲其就任知縣期間的生活實錄，亦展示個人從政的抱負與宦海生涯的總結，是另一種不同形式的自傳性筆記資料。〔註 67〕離官退職之後，子猶返回家鄉過了一段閑逸的生活，或與朋輩

稱張我城（德仲氏）爲「社友」。見〔明〕馮夢龍編著，魏同賢主編：《馮夢龍全集・智囊補》，自敘頁 7。以上均可證之。

〔註 62〕《智囊補・自序》曰：「憶丙寅歲（1626），余坐蔣氏（之翹）三徑齋小樓，近兩月，輯成《智囊》二十七卷。」見〔明〕馮夢龍編著，魏同賢主編：《馮夢龍全集・智囊補》（上海：上海古籍出版社，1993 年 6 月），自敘頁 1。

〔註 63〕〔明〕馮夢龍〈竹米〉詩志，收錄於〔明〕馮夢龍等著，橘君輯注：《馮夢龍詩文》（福州：海峽文藝出版社，1985 年 10 月），頁 139。

〔註 64〕胡萬川謂馮氏「雖然是個不爲正統文人所重的通俗文學工作者，並且一生中也只做過四年的小縣令，但他的心胸與眼光，卻是廣大而深刻地時時關注著社會問題的。最重要的一點是他處處都在爲老百姓而設想，爲老百姓的利益而存心。」詳見氏著：〈從智囊、智囊補看馮夢龍〉，收錄於靜宜文理學院中國古典小說研究中心主編：《中國古典小說研究專集 1》（台北：聯經出版公司，1991 年 8 月第二次印行），頁 149～150。

〔註 65〕見〔清〕趙廷璣修，〔清〕柳上芝纂：《壽寧縣志》四卷〈官守誌・宦績〉（台北：成文出版社，1974 年 6 月），頁 175。

〔註 66〕據馬幼垣之分析，壽寧修志共有四次：始修於嘉靖之張鶴年，繼修於萬曆之戴鏜，復修於崇禎之馮夢龍，終修於康熙之趙廷璣。四人的修志工作，均於知縣任期內進行。「張志」、「戴志」、「趙志」三書均以《壽寧縣志》爲名，此乃方志成規；唯「馮志」不按成規命名，而名曰《壽寧待誌》。詳見氏著：〈馮夢龍與『壽寧待誌』〉，收錄於《實事與構想：中國小說史論釋》（台北：聯經出版公司，2007 年 9 月），頁 133～134。

〔註 67〕馮氏的《壽寧待誌》二卷，與一般方志殊異，基本項目如疆域、建置、人物、藝文等，有盡量求簡的，亦有根本不用的。最特別的，是全書以第一人稱評述，講自己的政績與執政原則；選才標準又常依個人之興趣，因此是書內容

飲酒賦詩，寄情逍遙於山水間。其後甲申之變〔註 68〕起，馮氏對李自成領導的叛軍與清兵入侵皆表不滿，面對明室傾覆在即，在極度悲憤的心情下，他不顧七十高齡，勉力奔走於江浙之間，成爲宣傳反清復明的推手。〈挽馮夢龍〉詩中一段是他當時心境的寫照：

去年戒行役，訂晤在鴛水。及泛西子湖，先生又行矣。石梁天姥間，于焉恣游履。忽忽念故園，匍匐千餘里。感憤塡心胸，浩然返太始。〔註 69〕

動盪的歲月裡，子猶認爲明室的覆亡是「天崩地裂，悲憤莫喻」〔註 70〕的禍事。他根據當時的揭帖、塘報，編寫了《甲申紀聞》和《紳志略》二書。這兩部書後來匯編在《甲申紀事》中。〔註 71〕他在這些著作中慨歎明室的覆亡，譴責腐敗的官吏與權貴，並提出改革的建議，只是這位故舊遺臣的諫言起不了作用，苟延殘喘的幾個小政權相繼遭清軍撲滅，有明一代終得步上滅亡一途。一代通俗文學巨匠，馮夢龍亦在憂病怵憤中辭世，卒於清順治三年（1646），享年七十三。〔註 72〕

較傳統方志活潑，但偏失亦很明顯。若就研究馮氏生平事蹟而言，此書則屬上乘資料。參見馬幼垣：〈馮夢龍與『壽寧待誌』〉，收錄於《實事與構想：中國小說史論釋》，頁 134～135。

〔註 68〕明崇禎甲申年（1644）間，李自成的農民起義軍攻克北京，明朝宣告滅亡。僅過 40 天，清兵南下，並迅速摧毀起義軍的政權，以及江南的明朝殘餘勢力，滿清自始統治中國。

〔註 69〕〔明〕王挺：〈挽馮猶龍〉，收錄於〔明〕馮夢龍等著，橘君輯注：《馮夢龍詩文》（福州：海峽文藝出版社，1985 年 10 月），頁 147。

〔註 70〕〔明〕馮夢龍：〈甲申紀事敘〉，收錄於〔明〕馮夢龍等著，橘君輯注：《馮夢龍詩文》，頁 191。

〔註 71〕見胡士瑩：《話本小說概論》（台北：丹青圖書公司，1983 年 5 月），頁 395。

〔註 72〕據馮氏所撰：〈和許琰『絕命詩』〉，其撰詩頌揚許琰的死節：「他年史筆修吳志，點綴素編有一忠。」另撰〈奉挽玉重先生四絕〉：「先生一死非多事，要與時流換心肝。」參見〔明〕馮夢龍等著，橘君輯注：《馮夢龍詩文》，頁 143～145。子猶在〈和許琰『絕命詩』〉有序云「甲申端午」一詞，甲申之變在明崇禎 17 年，即清順治元年，亦即西元 1644 年。由詩文內容看來，馮氏晚年相當憂國憂民，亦可見其卒年必晚於 1644 年。馬廉在〈馮猶龍氏年表〉中條列：「丙戌，隆武元年，一六四六，七十二歲。先生序刻《中興偉略》；夏，沈自晉僑居吳山盧氏園時，聞友人言先生已物故。」見馬廉著，劉倩編：《馬隅卿小說戲曲論集》（北京：中華書局，2006 年 8 月），頁 171。胡萬川則認爲：「南明唐王隆武元年丙戌，即清順治三年（西元 1646），時未及夏，馮氏因憂國而逝，年七十三，棄世前作有辭世詩。遺囑以墨憨齋新訂詞譜未完稿托沈自晉卒業。」見氏著：《馮夢龍生平及其對小說之貢獻》（台北：國立政

（二）馮夢龍的著作

馮夢龍是明代末年的著名作家，所從事的文學活動亦是多樣的。他致力於蒐集、整理並纂輯民間文學與通俗文學作品，汲取來自於市井生活的豐富素材，在小說、戲曲、詩文及民間俗曲等領域皆有一定的成就。馮氏的著作資料，歷來經過學界的諸多考證之後，已有一定的研究成果。茲將馮夢龍的各種著作分類表列如下：〔註 73〕

<table>
<tr><th colspan="2">類別名稱</th><th>書　名</th></tr>
<tr><td colspan="2">話本・小說類
（短篇小說）</td><td>《喻世名言》（《古今小說》）、《警世通言》、《醒世恒言》</td></tr>
<tr><td colspan="2">話本・講史類
（長篇歷史演義）</td><td>《新列國志》、《平妖傳》、《盤古至唐虞傳》、《有夏志傳》、《兩漢志傳》、《古今列女演義》</td></tr>
<tr><td colspan="2">民歌和擬民歌類</td><td>《童痴一弄・掛枝兒》、《童痴一弄・山歌》、《夾竹桃頂眞千家詩》</td></tr>
<tr><td colspan="2">筆記小品類</td><td>《智囊》、《智囊補》、《古今談概》、《情史》、《癖史》、《笑府》、《燕居筆記》、《太平廣記鈔》</td></tr>
<tr><td colspan="2">散曲、詩集、曲譜類</td><td>《太霞新奏》、《宛轉歌》、《七樂齋稿》、《最娛情》、《鬱陶集》、《墨憨齋詞譜》、《游閩詩草》</td></tr>
<tr><td colspan="2">時事類</td><td>《王陽明出身靖難錄》、《甲申紀事》、《中興實錄》、《中興偉略》</td></tr>
<tr><td colspan="2">經學應舉類</td><td>《春秋衡庫》、《麟經指月》、《春秋別本大全》、《四書指月》、《春秋定旨參新》</td></tr>
<tr><td rowspan="2">傳奇類</td><td>創　作</td><td>《雙雄記》、《萬事足》</td></tr>
<tr><td>改　訂</td><td>《新灌園》、《酒家佣》、《女丈夫》、《量江記》、《精忠旗》、《夢磊記》、《灑雪堂》、《西樓楚江情》、《三會親風流夢》、《邯鄲記》、《人獸關》、《永團圓》、《一捧雪》、《占花魁》、《雙丸記》、《殺狗記》、《三報恩》</td></tr>
<tr><td colspan="2">其　他</td><td>《壽寧待志》、《折梅箋》、《牌經》、《馬吊腳例》、《葉子新年譜》</td></tr>
</table>

治大學中國文學研究所碩士論文，1973 年 6 月），頁 13～14。本論文採胡氏說法。

〔註 73〕表內資料分類，參考繆詠禾兩本著作所列。詳見繆詠禾：《馮夢龍與三言》（瀋陽：遼寧教育出版，1993 年 9 月第 2 次印刷），頁 20～21；以及氏著：《馮夢龍和三言》（台北：萬卷樓圖書公司，1993 年 6 月），頁 14～15。胡萬川亦對馮氏之作品進行略考，詳見氏著：《馮夢龍生平及其對小說之貢獻》（台北：國立政治大學中國文學研究所碩士論文，1973 年 6 月），頁 15～22。另，薛宗正曾依其所見，針對馮氏著作重加統計，認爲其總數共達六十餘種，涉及多種文化領域。參見氏著：〈馮夢龍的生平、著述考索〉，《烏魯木齊職業大學學報》第 9 卷第 4 期（2000 年 12 月），頁 47～48。

馮氏才華多面，著述閎富。他重視文學內容的「眞」，不願附和矯揉造作的作品。這樣的風格與主張，實踐於他的著述志業裡，即可了解其輯錄民歌俗曲，以及走入市井發而爲通俗小說之因。馮夢龍提出山歌要「眞」，戲曲要「當場敷演」，小說要「通俗化」的主張，都是從文學的社會作用和教育意義出發的。〔註74〕馮氏的文學觀，秉李贄的「童心說」相承而來，而以「情眞」爲立論基礎。他認爲文藝的社會功能性，主要是指作品的教化與倫理作用，「三言」即是這個思想理論實踐的成品。

二、馮夢龍編纂「三言」之動機與主題意識

馮夢龍著述所涉及的層面甚廣，其中影響最大、成就最高者，是對於通俗文學的倡導與實踐。他的這些作品多量產生的原因，除了受到時代背景影響及自身的志趣之外，一部分是由於當時崛起的市民階層所需而促成。明代通俗文學的勃興，基本上即是在生產者／文學家，與消費者／市民階層的供需關係而形成的。小說作品對於當時文壇的貢獻甚大，其中由馮氏所編纂的短篇小說集「三言」，風行一時，影響亦鉅。〔註75〕本節將透過求索子猶編纂三言之動機，進而明其編作之主題意識。

明代末葉經濟發展，社會呈現一派繁華富庶的榮景，工商業發達，手工業者及商賈數量增加，形成新興的市民階層。這些從事工商業的小市民，較之於傳統社會的農民，有較強的自我意識，與較大的自我空間。工商業者多是僱傭型態，即使是傭作者，他們亦是受僱於雇主，擁有固定的工時，領取固定的薪資，因此生活保障較優於傳統農業社會。收入較爲穩定後，便能要求較高的生活品質，因此對於休閒娛樂的需求亦隨之提升。繆咏禾說得頗爲詳細：

> 在城市的商販、店員、手工業工人等平民階層中，識字的人比較多，他們要求認識歷史，了解社會，得到知識和消遣，要求看一些看得懂，看來有興趣，又有點用處的讀物。這個要求推動著書商，也推動著作家。明末的蘇州，是東南地區的文化中心，大大小小的刻書

〔註74〕胡士瑩：《話本小說概論》（台北：丹青圖書公司，1983年5月），頁397～398。

〔註75〕陳大康認爲，馮夢龍是明代通俗小說發展史上極重要的人物，當時擬話本的作品數量以他最多，產生的影響也最大，其後的凌濛初與天然痴叟，實際上皆是在其帶領下而撰寫「兩拍」與《石點頭》的。在馮氏有意識地積極推動之下，使得擬話本迅速發展成爲重要小說流派之一。在通俗小說創作由改編向獨創過渡的關鍵時期，馮氏的創作實踐和理論主張，皆起了相當重要的作用。詳見氏著：《通俗小說的歷史軌跡》（長沙：湖南出版社，1993年1月），頁115～116。

商有幾十家之多，他們除了刻印讀書人用的經、史、子、集和應考讀物之外，也刻印各種能夠暢銷的通俗讀物，藉此賺錢，並滿足市民的需要。……「三言」便是馮夢龍「因賈人之請」而編輯整理的。書商和文人的互相推動，繁榮了當時的文壇。這是馮夢龍所以有這許多通俗讀物問世的重要社會原因。〔註76〕

當時的書賈爲因應新興的廣大消費者需求，便大量刊行較易爲一般社會民眾所接受的作品。其中以生動口語作爲寫作工具的白話小說，即應運而生成爲「暢銷的通俗讀物」，並進而造成白話小說在當時成爲一股不可遏止的潮流，這股潮流可謂推動文人爭相投入編纂的動力之一，當時馮夢龍編作「三言」便是一例。馮氏因「受賈人之請」而著手編纂三言，在《古今小說》敘言有如此說明：

……茂苑野史氏，家藏古今通俗小說甚富，因賈人之請，抽其可以嘉惠里耳者，凡四十種，畀爲一刻，余顧而樂之，因索筆而弁其首。綠天館主人題。〔註77〕

上文中綠天館主人說道，由於茂苑野史氏家藏通俗小說甚富，受書賈邀請編纂《古今小說》一書。而據胡萬川考證，「茂苑野史氏」與「綠天館主人」乃悉爲馮夢龍的化名。〔註78〕

除了廣大的市民閱讀需求之外，造成書商積極刊印通俗書冊，另有一背景因素，即是造紙技術提升，印刷成本降低，爲出版商提供有利可圖的機會。自宋以降，印刷術與紙張品質不斷提升，加以印刷刻工進步，書冊出版成本更爲低廉。葉德輝在《書林清話》記載：「前明書皆可私刻，刻工極廉」〔註79〕，由於商業、手工業的繁榮及社會文化的發展，民間對書籍的需求量大增，從而促進了印刷業的蓬勃發展。明代的民間印刷業分布很廣，印刷書籍的種類除經、史、子、集外，平話、小說、戲曲故事及各種通俗讀物皆大量刻印。這些外在的條件，即爲商賈提供一個利於刊刻的環境；加以民間亟需通俗娛樂作品以做消遣，此皆成爲編纂「三言」及刊印的客觀條件。

〔註76〕繆咏禾：《馮夢龍和三言》（台北：萬卷樓圖書公司，1993年6月），頁16～17。

〔註77〕〔明〕馮夢龍原編，李田意輯校：《古今小說》（台北：世界書局，1991年3月再版），頁9～10。

〔註78〕參見胡萬川：《馮夢龍生平及其對小說之貢獻》（台北：國立政治大學中國文學研究所碩士論文，1973年6月），頁5。

〔註79〕〔清〕葉德輝：《書林清話》卷七〈明時刻書工價之廉〉（北京：古籍出版社，1957年1月），頁185。

「三言」的問世，除了是時勢需要，應書商、讀者的要求以外；與當時文人的推波助瀾亦有相當的關係性：

> ……同時在思想文化領域，以哲學爲主導，出現一股強大的啓蒙洪流。這一切，都爲小說的發展提供了極爲有利的條件。其中作爲啓蒙思想先驅和中堅的一些重要人物，他們或者本人就是小說作家(如馮夢龍)，或者是小說等通俗文學的熱心倡導者(如李卓吾、三袁)。他們共同抬出小說和其他通俗文學，把他們提到了與經史並列甚至超出其上的地位。他們利用小說進行文學的啓蒙，同時在他們的影響下小說成了當時最主要的一種啓蒙文學樣式。〔註 80〕

這些文人親自參與通俗小說的編纂、增補、整理及出版的行動，爲的是提升小說的質量與地位，始能促使這些作品廣爲流傳，對升斗小民起積極作用，此現象不啻爲小說史上之進步思潮。

馮夢龍對這些通俗讀物也抱持著幾個主張，一是小說之「通俗性」。馮氏認爲，文學作品必需要通俗化，能夠被一般民眾接受，進而了解閱讀。唐傳奇因出於文人之手，選言撰之，士人聽了能「入於文心」；而宋人話本是說話人的心血結晶，使用語言講究通俗化，百姓聽了便能「諧於里耳」。那些文言作品講理艱深，修辭雕琢，賞愛者僅限於少數人，無法爲一般民眾所理解，更不能觸動他們的心靈；文人畢竟是少數，百姓才是多數，唯有通俗才能收到「可喜可愕、可悲可涕、可歌可舞」的藝術效果。

馮夢龍在強調小說之通俗性的同時，亦著眼於文學藝術之教育作用與社會意義。在署名爲「無礙居士」的《警世通言》序中，藉一個生動的例子來解釋小說的巨大教育作用：

> 里中兒代庖而創其指，不呼痛，或怪之，曰：吾頃從玄妙觀聽說三國志來，關雲長刮骨療毒且談笑自若，我何痛爲。夫能使里中兒頓有刮骨療毒之勇，推此說孝而孝，說忠而忠，說節義而節義，觸性性通，導情情出，視彼切磋之彥，貌而不情，博雅之儒，文而喪質，所得竟未知熟贗而熟眞也。〔註 81〕

〔註 80〕孫遜、孫菊園編著：《明清小說叢稿》(台北：中國文化大學出版部，1992 年 9 月)，頁 9～10。

〔註 81〕〔明〕馮夢龍編，李田意蒐集編校：《警世通言》(台北：世界書局，1991 年 3 月再版)，頁 8～10。

子猶認爲，好的小說應該能夠使「怯者勇，淫者貞，薄者敦，頑鈍者汗下。」進而深入影響人們的思想和行爲。可以明確的說，馮夢龍編纂三言的目的，最主要的即是達到「教化」的功能。他將自己所編的三部小說，題名爲《喻世明言》、《警世通言》、《醒世恒言》，用意是昭然若揭的：

> 六經國史而外，凡著述皆小說也。而尚理或病于艱深，修詞或傷于藻繪，則不足以觸里耳而振恒心。此醒世恒言四十種，所以繼明言、通言而刻也。明者，取其可以導愚也；通者，取其可以適俗也；恒則習之而不厭，傳之而可久。三刻殊名，其義一耳。〔註 82〕

他的目的，主要是透過這三部作品，來勸喻世人，警誡世人，並喚醒世人。從上文可知，馮夢龍在編纂三言時，除了小說的「適俗」性外，更希望他所輯錄編作的故事具有「導愚」的智慧，達致「習之不厭，傳之可久」的雋永價值。「恆心」是儒家的道德觀念，所指爲安居守分之心，子猶「導愚」的目的就在於使民眾能夠發揮「恆心」的道德精神。而爲了此目的，他必須強調小說之「適俗」性，小說的內容先能夠「適俗」以觸發民眾之心聲，之後才能達到作者所欲倡導之道德目的。〔註 83〕「三言」在當時競相刻印的盛況，乃爲其「適俗」性之明證。然而，馮夢龍這種類於「文以載道」的主張，卻因爲侷限於忠孝節義倫理的宣導，而有其狹隘性。他既喊出「情眞」的口號，卻也同時在爲規範傳統禮教尋找適切的途徑，造成其理論有所矛盾與扞格之處。

馮氏編作三言的另一特色，是反映當時的社會現實。徐志平認爲其拓展新的題材，使商人與市井小民躍上文學作品的舞台，成爲小說中的主要人物；而這些人的生活和想法，則成爲小說的主要內容。〔註 84〕其中關於城市生活及社會制度等題材故事，最能明顯反映其社會現實性，作品中描繪當時社會各階層人物的活動及樣貌。「極摹人情世態之歧，備寫悲歡離合之致，可謂欽異拔新，洞心駭目，而曲終奏雅，歸於厚俗。」〔註 85〕故事當中雖偶有較露骨的敘述，但卻能勇於揭發當時科舉、公案、婚姻及政治制度之弊，是能切

〔註 82〕〔明〕馮夢龍編，李田意蒐集編校：《醒世恒言・可一居士敘》（台北：世界書局，1983 年 1 月三版），敘頁 1～2。

〔註 83〕參見崔桓：《三言題材研究》（台北：國立台灣大學中文研究所碩士論文，1985 年 5 月），頁 146。

〔註 84〕參見徐志平、黃錦珠：《明清小說》（台北：黎明文化事業公司，1997 年 4 月），頁 147。

〔註 85〕〔明〕抱甕老人編，馮裳標校：《今古奇觀》（台北：建宏出版社，1995 年 3 月），原序頁 2。

實呈現社會的一幀浮世繪。

陳師益源針對小說的價值，提出一個客觀的見解：

> 小說的價值，不是只有寫作技巧，還要包括「文學演變」上面是否占有重要地位，包括其作品產生之後，是不是造成很多影響，跟著它所指出的方向走，或是摹仿它，看看當時造成的「文學現象」，是不是流傳域外造成「文化交流」，可從多方面多角度來觀察其價值。〔註 86〕

馮夢龍爲編纂「三言」，使用通俗的白話文，編纂的體制與格式統一，編作技巧特出。《醉醒石》、《石點頭》等勸世之作則汲取三言富教化意義的一面；李漁將所著的《十二樓》更名爲《覺世明言》，也有「勸使爲善」的意味，亦能見其受三言書名影響的痕跡。抱甕老人自三言、二拍中選刻四十篇，編爲《今古奇觀》，暢銷一時；其後更陸續衍生《警世奇觀》、《警世選言》及《二刻醒世恒言》等作品。而三言在海外的傳播與影響亦廣，在韓國有朝鮮李朝文人讀三言、二拍後編作的選抄本《啖蔗》;《警世通言》中的〈莊子休鼓盆成大道〉、〈呂大郎還金完骨肉〉兩篇故事，是中國小說中最早被譯爲西文的作品（1735），其它陸續被譯作的作品約有十數篇。〔註 87〕還有許多作品被譯成德文、俄文、義大利文、拉丁文、荷蘭文等。此外，國外對三言的研究亦蔚然成風，日本學者鹽谷溫（1878～1962）是發先聲者，其後有長澤規矩也（1902～1980）、小野四平及小川陽一等後繼者；美國漢學家韓南（Patrick D. Hanan，1927-）不僅發表多篇專論，其 *The Chinese Vernacular Story* 一書爲國外研究中國話本小說的系統性專著，體系完整，闢專節探究馮氏其人與其白話小說著作，見解特出。綜觀以上資料，皆可見馮夢龍與其三言話本集，在海內、外所造成的「文學現象」與「文化交流」成果。

孫楷第有一段話足可爲馮夢龍及其編纂三言的定評：

> 猶龍子以一代逸才，多藏宋元話本，識其源流，習其口語，故所造作摹繪聲色，得其神似，足以摩宋人之壘而與之抗衡，不僅才子操觚染翰，足爲通俗文生色而已。……故書出即盛行，作者繼起，爭相仿效，遂開李漁一派之短篇小說，其遺澤至於清初而未斬。此關於一時之風氣者一。《古今小說》及《通言》《恒言》所收，多至一

〔註 86〕陳師益源：《古代小說述論》（北京：線裝書局，1999 年 12 月），頁 210。

〔註 87〕詳見王麗娜編著：《中國古典小說戲曲名著在國外》（上海：學林出版社，1988 年 8 月），頁 170～201。

百二十種，宋元舊種亦蒐括略盡。……今者宋元小說，流傳至少，欲研究中國短篇小說自不得不以《三言》《二拍》爲基礎。此關於短篇小說史料者二。綜斯二端，則《三言》《二拍》在小說史上地位之重要，自不難想見。日本鹽谷溫氏目爲寶庫，誠非過譽也。〔註 88〕

馮夢龍的「三言」一流傳於世，仿其體制撰作者蜂擁鵲起，凌濛初的「二拍」正是仿其體制撰著的擬話本作品。

「三言」是中國古典小說中，極具代表性的短篇小說總集，是一個時代的文學，代表一個時代的心聲。它兼容並蓄，博採眾長，在題材上包羅萬象，在風格上豐富多變。它的刊行，不僅使許多宋元舊篇免於湮沒；更推動短篇白話小說的發展與繁榮，影響至爲深遠。

三、《醒世恒言》中的〈賣油郎獨占花魁〉析論

小說自唐傳奇始，便有許多敘寫士子與娼妓的愛情故事，這一類才子佳人題材的作品，起初多爲文人創作。宋明時期，受到工商業蓬勃發展，城市經濟日趨繁榮之影響，商賈人口增加。才子佳人至此一新面貌，題材轉變成爲商販與娼妓的風花雪月。由說書人記錄的故事梗概，到了文人手中，往往增添情節另加鋪寫，藉由小說、戲曲等文體呈現，賦予此類故事新的時代特色。

由明末馮夢龍所編著的《醒世恒言》，其中第三卷〈賣油郎獨占花魁〉便是這一類題材中膾炙人口的作品。這篇小說將賣油郎秦重知情識趣、善於幫襯的「有情郎樣貌」，寫得情意眞摯，生動感人。因此歷來談話本小說的人，每每將該篇視爲晚明時期「擬話本」成熟期的代表作。〔註 89〕以下將從情節結構、人物形象、主題意識及藝術風格等方面，評述分析〈賣油郎獨占花魁〉（以下簡稱〈賣油郎〉）一篇之內容。

（一）情節結構

結構通常與情節並稱爲「情節結構」，但結構並不完全等同於情節。「結構是對人物、事件的組織安排，是謀篇布局、構成藝術形象的重要的藝術手段。」〔註 90〕而情節則可視爲「對故事進行藝術安排而形成的秩序」〔註 91〕。

〔註 88〕孫楷第：〈三言二拍源流考〉，收錄於《國立北平圖書館館刊》第 5 卷第 2 號（台北：台灣學生書局，1967 年 2 月重新影印出版），頁 3483～3484。

〔註 89〕見胡萬川：〈「賣油郎獨占花魁」的喜劇藝術〉，《中外文學》第 20 卷第 10 期（1992 年 3 月），頁 4。

〔註 90〕賈文昭、徐召勛：《中國古典小說藝術欣賞》（台北：里仁書局，1983 年 3 月），

佛斯特（E.M. Forster，1879～1970）對於情節則有簡明扼要的定義：「我們對故事下的定義是按時間順序安排的事件的敘述。情節也是事件的敘述，但重點在因果關係上。」〔註 92〕一般而言，中國古典小說重視情節的作用，遵循著以情節為結構中心的創作模式。

〈賣油郎〉一篇的故事發生在歷史上一個混亂動盪的時代。時值金兵南侵、北宋喪亡之際，期間長達數十年之久。北方兵禍天災，饑荒殺戮層出不窮。隨著汴梁失陷，二帝蒙塵遭擄，高宗泥馬渡江，偏安一隅，天下至此分為南北，方得休息。稍有資歷的氏族，大都南遷遠禍；隨著逃難的，還有大批商人與工匠，因為這些人口的行業允許他們易地謀生。男、女主角亦身處避禍的人群中，此為故事的時代背景。

〈賣油郎〉是篇極富時代特色的愛情小說，故事初分兩線進行：女主角莘瑤琴與父母一同逃難，中途卻與雙親失散，被騙而淪落風塵；男主角秦重亦是隨父避難，被賣給臨安城裡開油鋪的朱十老為繼子。瑤琴因被賣入妓家，改名美娘，色藝兼備的她聲名大噪，被譽為「花魁娘子」。她因出身良家，不肯賣身，先遭王九媽計誘破處，後又有口能舌便的劉四媽以從良之道勸誘她，遂欣然覆帳，聲價愈重。而被收養改姓的朱重，因遭夥計邢權與使女蘭花搬弄栽贓，逼得十老只能攆他出戶。他囊篋蕭然，被迫另覓居處，幸得舊時同行相助，遂復姓為秦，仍舊從事擔油買賣。一日秦重偶見美娘，甚嚮往之，決定存錢一親芳澤，積年餘始成。然花魁娘子譽滿城內，邀約不斷，且往來皆是王孫公子，富室豪家。後經老鴇安排終得以一宿，不巧當夜美娘醉酒，秦重雖未能如願共度良宵，卻志誠體貼地照料醉酒不適的佳人。一夜過後，令美娘對秦重「知情識趣」的「幫襯」舉動甚感於心，餽贈銀兩資其創業。其後，秦重得知當初誤會他的養父被騙，店內資財遭邢權二人席捲一空，便回朱家協助十老重掌油坊。朱老身後，秦重收留一對來自同鄉的老夫婦，三人協力將家業掙起。一年過後，某日美娘遭吳八公子欺凌，遺棄郊外，恰巧為經過的秦重所救，是夜美娘感其恩，以身相許，並決意要嫁與他。遂設計讓九媽答應讓她贖身，攜千金與秦重結褵，美娘至此才發現秦重所收留的老夫妻，正是當年她失散的父母；而秦重

頁 24。

〔註 91〕陸志平、吳功正：《小說美學》（台北：五南圖書公司，1993 年 11 月），頁 73。

〔註 92〕佛斯特著，李文彬譯：《小說面面觀》（台北：志文出版社，2002 年 1 月新版），頁 114。

亦因到廟謝神，巧遇生父得以與之重逢。

小說題目名爲「賣油郎獨占花魁」，敘事者即爲讀者揭示了戀愛雙方的地位差距，但在全篇的敘事過程中，「他並沒有帶著某種嗜奇的誇張來渲染事件的外部進程，而是將筆觸深入到人物的內心，以性格和心理活動的刻畫作爲情節推進的內在線索。」〔註 93〕篇首的入話詞〈西江月〉，作者言其爲「風月機關中撮要之論」，是這麼寫的：

年少爭誇風月，場中波浪偏多。有錢無貌意難和，有貌無錢不可。

就是有錢有貌，還須著意揣摩。知情識趣俏哥哥，此道誰人賽我。

（世界版《醒》卷三，頁 1）

「知情識趣」所指即爲「幫襯」，入話所引李亞仙與鄭元和故事，正說明鄭元和體貼識趣，亞仙念其舊情，捨他不得。這個例子用來正襯男主角秦重在故事中以情動人的行爲，揭櫫情節的重心「幫襯」，使他「無貌而有貌，無錢而有錢」，讓身在風月場的瑤琴甘心以身相許。

故事首先介紹女主角瑤琴的家世與修養，她來自於市井小民的小康環境。較特別的是，在描述百姓受盡磨難、倉皇避禍的當時，作者卻以相當篇幅先爲瑤琴的成長背景作一番刻畫。不言其美貌，卻以「自小生得清秀」帶過，重心是置於其年幼便「日誦千言、吟詩作賦」，至十二歲琴棋書畫、針黹皆精的「資性聰明」之上，說明其資賦乃「天生伶俐，非教習之所能也」。在她與雙親落荒亂走，彼此不及相顧而走失時，處境堪憐，後又遭卜喬拐騙，隨之南尋父母，故事此時插言道：「瑤琴雖是聰明，……遂全然不疑，隨著卜喬便走。」到了臨安城，卜喬盤纏用罄，起歹念將瑤琴轉賣妓戶。不知受騙的她還欣然隨九媽而去，作者在此嘆道：「可憐絕世聰明女，墮落烟花羅網中。」故事作者先對瑤琴的背景作「傳奇」式的刻畫，但她的「聰明」卻也在故事情節的營造之下，屢遭嘲諷與磨難。柏子仁說：

「聰明」，以及類似的詞彙，重複地在故事中出現。它的含意因所指的對象而變化。瑤琴的聰明，是指她詩書琴瑟的才能。但在故事進行中，我們卻目睹這名極具才情的佳人再三遇上了強盜、騙子和惡棍。我們看到的，可以說是「傳奇」的美德被置於「話本」的世界裡遭受考驗。瑤琴的天賦在接繼的困境面前顯的無力。沒讀上數頁，我們便可以覺察出來，這是一個關於傳奇（Romance）式人物陷落

〔註 93〕王昕：《話本小說的歷史與敘事》（北京：中華書局，2002 年 12 月），頁 122。

的歷程故事。〔註 94〕

男主角秦重的經歷與出身，同瑤琴亦頗有相似之處，這位「生得一表人才」的年輕人，作者以「老實」形容他的秉性。當邢權搬弄是非，意圖藉朱十老之手攆走他時，秦重卻也能即刻猜知其背後之企圖，表現出的是其對於世態人情的深刻洞察力。爲全大局，志誠孝順的他出了朱家，雖然面臨生活的困頓，但卻能決斷地拿定主意，重拾熟悉的本行生理。作者亦稱其爲「聰明的孩子」，但秦重的聰明與美德，「是在一個極其複雜的都市環境中自衛及生存的稟能。他的聰明是這話本世界的產物。」〔註 95〕而全篇故事便是建立在這兩位性格異趣的人物，從相遇、吸引至結合的悲喜歷程。

關於故事中幾個人物的分析，此容後段再行分析。筆者盱衡全篇結構，歸納出以下數點之情節特色：

1. 巧合營造

馮夢龍的「三言」在組織故事的情節時，有個顯著特點：善於運用「偶然巧合」的手法。〔註 96〕巧合與偶然，是小說及戲曲作品中常用的藝術手法，「無巧不成話」，若無偶然碰巧的故事情節，便難以成爲說書的材料。偶然性用得適切，營造出的戲劇性也就愈高，產生的藝術效果也愈強。「巧合」的情節，在〈賣油郎〉故事中屢見不鮮，這些不同的巧合橋段，卻對故事情節起了迥異的作用：當瑤琴與雙親失散，落魄中巧遇過去的近鄰卜喬，因爲這段巧遇，讓瑤琴得以隨之輾轉來到臨安，卻也害得她被迫身入妓門，開啓故事的接續發展；當秦重擔油自營生理時，某日出脫了油，正在昭慶寺附近歇腳，卻乍見「容顏嬌麗，體態輕盈，目所未睹」的美娘現身，自此爲之著迷。碰巧老鴇倚門望見秦重的油擔，正需油用，這一所見即給予男主角得以「每日圖個飽看女娘一回」的機會，亦爲兩人日後的接觸種下契機。因秦重需定時擔油至王九媽處，這一遠路是特地來的，而昭慶寺是順路，正巧寺內各房和尙亦需買油，便不枉他單走錢塘門一路的生意。這個「巧合」的安排，就稍有牽強意味。

故事中設計最爲精妙的巧合之處，在於瑤琴醉酒而歸，以及夜半不適嘔吐的情節。若非瑤琴醉酒，神智恍惚，否則秦重難以入其閨閣；而因爲瑤琴

〔註 94〕柏子仁：〈兩個話本故事的研究〉，《文學評論》第 7 集（1983 年 4 月），頁 72。

〔註 95〕柏子仁：〈兩個話本故事的研究〉，頁 73。

〔註 96〕繆咏禾：《馮夢龍和三言》（台北：萬卷樓圖書公司，1993 年 6 月），頁 63。

的醉酒，導致夜半不適嘔吐，才能令她領受秦重的體貼。當瑤琴日間憶起昨夜曾嘔吐之事，追問秦重穢物何去，包藏於衣袖的他才吐實道：「這是小可的衣服，有幸得沾小娘子的餘瀝。」把端端的「餘瀝」用來形容吐過的穢物，一句話即將秦重對瑤琴所懷的志誠與崇拜，表露得淋漓盡致。這段「受吐」的情節，可謂作者極爲巧妙的安排，創作的意圖得以體現，使得小說主題更加突出，更令讀者深刻體會「賣油郎」爲何終能「獨占花魁」的重要成因。

作者在故事中營造的巧合，另有一作用是激起矛盾與衝突，藉以反襯強化主題。在男、女主角初會後一年，生出吳八公子這一段事端來。八公子任情使性，好賭嗜酒，聞得花魁之名，屢次來約不成，清明節日索性直闖房門，強擄瑤琴上船。瑤琴雖身爲娼，然交往皆爲富豪士族，一向養尊處優，怎堪吳八公子這般凌辱，便一路放聲號哭，甚至要投水自盡。八公子見她始終不肯就範，便打消念頭，卻又褪其裹腳，要赤足的瑤琴自走回家。寸步難行的她處境堪憐，愈思愈苦，放聲大哭。偏秦重適巧當日往十老墳上祭掃，回程經過聞得哭聲前來查看，卻是驚見他過去朝思暮想的瑤琴，聞其遭遇，秦重亦爲之心疼流淚，將袖中的白綾汗巾奉與瑤琴裹腳，再喚轎送她回府。吳八公子的這一段情節，無非是作者用來激起故事緊張氣氛的高潮。他的蠻橫無理，好色又且無情，對女主角的一番凌辱，造成兩人之間的衝突，亦使得讀者愈加同情瑤琴的堪憐遭遇。至於秦重的巧合現身，除了讓我們再一次感受到他的體貼舉動之外；明顯的意義則是以吳八公子的負面形象，加以反襯出秦重的知情識趣。反襯的作用像是一面鏡子，「照見了人性深處的奧妙」〔註97〕，藉由吳八公子的行爲對照，情節衝突的目的達到了，男主角的「幫襯」形象亦塑造得更爲鮮明。

巧合情節的安排，還能簡化故事漫長的發展過程〔註98〕。秦重返回朱家重掌生意後，亟需老成幫手，莘善夫婦尋女至此，正巧走投無路，經中人引介投靠秦重，因莘氏本就是開鋪營生，賣油之事都則在行。秦重見其既是汴

〔註97〕沈謙曰：「反襯的語辭，肇基於宇宙和人性的矛盾，有輕鬆有趣的諷刺，有耐人尋味的啓示。除了新奇有趣，生動傳神之外，反襯更是一面鏡子，照見了人性深處的奧妙！」見氏著：《修辭學》（台北縣：國立空中大學，1998年10月修訂版三刷），頁92。

〔註98〕繆咏禾分析，三言故事中的偶然與巧合，能夠簡化故事漫長的發展過程，刪芟不必要的枝蔓，起到加快情節發展，促使故事緊湊的作用。見氏著：《馮夢龍和三言》（台北：萬卷樓圖書公司，1993年6月），頁65。

京鄉親，又且年長，遂安頓夫婦兩人在店內相幫。這一段情節有預留伏筆的作用，在瑤琴贖身嫁與秦重後，莘氏父女三人才得以相認重聚。至於秦重在家業興隆之後，欲謝天地神佑，發心喜捨各寺廟。當他來到天竺寺，老香火秦公點燭添香。秦公雖未能認出眼前的這位施主，但他見到油桶上的「秦」與「汴梁」字樣，好奇心驅使下詢問秦重過往經歷。這一問，讓離散數十載的父子終得重逢。作者安排這兩段認親的情節，藉由巧合及偶遇的牽線，讓兩位主角省去可能的漫長尋親過程。將彼此失散多年的時間，以及異地契闊的空間，霎時凝聚到一點上來，既能營造故事收束的大團圓結局；亦達到簡省不必要的情節發展之目的。

2. 好事多磨

當瑤琴被王九媽設計梳弄後，不肯覆帳接客，九媽只得請劉四媽來當說客。在劉四媽鼓著如簧之舌講述一大段的「從良論」裡，有段話是這麼說的：

> 有個眞從良，有個假從良。有個苦從良，有個樂從良。有個趁好的從良，有個沒奈何的從良。有個了從良，有個不了的從良。我兒耐心聽我分說。如何叫做眞從良？大凡才子必須佳人，佳人必須才子，方成佳配。然而好事多磨，往往求之不得。幸然兩下相逢，你貪我愛，割舍不下。一個願討，一個願嫁。好像捉對的蠶蛾，死也不放。這個謂之眞從良。(《醒》卷三，頁 13)

這段「眞從良」的理論，說明才子配佳人的愛情配對公式，在妓戶也是可能有機會成立的。「自小生得清秀」的瑤琴，與「生得一表人才」的秦重，一人爲娼，另一則是小市民商販，不算是傳統才子佳人的人物典型。但在小說作者的安排下，這兩個人卻也能「你貪我愛，割舍不下」，在故事裡流露著對彼此的需求與想望。其中情節設計的高明之處，即在於兩人相遇總是「好事多磨」的過程：秦重在初見花魁娘子的美貌之後，即對其心嚮往之。知其夜度資費不低，他便盡力積攢，費年餘時間始成。好不容易鼓足勇氣踏入妓門，卻總因瑤琴邀約甚多，來來回回空走一個多月後，才得進花魁房門。秦重本以爲自此能夠一遂心願，不料瑤琴當夜卻是爛醉如泥，不省人事，虧秦重稟性志誠老實，偎在瑤琴身旁便也滿足；其後又過一年有餘，秦重已逐漸發家，才又得以在荒野之中，與瑤琴偶遇重逢。這一對小市民版的才子佳人故事，經過作者在情節上多所營造悲歡離合與曲折動人之處，好事需經多磨，幾經波折始能如願，才能緊緊地扣住聽眾與讀者的心弦。

3. 出人意表

《今古奇觀》的序說「三言」是：「極摹人情世態之歧，備寫悲歡離合之致，可謂欽異拔新，洞心駭目。」〔註 99〕說明這些話本故事所選用的題材，皆來自於現實生活中的世態人情。要盡人情世態之「歧」，與悲歡離合之「致」，達到「欽異拔新，洞心駭目」之奇效，仰賴的即是「出人意表」的情節。事實上，故事中意料之外的情節，多半與「巧合」及「曲折」的安排相關：秦重積攢年餘，原以爲能夠與花魁娘子巫山之會，雲雨之歡，沒料到她卻醉得不省人事，令讀者不禁爲秦重深感惋惜；另一段精彩的意外情節，是當秦重在荒郊救回瑤琴，深夜兩人曲意盡歡之後的一段對話：

> 雲雨已罷，美娘道：「我有句心腹之言與你說，你休得推托。」秦重道：「小娘子若用得著小可時，就赴湯蹈火，亦所不辭，豈有推托之理。」美娘道：「我要嫁你。」秦重笑道：「小娘子就嫁一萬個，也還不數到小可頭上，休得取笑，枉自折了小可的食料。」（《醒》卷三，頁 44）

瑤琴本就對秦重的知情識趣頗有惦念，今再受其恩惠，從吳八公子手中救回，於是在心裡打定主意，要秦重「休得推托」。老實的他以爲瑤琴要交付什麼「心腹之言」的重大任務，便答說：「赴湯蹈火，亦所不辭」。令秦重萬沒料到的是，瑤琴竟直接提出「我要嫁你」的要求，這一出人意表的情節轉折，不僅令秦重驚詫失笑，亦即刻攫住讀者的眼光，成功地將全篇故事的情節發展，導入另一引人入勝的境界。

就故事的結構面而言，〈賣油郎獨占花魁〉的標題，即清楚揭示一種「角度設計」〔註 100〕的關係。它點出故事中的兩位主角，一個是高高在上的花魁娘子，一個則是汲汲營生的賣油郎。兩人之間的身分有著懸殊的距離，照理而言，不太可能產生愛情的關係。然而故事標題中的「獨占」二字，正是用來泯除雙方之間那段顯著差距的有力字眼。張淑香認爲，故事標題正提示了一個「一種由低向高的仰視角度」〔註 101〕。這個角度的具體呈現，在於賣油

〔註 99〕〔明〕抱甕老人編，馮裳標校：《今古奇觀》（台北：建宏出版社，1995 年 3 月），原序頁 2。

〔註 100〕角度設計是指小說中的結構，採取了從「角度發放」的方式，來作爲其意義展開的態勢而言。詳見張淑香：〈從小說的角度設計看賣油郎與花魁娘子的愛情〉，《現代文學》第 45 期（1971 年 12 月），頁 145。

〔註 101〕張淑香：〈從小說的角度設計看賣油郎與花魁娘子的愛情〉，頁 136。

郎對於花魁娘子那份虔誠嚮往的心意。作者利用且強調這個角度關係，使其牽繫著全篇故事的發展，並用以詮釋小說涵義之樞紐。也由於作者刻意設計的這層關係，使得本篇故事所呈現的愛情基調，有別於傳統小說常見之才子佳人及郎才女貌的濫調，能夠予人耳目一新之感。

（二）人物形象

關於小說中人物形象的塑造，可以廣義地解釋之：

> 塑造豐滿鮮明的人物形象，總是小說家共同的藝術追求。離開了人的活動、人的本性、人的欲望、人的思想感情、人的心理、願望、人與人之間的關係的描寫，就沒有小說。人的主體性的壓抑和失落以及主體性的張揚，總是影響著小說的具體發展進程。〔註 102〕
>
> 小說中的人物總是特定時代的作家審美的對象化，融注著作者的審美感知、審美判斷和審美理想。更直接地說，小說中的人物是作者「人學」的形象化。〔註 103〕
>
> 小說中的人物應該是眞實的具體的人。小說家的責任就在於不斷地向讀者提供獨具個性的新的小說人物。……人性的揭示也就成了構成小說魅力的重要因素。〔註 104〕

人物形象塑成的成功與否，是小說作品能否膾炙人口的重要因素之一。作者若能賦予故事中的角色一個豐滿鮮明的形象，其影響性不僅引人入勝，更能提升全篇作品之藝術成就。「形象」雖非實體，但人物角色必需「獨具個性」，並且融注作者的審美觀及理想性，如此由內而外投射出的具體形象，才富有感染讀者的魅力。葉嘉瑩對於「形象」一詞作如是定義：

> 所謂「形象」之含義，則是相當廣泛的，無論其爲眞、爲幻，無論其爲古、爲今，也無論其爲視覺、爲聽覺、或爲任何感官之所能感受者，總之，凡是可以使人在感覺中產生一種眞切鮮明之感受者，便都可視之爲一種「形象」之表達。〔註 105〕

〔註 102〕陸志平、吳功正：《小說美學》（台北：五南圖書公司，1993 年 11 月），頁 19～20。

〔註 103〕陸志平、吳功正：《小說美學》，頁 21。

〔註 104〕陸志平、吳功正：《小說美學》，頁 27。

〔註 105〕葉嘉瑩：〈中國古典詩歌中形象與情意之關係例說——從形象與情意之關係看「賦、比、興」之說〉，載於《迦陵談詩二集》（台北：東大圖書，1999 年 10 月初版二刷），頁 132～133。

其採取的亦是從寬的態度。由一個人的內涵作爲，所呈現出來的風格、特色，能夠予人感受者即爲「形象」之範圍。本文所採取的「形象」界義，率以葉氏主張爲考量標準。

以下即個別分析〈賣油郎獨占花魁〉一篇中的人物形象：

1. 秦重

馮夢龍在「三言」作品中，對於妓女角色的描寫塑造，學界已有一定的研究成果。然而在〈賣油郎〉故事裡，秦重出身於卑下困苦的環境，長成後靠著挑擔子賣油維生，自不是受過多少教育的人。但他天生淳厚眞誠，謙卑樸實，是話本故事中難得的志誠好人。這個人物相較於花魁一角，形象較爲立體鮮明，亦頗富時代氣息與個性風采。

首先是他的「敢想」，這是著眼於心理層面。秦重是個棲身於市井之中的小商販，以擔油販售營生，利潤微薄是可以想見的。早期的傳統社會重農抑商，士、農、工、商的職業類別中，亦以商賈地位最爲低下。然而這個現象到了宋、明起，由於城市經濟發展，商業活動活躍，造成商販人口激增，從業者眾，形成社會上的一股新龐大勢力。自然地，一般人對於商人的印象便逐漸改觀，也使得他們在心理層面上的自信隨之壯大起來。秦重是個老實的小商人，在朱十老的店鋪幫忙時，一心向著養父，直到被邢權使計攆出，他必須獨自面對生計，卻也不自輕自賤，仍然重拾他的熟悉本行維生。當他初見花魁娘子容貌，便開始爲這位京城名妓著迷時，內心的想法有著一段曲折迂迴的歷程：

> 一路走，一路的肚中打稿道：「世間有這樣美貌的女子，落於娼家，豈不可惜！」又自家暗笑道：「若不落於娼家，我賣油的怎生得見！」又想一回，越發癡起來了，道：「人生一世，草生一秋。若得這等美人摟抱了睡一夜，死也甘心。」又想一回道：「呸！我終日挑這油擔子，不過日進分文，怎麼想這等非分之事！正是癩蝦蟆想著天鵝肉喫，如何到口！」又想一回道：「他相交的，都是公子王孫。我賣油的，縱有了銀子，料他也不肯接我。」又想一回道：「我聞得做老鴇的，專要錢鈔。就是個乞兒，有了銀子，他也就肯接了，何況我做生意的，青青白白之人。若有了銀子，怕他不接！只是那裏來這幾兩銀子？」（《醒》卷三，頁22～23）

分析秦重這段內心的轉折，看得出他對自己的定位是：「我做生意的，青青白白之人」。最初他是爲花魁娘子的美貌所震懾，無法忘懷，於是生出癡想「若得這等美人摟抱了睡一夜，死也甘心。」但他卻又馬上賞了自己的這個癡想一個耳光，他清楚了解能接近花魁的人皆是公子王孫，非富即貴；自己僅是日進分文小油販，論身分、處境，勢不能比，此等非分之事眞是妄想。作者在此便下了個插語評道：「你道天地間有這等癡人，一個做小經紀的，本錢只有三兩，卻要把十兩銀子去嫖那名妓，可不是個春夢！」秦重自慚形穢的想法是正常的，若是他就此止住「非分之想」，亦是讀者能夠理解的。然而他的想法突然起了個大轉折，秦重認爲自己抱持如此念頭亦非不當，世故的他深諳「做老鴇的，專要錢鈔」的道理。自己既然是個清白的生意人，「若有了銀子，怕他不接！」不甘於只能屈就做個旁觀者，秦重自忖與那些富室豪家亦能享有平起平坐的機會。作者在此又贊道：「有志者事竟成」，他體認到「錢鈔」在當時有著偌大作用，千思萬想，想出一個計策。便理直氣壯起來，勇於發想，做起有朝一日能與花魁娘子相會的美夢。

想法起了頭，接著便是行動實踐，「意志堅定的行動者」是秦重的具體的性格體現。他心嚮往的的花魁娘子，「要十兩放光，纔宿一夜」，酒保說得貼切：「可知小可的也近他不得」。話本故事中的「小可」，所指爲出身低微的小戶人家。而本錢僅有三兩的秦重，十兩銀子對他而言爲數不少，但他的意志堅決，按部就班地制定出一套有條不紊的計畫：

> 從明日爲始，逐日將本錢扣出，餘下的積趲上去。一日積得一分，一年也有三兩六錢之數。只消三年，這事便成了。若一日積得二分，只消得年半。若再多得些，一年也差不多了。（《醒》卷三，頁23）

秦重以不怨天尤人及不取巧的正面態度，憑恃自己的勞力換取所得，進而滿足日後得以一會花魁娘子的心願，「賣油郎」的自主形象至此逐漸昇華。秦重的踏實勤勉，藉著自身的努力改變處境，可以說是作者對於市民階級的觀感，亦可視爲當時一種社會心理的投射。晚明時期，部分知識分子同情商賈奔波勞作的辛苦，認同這一群人透過正當手段而獲利致富。李贄曾謂：

> 且商賈亦何可鄙之有？挾數萬之貲，經風濤之險，受辱於關吏，忍詬於市易，辛勤萬狀，所挾者眾，所得者末。然必交結於卿大夫之門，然後可以收其利而遠其害，安能傲然而坐於公卿大夫之上哉！〔註106〕

〔註106〕〔明〕李贄：《焚書》卷二〈又與焦弱侯〉（台北：河洛圖書出版社，1974年5月），頁46。

秦重是有心的，他做生意的態度便是「公道」，且「不失信於人」。經過努力的積攢，僅年餘的工夫便日積月累出一大包銀子。他積攢的成果是頗爲可觀的，這點可從銀匠待客的態度略窺一二，起初秦重要借天平兌銀，銀匠懷著藐視的眼光想著：「賣油的多少銀子，要架天平？只把個五兩頭等子與他，還怕用不著頭紐哩。」但當他一見秦重解開銀子包，散碎銀兩頗豐，便「別是一番面目」地想到「人不可貌相，海水不可斗量」之理，這番勢利的面目描述得相當深刻。秦重積成十六兩之數，除去三兩本錢，再以十兩作一夜花柳之費仍有餘。錢備妥了，他還不忘打理一下自己的形象，心裡頭好不高興。然而萬事具備之際，男主角心裡卻又躊躇起來：

> 及至到了門首，愧心復萌，想道：「時常挑了擔子在他家賣油，今日忽地去做闞客，如何開口？」（《醒》卷三，頁 26）

老實的秦重，雖然已有經年累月的準備，到了妓院門首仍不免猶豫一番，他還是對自己的身分帶有一點羞慚之意。但作者行筆至此，已爲男主角塑造出積誠的實踐者形象，劇情當然不會讓他就這麼臨陣脫逃，退卻了事。於是碰巧地王九媽開了門，故事便能繼續下去。在兩人進屋後的接續對答中，面對九媽的矯情相迎，秦重始終堅定己意，當他表白欲與花魁娘子共度一宿的來意後，九媽的反應，從驚詫、嘲諷至訕笑，直到秦重果眞取出一錠十兩大銀，這才讓鴇媽止住了嘴。秦重是個賣油的老實青年，在人情世故練達的九媽面前，卻始終能不亢不卑，態度決絕，靠的是心裡秉持的唯一信念：「小可的積誠，也非只一日。」他奢望著「單單要與花魁娘子相處一宵」，因此儘管美娘邀約不斷，一再碰壁的他仍不灰心，「就是一萬年，小可也情願等著。」他的態度十分鍥而不捨，這句擲地有聲的「一萬年」，成功地將秦重的「癡情」形象推向高峰。他不爲九媽屢次的勸言所動，因爲好不容易一步步走到這般田地，在這節骨眼上是不能妥協退縮的。「積誠」二字，既是秦重實踐理想的寫照，亦道出其對於花魁娘子矢志不移的款款衷情。

賣油郎最終能夠贏得花魁娘子的芳心，「眞摯情懷」是其中的關鍵。秦重似乃諧音「情種」，作者命名時大率有此寓意也。歐陽代發對此有相當深刻的觀察：

> 誠然，秦重到妓院點名會莘瑤琴，是慕色，因她「容貌嬌麗，體態輕盈，目所未睹。」但對異性美色的慕悅還只不過是一種表現，對這種表現是很難輕置可否的，問題的關鍵在愛色者對具有美色的女

> 子是什麼態度。狎客的態度是對女性的玩弄，只追求色慾，全不懂愛情。但在秦重，這種對異性美色的慕悅，卻完完全全變成深摯的愛情、眞誠敬重。他想的不是獲得，更多的是付出。〔註 107〕

想到用金錢作爲交易，這一點秦重與其他嫖客並沒有本質的差別；但不同的是，他在「慕色」舉動的背後，是將花魁娘子視作一個眞誠敬重的對象看待，是値得他全心付出，用心去愛的。因爲擔送香油的機緣，秦重得以邂逅花魁娘子，這一次初見的驚艷，「准准的呆了半晌，身子都酥麻了。」顯然使他向來老實且寧靜的心靈起了極大震撼。秦重本抱著「若得這等美人摟抱了睡一夜，死也甘心」的嫖客心態，但在他歷經年餘的辛勤勞作過程中，他的內心層次起了轉折。對秦重而言，花魁娘子雖是墮落於煙花行徑，卻依然是高潔的象徵；他對花魁的愛慕，充滿著虔誠的崇拜，甚至頗近於某種程度「聖化」。〔註 108〕而爲了這段期待已久的相會，秦重打扮整齊，「置下鑲鞋淨襪，新褶了一頂萬字頭巾。回到家中，把衣服漿洗得乾乾淨淨，買幾根安息香，薰了又薰。揀個晴明好日，侵早打扮起來。」十足是「朝謁」〔註 109〕的朝聖歷程。儘管花魁之會讓他一再等待，但朝聖者並不以此爲苦，所以當他終得接觸到花魁娘子時，能靠近她已是莫大榮幸，怎忍心輕加褻瀆：

> 秦重看美娘時，面對裏床，睡得正熟，把錦被壓於身下。秦重想酒醉之人，必然怕冷，又不敢驚醒他。忽見闌干上又放著一床大紅紵絲的錦被。輕輕的取下，蓋在美兒身上，把銀燈挑得亮亮的，取了這壺熱茶，脫鞋上床，捱在美娘身邊，左手抱著茶壺在懷，右手搭在美娘身上，眼也不敢閉一閉。(《醒》卷三，頁 34)

這與嫖客行徑實是大相逕庭，反而是照顧起醉人來了。秦重見到美娘酒醉，懼其受寒，又怕驚醒她，被子還是輕輕地取下才覆上；備茶則是防她酒醉嘔吐，兼酒醒後止渴用。捱在她身邊「眼也不敢閉一閉」，關懷之情至深。深夜時候，美娘果然有嘔吐之狀，只見：

> 秦重慌忙也坐起來。知他要吐，放下茶壺，用手撫摩其背。良久，美娘喉間忍不住了，說時遲，那時快，美娘放開喉嚨便吐。秦重怕

〔註 107〕歐陽代發：《解讀宋元話本》（台北：雲龍出版社，1999 年 4 月），頁 112。

〔註 108〕參見張淑香：〈從小說的角度設計看賣油郎與花魁娘子的愛情〉，《現代文學》第 45 期（1971 年 12 月），頁 140～141。

〔註 109〕康來新：〈秦重——眞摯的朝聖者〉，收錄於葉慶炳編：《中國古典小說中的愛情》（台北：時報文化出版公司，1987 年 8 月初版七刷），頁 118。

汙了被窩，把自己的道袍袖子張開，罩在他嘴上。美娘不知所以，盡情一嘔，嘔畢，還閉著眼，討茶漱口。秦重下床，將道袍輕輕脫下，放在地平之上，摸茶壺還是煖的。斟上一甌香噴噴的濃茶，遞與美娘。美娘連喫了二碗，胸中雖然略覺豪燥，身子兀自倦怠。仍舊倒下，向裏睡去了。秦重脫下道袍，將吐下一袖的腌臢，重重裹著，放於床側，依然上床，擁抱似初。(《醒》卷三，頁 34～35)

如此耐心且無微不至地照料與關懷，作者把秦重對花魁娘子的一片眞摯深情，鋪敘得淋漓盡致，何等動人。男主角一連串細心、體貼的舉動，連同他以衣袖受吐的情節，兼且在美娘醒後又爲其隱惡揚善的一番恭敬對答，皆是賣油郎「難得這好人，又忠厚，又老實，又且知情識趣，隱惡揚善，千百中難遇此一人」的性格明證。康來新認爲：就在秦重張開道袍承納她嘔吐的霎那，美娘所有的不潔與沉淪，都在眞摯的寬容與愛裡得到洗滌與淨化。花魁娘子藉由秦重這份至誠的眞情，透過猶如「浸洗」的儀式，遂得以新生。〔註 110〕

作爲一名曾經被花魁娘子瞧不起的卑微賣油郎，秦重不僅以眞情付出令人刮目相看；當他在西湖邊救回慘遭吳八公子折磨的瑤琴後，亦絲毫不以爲此是有恩於人的舉動，卻只當作是應該的。能爲心所眷慕的對象盡心付出，他看似心滿意足，這更表現出他所懷抱的誠摯情意與高潔人品。與王孫公子相較，瑤琴體會到秦重那份摯愛的珍貴，使得她願意委身於他的念頭更加堅定。難能可貴的是，當瑤琴提出「我要嫁你」的要求時，秦重對這項提議意外地打了回票，雖然他對瑤琴充滿愛與敬重，但當須面對結合後的現實考量，秦重卻能冷靜地衡量全局、愼重抉擇。「這眞是市井小民的現實考慮，卻閃現出純樸市民心中的人性光輝，顯現出這才是眞正的愛情。」〔註 111〕秦重在故事中的角色，可說是作者「加以極度典型化的結果」〔註 112〕，不僅反映當時

〔註 110〕康來新的觀點，是呼應闡發張淑香在〈從小說的角度設計看賣油郎與花魁娘子的愛情〉一篇中，所標舉的「濃厚的宗教愛」看法。張氏說：「這動作也充滿了象徵含義，一方面是表現極端的自我卑折與極端的崇拜對方，另一方面也有包納對方的不潔，然後替她洗淨的雙關意味。」參見張淑香：〈從小說的角度設計看賣油郎與花魁娘子的愛情〉，《現代文學》第 45 期（1971 年 12 月），頁 120。

〔註 111〕張淑香：〈從小說的角度設計看賣油郎與花魁娘子的愛情〉，《現代文學》第 45 期（1971 年 12 月），頁 115。

〔註 112〕徐志平：《中國古典短篇小說選注》（台北：洪葉文化事業公司，1995 年 1 月），頁 550。

市井小民的價値觀與生活情狀；其溫柔敦厚、眞摯、謙抑與志誠的形象，亦爲「風流不及賣油人」一句下了貼切的註腳。

2. 莘瑤琴

小說作品開始描寫娼妓，興於唐代傳奇，以〈李娃傳〉、〈霍小玉傳〉爲代表的名妓傳奇，情節曲折離奇，敘述婉轉，藝術成就斐然，對宋、元以後的同類作品產生了深遠的影響。在馮夢龍的「三言」作品中，有許多關於妓院愛情題材的故事，然而其重點非在於情慾的描述，而著眼於人物之間情愛追求的歷程。繆咏禾曰：

> 舊社會的婦女中最悲慘的一部分是被拋擲到商品地位的娼妓。「三言」中的娼妓，往往有美麗的外貌，反抗的性格，純潔的內心，堅貞的愛情。作者用充滿讚美和同情的筆調，寫下了她們的苦難遭遇。〔註113〕

〈賣油郎獨占花魁〉故事的女主角莘瑤琴，正是馮氏「三言」作品中的頗富代表性的娼妓角色之一。特別的是，故事中對於這位「花魁娘子」的背景與進入行戶的經過，描述得頗爲詳盡，有助於讀者能夠完整地認識花魁娘子的形象。

首先，瑤琴的身家是清白的。這一點在她日後的遭遇，有著舉足輕重的影響。由於父母是「年過四旬，只生一女」，自將瑤琴視作掌上明珠般疼愛。雙親經營雜貨舖，家道「頗頗得過」，是個小康家庭。她的形貌是「自小生得清秀」，是個小家碧玉的形象；難得的是「更且資性聰明」，因此家裡在她七歲時，送在村學中讀書，能夠「日誦千言」；十歲時便能吟詩作賦；稍長一點，便琴棋書畫，無所不通；就連女工繡作，亦能「飛針走線，出人意表」。此皆是因爲瑤琴「資性聰明」之故，所以作者謂其「天生伶俐，非教習之所能也」。這段簡短的敘述，即表明女主角來自於清白的家世，並有著良好的修養。人物最初所具備的成長背景與生活環境，是其個人性格與氣質中最爲持久而不易變動的決定因素。瑤琴來自單純的家庭，相較於秦重的世故，她的思想是極爲單純的。所以當國破家亡，攜家逃難之際，舉目無親的她會顯得手足無措；以及遭到卜喬的誘騙，卻渾然不知。如前文所述，在那個時候，瑤琴的「聰明」卻成了一種「處境上的嘲諷」〔註114〕。

其二，是美貌。雖然瑤琴幼時生得清秀，但在被賣入妓戶後，老鴇爲了栽培養成，教她吹彈歌舞，使之無不盡善，此時形象一變爲「嬌豔非常」。因

〔註113〕繆咏禾：《馮夢龍和三言》（台北：萬卷樓圖書公司，1993年6月），頁32。
〔註114〕柏子仁：〈兩個話本故事的研究〉，《文學評論》第7集（1983年4月），頁72。

此臨安城內的富豪公子便給她起了「花魁娘子」的美譽。一隻〈掛枝兒〉是如此形容她的：

> 小娘中，誰似得王美兒的標致，又會寫，又會畫，又會做詩，吹彈歌舞都餘事。常把西湖比西子，就是西子比他也還不如！那個有福的湯著他身兒，也情願一個死。（《醒》卷三，頁 7）

瑤琴不僅相貌標致，更是色藝雙全，因此才能享有「花魁娘子」這般天大的名聲。就連單純的秦重初見她時，「容顏嬌麗，體態輕盈」，令目所未睹賣油郎呆立了半晌。然而從「清秀」至於「嬌麗」，亦能看出環境的改變，對一個人外貌的影響甚鉅。青樓裡的瑤琴，身段形貌自是與往昔截然不同。

瑤琴的性格與形象，可說是隨著故事情節發展而成長、改變的。她不像是秦重志誠專一的態度；她的心理變化，是建立在加諸其身上的種種事件，雖複雜卻眞實而合於情理。〔註 115〕

年幼時期的瑤琴，個性是溫柔和順的。所以她才會單純地相信卜喬的片面之詞，以爲他眞好心地要帶自己去尋親。在這段「欺騙」與「眞相發現」的過程，很自然地構成瑤琴經驗中重要的一部分。〔註 116〕自此之後，她的個性與形象逐漸改變，變得執著且剛烈。最初當她得知自己被卜喬誘騙賣入妓戶時，「放聲大哭」，還需九媽一番勸解才止住了哭；後來博出了「花魁娘子」的美名，卻始終不肯接客，面對鴇母的苦勸，瑤琴回道：「要我會客時，除非見了親生爹媽。他肯做主時，方纔使得。」尋回至親已是難事，更且父母怎可能狠心將孩子推入火坑，這番話無非是讓焦急的九媽踢了鐵板，索性與願出重資梳弄的員外使計破處。當瑤琴知道自己遭到誘騙後：

> 五鼓時，美娘酒醒，已知鴇兒用計，破了身子。自憐紅顏命薄，遭此強橫，起來解手，穿了衣服，自在床邊一個斑竹榻上，朝著裏壁睡了，暗暗垂淚。金二員外來親近他時，被他劈頭劈臉，抓有幾個血痕。（《醒》卷三，頁 9）

面對已遭破處的無奈結果，瑤琴的姿勢是十分兇猛的，她爲自己的屢遭不幸表達強烈的抗議。在九媽來哄她上行時，她態勢堅決，沉默以對，哭了一日，從此便託病，不肯下樓，自然也不願再會客。鴇母見情況不對，便找能言快

〔註 115〕參見徐志平：《中國古典短篇小說選注》（台北：洪葉文化事業公司，1995 年 1 月），頁 550。

〔註 116〕柏子仁：〈兩個話本故事的研究〉，《文學評論》第 7 集（1983 年 4 月），頁 73。

語的劉四媽來軟言相勸。當四媽告誡瑤琴，這般行徑恐遭其他娼妓批評時，她回道：「繇他批點，怕怎的！」四媽再勸她趁剛梳弄後，入行大發利市，她又回：「羞答答，我不做這樣事！」態度依然堅決；四媽改以恫嚇口吻激她，瑤琴依舊烈性不從：「奴是好人家兒女，誤落風塵。倘得姨娘主張從良，勝造九級浮圖。若要我倚門獻笑，送舊迎新，寧甘一死，決不情願。」要生長於好人家的瑤琴，做送往迎來之事，她是甘冒一死而絕不屈服的。在後來的吳八公子一段情節中，瑤琴聞得他氣質不好，託故推辭非止一次。吳公子便強擄她直至西湖畔，經過一番折磨，瑤琴始終不從，放聲號哭，竟差點要投水自盡。由這些舉措看來，瑤琴雖身為花魁，然而就如同九媽所言，因被嬌養慣了「專會使性」，造成她執著剛烈的性格。

由於受到劉四媽的從良論影響，瑤琴一心要在送往迎來的恩客中「揀個心滿意足的」。在相當長的一段時間裡，她信了劉四媽的嘴，要揀個「王孫公子，貴客豪門」的「好主兒」。所以她為了這個目標堅持著，積極地留意適合自己「好從良」的託付對象。在接客的態度上，喜歡的才接，不中意的便尋藉口回絕；面對婚姻大事的抉擇，更是瑤琴主動提出要嫁給秦重；兩人婚後，瑤琴吩咐丈夫備妥厚禮，答謝恩客寄頓箱籠之恩，其實主要目的是藉以宣告她已從良嫁人的訊息。從這幾個跡象，不僅可見瑤琴有始有終處，亦能看出其對於自己情感自主的掌握。

幼年的瑤琴「資性聰明」，這亦反映在她的青樓生涯中。在花魁的盛名之下，恩客往來絡繹不絕，她知道自己有朝一日終必從良，便一直暗中預先積攢銀兩，並將豐厚的資財分裝箱籠，寄頓在外。一可為自己將來從良時安頓身家預作準備；二則能避過老鴇的搜刮盤查。因此，在她決定從良之際，便能憑恃己力贖身，兼可協助夫婿秦重整頓家當。瑤琴亦深知自己是王九媽的搖錢樹，絕不肯輕易放她從良。於是她念頭一轉，解鈴還須繫鈴人，當初是鴇母找來劉四媽，費了大番功夫說服她入行的；今日她要從良，便又請出四媽作為說客，藉由其如簧之舌，自己才有贖身的可能性。這一點可謂知人善任，亦可見瑤琴聰慧之處。

瑤琴是遭到逼良為娼的犧牲者，最初的她是單純善良的，被迫要覆帳接客時，是一副「寧甘一死，決不情願」的堅決態度。然而身在妓館，瑤琴為現實所逼只得接客，「花魁娘子」的封號讓她的名聲日隆，往來者非富即貴。當秦重欲與她共度一夜時，她先回道：「臨安郡中，並不聞說起有什麼秦小官人！我不去接他。」待她稍微覷了一眼後，又謂：「這個人我認得他的，不是有名稱的子弟。接了他，被人笑話。」長期往來於富室豪家的瑤琴，飽受王孫公子的捧場寵玩，在「錦繡中養成，珍寶般供養」的環境裡，安之若素，甘心沉淪之餘，竟也沾帶上勢利且現實的習氣，「嚴重地受到了富貴榮華思想的腐蝕」〔註117〕。像秦重這般不具來頭的尋常人，她怕接了客將淪爲笑柄。作者在此的所持的觀點相當眞實，因爲娼妓在當時的社會地位頗爲矛盾，一方面是她們沒有名份，低賤而不受保護；另一方面，如瑤琴身爲花魁名妓，是王孫富豪們用以買笑追歡的對象。因此，瑤琴的價値觀會受到影響是合於情理的。

直到秦重在那一夜表現出的誠懇與體貼，她才覺得「難得這好人，又忠厚，又老實，又且知情識趣」，然而卻仍以爲「可惜是市井之輩。若是衣冠子弟，情願委身事之。」當時的她把希望寄託在「衣冠子弟」身上。卻萬沒料想到，擊潰她這個想法的，正是「任情使性，喫醋挑槽」的衣冠子弟。吳八公子的暴行，讓瑤琴徹底地覺醒，她識清所謂「豪華之輩，酒色之徒，但知買笑追歡的樂意，那有憐香惜玉的眞心」的眞實面目。自此，她放棄了過去對身分地位的堅持，清楚了解自己的幸福所在，眼前這位沒有門閥地位，卻滿懷眞誠的賣油郎，讓她儘管「布衣蔬食，死而無怨」。秦重的眞摯愛情，使瑤琴猛然覺醒自己人格的失落，可說是在秦重的感召下，她才能回歸到「人格平等的愛情」〔註118〕。瑤琴在邁出「我要嫁你」這決定性的一步前，心理上必然經歷著曲折複雜的一番過程。她的覺悟，表明她清除了心靈上的汙垢，從金錢與權勢的束縛中獲得解脫，勇敢追求眞實的情感與人格的尊重。〔註119〕在這一點上，能看出瑤琴較爲能屈能伸的性格，不似「三言」中的另一位名妓杜十娘寧可玉碎的剛烈舉措。瑤琴的覺醒，使她得以從娼妓悲劇的窠臼中走出，獲致最終的幸福。而她的形象，除了反映故事作者對於娼妓從良問題的見解與態度；亦是在其設計的曲折經歷與情節上，逐步深刻地刻畫出來。

3. 王九媽

九媽是花魁的鴇母，她見年幼的瑤琴生得標致，便買了她作養女。起初她並不知卜喬之計，信了他的話，軟款的對待瑤琴，「藏於曲樓深處，終日好茶好

〔註117〕胡士瑩：《話本小說概論》（台北：丹青圖書公司，1983年5月），頁409。

〔註118〕何滿子：《中國愛情與兩性關係——中國小說研究》（台北：臺灣商務印書館，1997年8月初版第二次印刷），頁123。

〔註119〕參見徐志平、黃錦珠：《明清小說》（台北：黎明文化事業公司，1997年4月），頁140。

飯，去將息他，好言好語，去溫暖他。」直到瑤琴吐實，她也只能權作處置，對瑤琴好言相勸，爲她改名王美，並費心教以吹彈歌舞。就這一段開場，我們能約略看出，九媽並非藉由橫搶奪騙的方式拐來瑤琴；相對地，在知道瑤琴受拐的堪憐處境後，她還反過來費心勸解。其後美娘長成，享有花魁盛名，面對前來講梳弄的客人，九媽並不敢全依己意做主，她見美娘心中不允，「分明奉了一道聖旨，並不敢違拗」。直等到十五歲，九媽心頭急了，但美娘執意不肯，「心裏又惱他，又不捨得難爲他」，看得出她是處處讓著美娘的。直到與金二員外用計破了美娘身子，她的「虔婆」形象才逐漸顯現出來。

美娘因遭設計破處，羞愧憤懣，始終不肯覆帳接客。九媽便找來結義的同業劉四媽做說客。她對美娘這麼形容：

> 九阿姐一向不難爲你，只可惜你聰明標致，從小嬌養的，要惜你的廉恥，存你的體面。方纔告訴我許多話，說你不識好歹，放著鵝毛不知輕，頂著磨子不知重，心下好生不悅。教老身來勸你。你若執意不從，惹他性起，一時翻過臉來，罵一頓，打一頓，你待走上天去！（《醒》卷三，頁 12）

這番話清楚地呈現王九媽的性格形象。作爲花魁娘子，美娘即將成爲她妓戶裡的鎮家之寶，所以她能夠曲意承歡，始終不爲難美娘；然而妓館依賴的即是娼妓能招來大把利市，美娘的固執，分明是擋她財路，反應當然是「好生不悅」。此時九媽的虔婆形象，便添上了幾分凶狠色彩。

在秦重對瑤琴起了憧憬之心，打算存夠十兩便登門一會時，他心想：「我聞得做老鴇的，專要錢鈔。就是個乞兒，有了銀子，他也就肯接了。」這番話深刻揭露了老鴇貪財勢利的一面。當秦重打扮正經，帶著銀兩拜會九媽時，她畢竟是老虔婆，見貌辨色，閱人無數，見到琴重這一番裝束舉動，便能猜知其來意：

> 一定是看上了我家那個丫頭，要闞一夜，或是會一個房。雖然不是個大勢主菩薩，搭在籃裏便是菜，捉在籃裏便是蟹，賺他錢把銀子買葱菜，也是好的。（《醒》卷三，頁 26）

九媽心裡這段想法，活脫脫就是一個愛財好利的積年老鴇形象。當秦重稟明是要來會花魁娘子的想法時，九媽更是當面奚落道：

> 糞桶也有兩個耳朵，你豈不曉得我家美兒的身價！倒了你賣油的竈，還不勾半夜歇錢哩。不如將就揀一個適興罷。（《醒》卷三，頁 27）

九媽以極盡嘲諷的語氣，數落著秦重「癩蝦蟆想吃天鵝肉」的美夢，眞是好一副潑辣的嘴臉。然而就在秦重端出那十兩銀子後，九媽心裡的想法卻稍有些改變：

> 九媽見了這錠大銀，已自不忍釋手，又恐怕他一時高興，日後沒了本錢，心中懊悔，也要儘他一句纔好。便道：「這十兩銀子，你做經紀的人，積趲不易，還要三思而行。」（《醒》卷三，頁28）

本來是個「專要錢鈔」的老鴇，因此見到銀子上門，自是不忍釋手。然而秦重在她的眼裡，是個不失信的老實生意人，她深知以秦重這種每日擔油販賣維生的小販，錢財來得不易。因此儘管他拿得出這十兩的資費，九媽亦知此乃經年累月的積攢而成，怕他是在這一興頭上動了嫖的念頭，事後卻懊悔起來。便收起虔婆的勢利臉孔，老實地規勸他仔細考慮後再說。殊不知秦重積誠已久，十分堅心，當他再度來試探面會美娘的機會時，九媽只得告以實情，要他耐心再等數日，「不然，前日的尊賜，分毫不動，要便奉還。」九媽雖是個青樓裡逐利的老鴇，但她亦能體貼人情，爲人著想。在花魁娘子決心爲自己贖身時，請託劉四媽爲她說服九媽。她耳根子軟，開出價碼之後，便也信了四媽的說詞，爽然應允瑤琴的從良要求。在商言商，九媽雖身爲鴇，她亦是頗守信用的。作者評其倒是個「老實頭」，其言信矣。

4. 劉四媽

〈賣油郎〉故事中所塑造的兩個鴇母角色，一是王九媽，另一則是劉四媽。這個人物雖僅登場兩次，然而她每次的現身，作者皆以極大篇幅敘寫，且緊密的牽繫著女主角莘瑤琴的性格及情節發展，可說是全篇故事的關鍵角色之一。

她是王九媽的結拜妹子，首次現身是被請來說服甫遭梳弄後，倔強不肯接客的瑤琴。她進了瑤琴房裡，就以所見的一幅絹畫，先誇讚瑤琴的繪工巧手，色藝雙全，藉以開啓話題，這是她觸動人心的第一步；然而瑤琴明其來意非此，四媽受王九媽之託，便直言是來恭賀瑤琴梳弄之喜。這樣說無疑是切中瑤琴的痛處，是她所不願聽的，於是低頭不語。劉四媽見狀，便以日後能大賺錢財利誘之。這個出發點頗爲切合當時市民求利的普遍心態，只是瑤琴並不心動。此計不通，四媽轉而對她明講現在的處境：既已誤落風塵中，言行就由不得她自己。王九媽視她爲搖錢樹，決不可能就此善罷甘休。瑤琴亦知劉四媽一番道理，便求其協助從良，否則將不惜以死相拒。這兩種選擇實非合王九媽之意，亦非劉四媽此行目的。在當下，她理解到瑤琴唯一的念頭：從良，索性就這一點大加發揮。她認同瑤琴的想法，說：「從良是個有志氣的事，怎麼說道不該！」既能突破剛才談話的僵局，且能贏得瑤琴的認同與信任。於是能言善道的劉四媽，便開始以一大段極其精采的「從良論」說服瑤琴。

當她談到「大凡才子必須佳人，佳人必須才子，方成佳配」時，多少對年少的瑤琴起了觸發的效果。四媽清楚地爲瑤琴擺出數條從良之路，同時也明白的告訴她，從良一事絕非她想像中的容易達成，是需要時間醞釀尋找的，而現在急著草率爲之，亦不可能換得幸福。這一番精彩的分析，合情合理，容不得瑤琴不信。況且她所提及的從良之路，「剛好投射了瑤琴心目中對自己形象的凝視」〔註 120〕。既然贏得信任，她便順勢站在瑤琴的立場，爲她權衡利弊。劉四媽的一番從良理論，雖是殘酷的現實，但她亦在其中編造出一個「希望」，賦予瑤琴一個「幻覺」，讓她相信在墮入風塵之後，仍舊可能覓得一門相契的歸宿。四媽就此成功地說服原本執拗的瑤琴，從此瑤琴相信，唯有屈服與妥協，理想才得以伸展。今後有客求見，瑤琴便「欣然相接」。劉四媽巧舌能言的「說詞」功力，故事裡一隻〈掛枝兒〉說得好：

> 劉四媽〔註 121〕，你的嘴舌兒好不利害！便是女隨何，雌陸賈，不信有這大才！說著長，道著短，全沒些破敗。就是醉夢中，被你說得醒；就是聰明的，被你說得呆。好個烈性的姑姑，也被你說得他心地改。（《醒》卷三，頁 16）

劉四媽說服人的功力，誠如其後勝利地對九媽所言：「姪女十分執意，被老身右說左說，一塊硬鐵看看溶做熱汁。」勸服瑤琴，是劉四媽「辯才」的初次展示，證明其「女隨何，雌陸賈」之名所言不虛。

在勸說瑤琴覆帳接客時，劉四媽靠的是長期積累的人事經驗，以及察言觀色的本事。但至後來瑤琴成名，決定要自贖其身與秦重結合，來請託劉四媽代爲向王九媽勸說。此時的瑤琴在風塵中打滾許久，閱人已多，與四媽對答之間的應對進退，非昔日懵懂可比。四媽受瑤琴重金請託，這回要面對的是老經驗的結拜姐妹，自然得以不同方式出招。她明白以瑤琴今日花魁娘子的身價，可爲妓館帶來豐厚財源，王九媽必不輕易放人。因此她採用欲擒故縱的方式，先問起日前吳八公子仗勢鬧酒，強擄瑤琴凌辱一事。在她意料之

〔註 120〕柏子仁：〈兩個話本故事的研究〉，《文學評論》第 7 集（1983 年 4 月），頁 74。
〔註 121〕世界版《醒》卷三此處誤寫爲「王九媽」，據前後文意，應改爲「劉四媽」始通。

內的，九媽亦正爲這件事擔憂不已，於是劉四媽便抓住此一心理，以同情者口吻，與九媽談起瑤琴成名之後所帶來的諸種麻煩。這一說正對了九媽的想法，獲得她的認同感。在兩人數落著瑤琴「專會使性」的種種不是時，激起九媽賣掉瑤琴的念頭。這是在不知不覺的情況下，進了劉四媽設下的圈套，於是她順水推舟地即刻贊同九媽的想法。九媽央她作媒，劉四媽便問明了九媽開出的贖身費，在得到九媽「一言既出，並無他說」的保證後，任務達成，心滿意足的離開。在臨行前，還不忘假意詢問瑤琴的行蹤，才不致令九媽起疑。如此既能賺得瑤琴的酬金，更能博得王九媽的感激，劉四媽的這個算盤，打得可說是精準如意。

故事中劉四媽的身分是鴇母、虔婆，但她在遊說瑤琴與王九媽時，展露出來的又是十足的商人形象，她爲著的無非是一個「利」字。然而她雖好利，卻也不致令讀者感到厭惡，此因其顧及了「義」的層面。受人請託、拿人錢財，能爲他人盡心盡力地妥貼辦事。她雖利言巧辯，但言不傷人，更且多半是眞心實話。劉四媽的角色，在小說中另有一重要功能，她可以說是莘、秦兩人結合之美滿結局的促成者。當初因爲瑤琴信了她的話，墮入風塵，對於「好從良」起了憧憬和理想，並以此爲目標。秦重的出現，不僅使得瑤琴體會到風月場上的現實與殘酷，是不能將希望寄託在那些王孫公子身上的；亦可印證當初劉四媽爲她長篇剖析的「從良論」，實非危言聳聽。劉四媽讓瑤琴進入妓門，但她亦給了瑤琴一個努力的希望，最後兩人的結合，還要靠她去說服王九媽才得以實現。因此，說劉四媽是「賣油郎獨占花魁」的間接促成者，並不爲過。

小說作品中的鴇母，泰半不脫心狠手辣、貪利忘義的負面形象。王九媽與劉四媽兩個角色，雖然亦可見其虔婆的性格，然而其在故事中有著生動的形象。她們勢利、貪財，卻亦有可親之處。作者以如實之筆，鮮活地爲讀者呈現了當時在風塵之中的老鴇形象。

5. 卜喬

卜喬是瑤琴在汴梁故鄉的近鄰。這個人物的形象，作者介紹得相當簡潔明白：「平昔是個游手游食，不守本分，慣喫白食，用白錢的主兒。」簡言之，即爲一名鄉里間的無賴漢。當瑤琴與雙親在避難中離散，孤立無援時，同樣亦在逃難人群中的卜喬適巧經過，聞得哭聲前來查看，發現是昔日舊鄰瑤琴。他見瑤琴啼哭，又問他是否曾見其父母，便在心中暗想：「昨日被官軍搶去包裹，正沒盤纏。天生這碗衣飯，送來與我，正是奇貨可居。」他自己亦是個落難的人，況且平日在鄉里間無賴慣了，逮到機會便想要揩油，遂扯謊誘騙瑤琴與之同行。作者此時插語道：「君子可欺以其方」，老實的人，不懂別人的壞心眼，不安好心的人便能利用這點欺騙。這句話亦指明瑤琴與卜喬兩個角色的人格特質。

卜喬雖是無賴，但腦子頗爲靈光，他要瑤琴以爹女相稱，如此才不招來他人的非議質疑。戰亂中，到處皆殘破不堪，卜喬動念欲出脫「奇貨可居」的瑤琴，也得到較爲安定之處始有買主。諷刺的是，作者言「也虧卜喬，自汴京至臨安，三千餘里，帶那莘瑤琴下來。」瑤琴能夠離開烽火漫天的汴京，靠的是卜喬一路的相伴與供給衣食；然而此行背後的目的與動機是險惡的。在與王九媽議定價錢之後，爲了不讓這一路遠行而來的計謀被識破，這個角色在退場前的最後一幕，展示了雙面說詞的心機：

> 在王九媽前，只說：「瑤琴是我親生之女，不幸到你門户人家，須是軟款的教訓，他自然從順，不要性急。」在瑤琴面前，又說：「九媽是我至親，權時把你寄頓他家。待我從容訪知你爹媽下落，再來領你。」(《醒》卷三，頁 6)

在九媽面前，他表現的是一個爲人父的無奈與悲哀；而面對瑤琴，卻又虛情假意地要她別做它想。卜喬發揮了「雙面」的詭詐智慧，簡直得了便宜還賣乖。他在故事裡的形象，既卑鄙且唯利是圖，是個十足的「市井無賴」；然而細思之，身處於顛沛流離的戰亂環境裡，人人爲求苟活，自顧己利的心態是能夠想見的。這也爲其人物性格添上一抹現實的色彩。

6. 吳八公子

吳八公子是個仗恃著父親餘蔭度日的公子哥，故事說他「平習間也喜賭錢喫酒，三瓦兩舍走動」。終日混跡於青樓、酒館、賭場等娛樂場所的人，自然如美娘所言「氣質不好」，更兼是個耽溺於粉味的「慣家」。因此儘管他素來耳聞花魁之名，屢次相約，美娘始終堅拒不就。而個性驕縱的吳八公子，怎嚥得下這口氣，邀約不成，便逕率一群狠僕強擄美娘，欲以暴行強逼就範。當美娘不堪凌辱，欲投水自盡之際，他見苗頭不對，便說道：

> 你撒賴便怕你不成！就是死了，也只費得我幾兩銀子，不爲大事。只是送你一條性命，也是罪過。你住了啼哭時，我就放回去，不難爲你。(《醒》卷三，頁 42)

從話裡可看出吳八公子暴戾的一面。仗著父親是太守官，有錢有勢，視人命如草芥，何況是社會地位卑下的娼妓，這從他怒斥瑤琴爲「小娼根」、「小賤人」即可見之。即使搞出了人命，他亦不甚在乎，隻手遮天，官官包庇相護，就能輕鬆地打發了事。但他心裡畢竟還有一絲人性未泯，反過頭來勸瑤琴勿做傻事。不過他卻又不甘心就此罷手，便褪去美娘裹腳，要她隻身在深夜裡赤著一雙金蓮腳，從荒郊步行回去。

吳八公子財大氣粗，行爲卻狠烈乖戾。說穿了，他可說是卜喬「無賴」形象的另一版本，差異僅在於生活背景不同罷了。然而，這個角色卻在全篇故事佔有舉足輕重的地位。瑤琴相信劉四媽所構築的「樂從良」幻夢，她對那些「富室豪家」、「王孫公子」寄望甚深，便專應這些貴客們的邀約。秦重雖是志誠體貼、知情識趣，然而終是市井之輩，「若是衣冠子弟，情願委身事之」。如故事中所言，這些富家子弟們「任情使性，喫醋挑槽」，劉四媽形容得更是貼切：

> 那些王孫公子來一遍，動不動有幾個幫閒，連宵達旦，好不費事。跟隨的人又不少，個個要奉承得他好。有些不到之處，口裏就出粗哩嗹囉嗹的罵人，還要弄損你傢伙，又不好告訴他家主，受了若干悶氣。況且山人墨客，詩社棋社，少不得一月之內，又有幾日官身。這些富貴子弟，你爭我奪，依了張家，違了李家，一邊喜，少不得一邊怪了。（《醒》卷三，頁 46）

公子哥身旁常有幫閒的人，或是一掛狐群狗黨，裝腔作勢，仗勢欺人。他們可說是臭氣相投的上流無賴，絕非值得託付終身的對象。吳八公子的暴行，正是扭轉瑤琴對於「委身豪門」理想的關鍵點；她在歷經這段不堪回首的遭遇後，才能徹底拋下過去的執著，認清「王孫公子」的眞實面目，而投向眞正傾心於她的秦重懷抱。因此，作者所描寫的吳八公子，不僅深刻地揭露那些流連青樓的紈褲子弟行爲，亦可視其爲間接促成瑤琴與秦重結合的催化者。

故事中的其餘人物：如秦重之生父秦良，在秦重幼年時將他賣給賣油的朱十老，一生皆在上天竺吃齋念佛度過；朱十老是秦重的養父，教以秦氏賣油生理，然後來遭夥計邢權使計攛掇，攆其離家；瑤琴的雙親莘氏夫婦，最初家中經營雜貨舖，將女兒視作珍寶一般。離亂時與女兒失散，後來經秦重好心收留，在店內相幫，最終才得與瑤琴相認；邢權與蘭花兩人，一個是朱十老店鋪裡的夥計；另一則是十老家裡的使女。兩人齷齪醜陋，暗地偷情，用計逐走秦重，再捲走店內資財，棄病榻中的十老不顧。這幾個角色，發揮不足，人物形象過於平板，便無特別提出討論之需。

（三）主題意識

從故事回目〈賣油郎獨占花魁〉觀之，「獨占」是極重要的關鍵詞；然而故事作者經由情節的鋪陳，與人物性格的表達，亦寓有不同的作意於其中。

1. 幫襯

秦重以一介賣油郎，何以能「獨占」名滿西湖的花魁娘子，「幫襯」是其中極關鍵的觸媒。故事入話一闋〈西江月〉所言的「知情識趣」，所指即為「幫襯」之意，作者做如下解釋：

> 幫者，如鞋之有幫；襯者，如衣之有襯。但凡做小娘的，有一分所長，得人襯貼，就當十分，若有短處，曲意替他遮護，更兼低聲下氣，送暖偷寒，逢其所喜，避其所諱，以情度情，豈有不愛之理。這叫做幫襯。（《醒》卷三，頁1～2）

如同鄭元和與李亞仙一段傳奇，因元和的識趣知情，直教亞仙捨他不得；故事的男主角秦重，既體貼又謙抑，令享有花魁之譽的瑤琴，始終對其難以忘懷。故事中一隻〈掛枝兒〉說得極妙：

> 俏冤家，須不是串花家的子弟，你是個做經紀本分人兒，那匡你會溫存，能軟款，知心知意。料你不是個使性的，料你不是個薄情的。幾番待放下思量也，又不覺思量起。（《醒》卷三，頁37～38）

秦重一夜的體貼舉動，使瑤琴心下思量，他應非那些「使性」、「薄情」的王孫公子們，便對他的印象開始改觀。關於故事中秦重如何用情專一，發揮「幫襯」的本質，於前述情節與人物形象中已多所闡發。總言之，因為秦重的「著意揣摩」、「知情識趣」，最終才能擄獲花魁娘子的芳心。他的志誠專情，亦使這個「幫襯」的主題，得以圓一個「有情人終成眷屬」的美滿結局。

2. 歸宗復姓

故事描述秦重與莘瑤琴，兩人在亂世之中與父母骨肉離散，經過一番波折之後，在兩人完美結合的婚事結局上，附帶引出彼此與父母久別重逢，終能共享天倫並重歸本姓。在故事中較為特別的，即為男主角秦重的身分。本姓秦，然因父親將他賣給開油店的朱十老，朱氏年老無嗣，便視秦重為養子，改名朱重；後朱重遭不知情的十老驅逐，自己另作擔油生意，因仍牽掛著生父，遂自行復姓爲秦，以此行於市中；其後，十老店裡的邢權與蘭花二人，席捲店中資財逃之夭夭。十老深悔，只能尋秦重回來，讓自己老死有靠。秦重返店內後，仍稱朱重，因十老病故，接下店鋪生意。後娶瑤琴入門，於上天竺拈香時巧遇秦良，親子相認，秦小官終得以歸宗復姓。

〈賣油郎〉故事中的「歸宗復姓」主題，周英雄已有深入探究。其以盧卡契的「問題人物」理論，分析秦重與瑤琴的身分問題。在所謂小說的「問題人物」之中，其中一類即爲孤兒。他們在社會中雖然備受歧視，但所受的禮俗約束亦相對減低，因此行動較一般體面人家的子弟要來得自由。賣油郎與花魁女即是此類人物，秦重積年餘只爲與瑤琴相會一夜；而瑤琴在青樓生涯中，能夠自由決定交往的對象，並私下積攢巨資。顯示出孤兒的行動自由，來自父母與社會的約束不大。〔註122〕

然而細究之，這樣的自由，與秦重獨占花魁及歸宗復姓的權利、義務；或是花魁女甘心與賣油郎過著尋常百姓生活的權利、義務，相較之下便顯得相當有限。由前段的故事梗概可知，「父親」的身分雖然一直改變，由生父而養父，由養父而生父，無父而有父；父親在其生命裡所扮演的角色，可說無所不在。故事藉由「一而再再而三的改變，讓他有充份的機會來試驗、甚至控制父親這麼一個觀念。」〔註123〕在男主角歷經不同階段的「代父」角色，使他對「父之名」能夠靈活運用，自主選擇與代父維持的關係。而在這段過程中出現的交替空檔，便能使成長中的青年男女得以在其中取得相當的自由，進而充分發展成自己的完整個性。因此，秦重在故事中歸宗復姓的歷程，我們便能將它視作其個人的身分建構與「身分探索」〔註124〕。

故事以兩家的大團圓收束，作者安排如此結局，似在暗示秦重與瑤琴的結合，應是「附屬在這個家庭團聚的主題下」〔註125〕。瑤琴原本生於小康家庭，但隨後而至的避難及搶掠場面，便在強烈的對照之下，將這名小女孩自安穩的家庭環境裡攫奪而出。她隻身在戰場中待援，孤寂地從沙場走入城市。瑤琴的故事，亦可解讀爲尋親與追求穩定親屬關係的一段探索歷程。如其在與雙親失散，走投無路痛哭之際，卜喬過來發現了她：

〔註122〕詳見周英雄：〈賣油郎：從獨占花魁到歸宗復姓〉，《當代》第29期（1988年9月），頁61。
〔註123〕周英雄：〈賣油郎：從獨占花魁到歸宗復姓〉，頁62。
〔註124〕柏子仁：〈兩個話本故事的研究〉，《文學評論》第7集（1983年4月），頁79。
〔註125〕柏子仁：〈兩個話本故事的研究〉，頁78。

瑤琴自小相認，今日患難之際，舉目無親，見了近鄰，分明見了親人一般，即忙收淚，起身相見。（《醒》卷三，頁 5）

類似這樣的親屬主題，在故事中多次出現。瑤琴屢遭虛假親屬關係的傷害：與拐騙他的卜喬互稱「父女」；被賣入妓戶後，與王九媽成為「母女」；在這些關係中，瑤琴皆遭到欺騙與剝削。相較於瑤琴幼年時的生活經驗，作者暗寓「家庭及親情」的關係才是人安身立命的支柱與依據。原本的瑤琴是好人家掌上明珠之名；遭賣入妓館裡便改作王美娘；「花魁娘子」亦不過是徒具虛名；要到故事的結尾，當女主角與心上人婚配，人生有了歸宿，並與雙親相聚時，讀者才見到「莘氏」本姓。瑤琴此段名字改易的過程，可謂與秦重代父輪替之歷程，有著異曲同工之妙；亦可呼應「歸宗復姓」之主題闡發。

3. 對女性之尊重與同情

瑤琴雖身為花魁娘子，享有盛名，朝歡暮樂。然而她的楚館生涯，是否果眞如此一路順遂如意，有段其內心的獨白稍可窺知：

每遇不如意之處，或是子弟們任情使性，喫醋挑槽，或自己病中醉後，半夜三更，沒人疼熱，就想起秦小官人的好處來。只恨無緣再會。（《醒》卷三，頁 40）

那些王孫公子往往是家裡慣養嬌生的，脾氣大、性子拗，拈酸吃醋兼且喜新厭舊，與娼妓們常是歡場作戲。由故事中的吳八公子一段暴行，更可見其視娼妓為玩物的偏差心理。作者在此不僅如實描摹當時鬮客的價值觀與行為，亦深刻地表達對女性，尤其是對這些地位卑微的娼妓女子，寄予無限的同情。但在作者所塑造的秦重一角身上，他雖被襲了「辱處小業」的外衣，但就內在而言，他卻純然是一名「朝聖者的典型」〔註 126〕。最初他為了「朝謁」心儀許久的花魁娘子，淨拭靈臺、齋戒薰沐，又苦候一月有餘；在遇著醉酒而返的瑤琴時，他卻又以能「偎香倚玉」而深感「三生有幸」為滿足。而在瑤琴經歷吳八公子一段凌辱後，秦重再度展現其無比的志誠與體貼，終能打動花魁芳心，情願委身嫁之。瑤琴在心境上所經歷的重大轉折，乃因她在秦重的舉止之間感受到他的一腔眞情，亦在其身上尋到被視為人的尊重與同情。

〔註 126〕康來新：〈秦重——眞摯的朝聖者〉，收錄於葉慶炳編：《中國古典小說中的愛情》（台北：時報文化出版公司，1987 年 8 月初版七刷），頁 116。

（四）藝術風格

〈賣油郎〉一篇，能在馮氏的「三言」作品中廣受注目，除了曲折動人的情節、成功的人物塑造之外；全篇故事在藝術風格上的雕琢與呈現，亦有值得觀美之處：

1. 曲折的心理刻畫

如前節探討秦重人物一段所言，當其偶然覷見花魁娘子的美貌時，心裡頭從自卑、發想、自嘲到動念，最後想出積攢資費的計策。作者藉由人物內心的對話，刻畫出一介賣油郎的心理轉折；另在秦重與瑤琴初會一夜後，起初瑤琴見他不是稱頭子弟，不願接待；但經折騰一夜後，她了解秦重前夜體貼相伴的實情，便對其心生好感。但卻又發現眼前這位男子竟是秦賣油，瑤琴一邊可憐他好不容易積下的銀兩消折；一邊卻又爲其「知情識趣，隱惡揚善」的舉措動心。作者在此便是利用人物之間一來一往的對話，來鋪陳角色的性格特色與內心想法的轉折。

2. 細膩的舉止描繪

秦重在存足闕錢之後，帶著一包散碎銀兩前往鋪裡兌換。他料想到妓館裡出手不能寒酸，便取大部分兌成十兩的足色大錠，餘則分配妥當；他也考慮到穿著裝扮，鞋襪頭巾，漿洗薰香，「揀個晴明好日，侵早打扮起來」。一整段敘述，將秦重謹慎及近乎於「朝聖」的舉動，描摹得極爲精到。

至於全篇最受人稱道的，在於秦重初會花魁之夜的過程。這段文字未動用對話，作者則改採「旁觀者」的角度，紀錄秦重爲美娘覆被、抱茶、相伴及受吐的過程；同樣的寫法，亦發揮在美娘遭吳八公子棄於荒野後，巧遇秦重，並爲其所救的情節。作者皆純粹以極爲細緻的舉止描繪，深刻塑造人物的眞實形象。

3. 捭闔縱橫的議論〔註 127〕

故事中最令人印象深刻的議論，莫過於劉四媽兩度出場的翻騰說詞。第一次是長篇大論，爲說服美娘下海接客的「從良論」。八種從良方式，千餘言的這番說詞，作者藉著劉四媽之口，道出一個打滾風塵多年老鴇的豐富閱歷。由好到壞，從快活到不堪，內容既具警策作用，卻又實際道盡娼妓從良的各

〔註 127〕徐志平：《中國古典短篇小說選注》（台北：洪葉文化事業公司，1995 年 1 月），頁 550。

種結局，活脫脫把美娘說到「一塊硬鐵看看溶做熱汁」。而劉氏的二度出場，是受美娘之託，前來說服九媽讓其贖身。這回作者讓她回到「從業同仁」的實際身分，以同理心爲九媽的立場著想。兩人的對話，便在數落花魁諸多不是之餘，使九媽動了棄守花魁的念頭。這兩段說詞，雖說前段篇幅稍嫌龐大的從良論，帶有說教意味；然瑕不掩瑜，若劉四媽不將各種從良的結局道盡，美娘又怎可能動念，決心在秦樓生涯中挑選中意的歸宿。從故事表面觀之，雖是因爲劉四媽口舌便給，兩度成功扮演說客角色；但實際上，這些捭闔縱橫的精采議論，卻是作者匠心獨運的成果。

4. 衝突性的喜劇情境

〈賣油郎〉是一篇喜劇小說作品，不只因故事中男女主角終成眷屬的完美結局；而是因爲「全篇無論在文字表達或情節安排上，都十足展現了喜劇的意味」〔註 128〕。雖然以亂世爲背景，敘寫流落市井的兒女故事，然而全篇故事的主調，並非在於兩位主角如何受苦的過程。即便瑤琴身陷妓館，作者亦未對此非人的一面有所刻意暴露，多半是輕描淡寫帶過。兩位主角所遭受的諸多困難情節，也多半被作爲鋪陳主角出身與生活背景之用。

胡萬川認爲，〈賣油郎〉篇中的喜劇藝術，一部分依賴的是「不協調的情境」〔註 129〕。如秦重是個老實純樸的青年，原本連世上有「煙花行徑」都不知，卻又對花魁娘子的美貌動念。這個天大的想望，對卑微困窘的他而言，確是「春夢」一場；然而他卻立下決心，面對著遠超乎他能力所及的目標，省吃儉用，辛勤以赴，居然只爲能夠與花魁娘子闞上一夜，這樣營造出的衝突性，實在叫人莞爾。當王九媽看在銀兩份上，答應爲秦重安排一會花魁的機會；然而秦重畢竟是市井中汲汲營生的小油販，怎麼看都不像個出得起十兩資費的「上等闞客」。於是應九媽要求，他到當鋪裡買件半新半舊的紬衣，穿在身上，「到街坊閒走，演習斯文模樣」。作者在此還下個批語：「未識花院行藏，先習孔門規矩。」在此將賣油郎「情痴」的舉動，描繪得極爲傳神，兼且蘊含嘲諷性質的詼諧幽默於其中。

此外，在美娘遭到吳八公子棄於郊野，秦重適巧經過救回她，當夜花魁曲盡本事伺候他。之後美娘對其說道：「我有句心腹之言與你說，你休得推托。」

〔註 128〕胡萬川：〈「賣油郎獨占花魁」的喜劇藝術〉，《中外文學》第 20 卷第 10 期（1992 年 3 月），頁 5。

〔註 129〕胡萬川：〈「賣油郎獨占花魁」的喜劇藝術〉，頁 6。

對秦重而言，花魁娘子在其心目中地位崇高，近乎神聖；如今卻說有心腹之言相告，並要其不能推卻，秦重內心緊張是可想而知的。他莊重地回答：「小娘子若用得著小可時，就赴湯蹈火，亦所不辭，豈有推托之理。」聽他這番嚴肅的承諾，造成讀者極高的懸念，以為花魁將提出何種難題。殊不知她的要求竟是如此簡單：「我要嫁你」。四個明白的字，從花魁口裡說出，應是謹慎卻也溫柔無比的，頓時讓故事的氣氛變得輕鬆，亦使讀者為其糾結的懸念得以放下。其營造出的氛圍衝突，更是令人不覺一笑。

5. 幽默詼諧的語言

本篇在喜劇藝術的呈現上，以語言方面表現得最為精采。作者巧妙地運用雙關〔註 130〕、仿擬〔註 131〕等修辭技巧；並適當地穿插許多俗語、俚語及歇後語等，生動地傳達人物角色的特性，亦增添故事的幽默與可看性。今分按不同特性，舉例說明於後。

當劉四媽受九媽之託，前來說服瑤琴下海覆帳，她自言道：「老身是個女隨何，雌陸賈，說得羅漢思情，嫦娥想嫁。」隨何、陸賈皆是秦末漢初著名的說客與辯士，劉四媽在此用以自喻能言善辯；羅漢不得動情，嫦娥孤居，劉四媽又以能說服這兩個人物做出不可能的舉動，說明自己擁有一副厲害的嘴舌。作者首先在此藉由四個代表人物的對比，顯露其蘊藏於文字裡的幽默機鋒。

前已述及，秦重僅一介賣油郎，本錢只三兩，卻要把十兩銀子去一會花魁，此遠非其能力所及。然而秦重不餒怯，他仍想出法子克服。作者先以旁觀者的眼光，嘲諷秦重此舉「可不是個春夢！」卻又插語：「自古道：有志者事竟成。被他千思萬想，想出一個計策來。」所謂的計策，即是日存一分錢，積久自然能成。「有志者事竟成」自古即是用以勵志的成語，所指為凡事立定志向去做，終會有成功之時，多半是指追求人生正面的目標。而作者以此句形容秦重的理想，意思對了，但目標卻顯得不甚「正經」，因為其目標乃「闞一次名妓」。作者將原本具正面且莊重意義的成語，用於稍涉輕薄之處，衝突性的嘲謔效果立現。

其後賣油郎每隔一日擔油至九媽家販售，藉賣油為名，實則為一睹花魁娘子：

〔註 130〕沈謙謂「雙關」運用得當，可使文章蘊藉，文字風趣，語言鮮活。見氏著：《修辭學》（台北縣：國立空中大學，1998 年 10 月修訂版三刷），頁 62。

〔註 131〕沈謙謂「仿擬」，乃單純模仿前人的作品，學得唯妙唯肖。參見氏著：《修辭學》，頁 153。

有一日會見，也有一日不會見。不見時費了一場思想，便見時也只添了一層思想。正是：天長地久有時盡，此恨此情無盡期。(《醒》卷三，頁 24）

此段文字將秦重的一片相思痴情，描寫得極爲生動。作者更以仿擬筆法，將白居易〈長恨歌〉中名句：「天長地久有時盡，此恨綿綿無絕期」稍作改易，藉以比喻秦重內心的一番綿綿相思。然而「天長地久有時盡，此恨綿綿無絕期」兩句，自明皇與貴妃傳奇故事以來，代表的是兩情相悅，至於生死相許的摯愛精神；〈賣油郎〉故事中的秦重，在這裡可謂僅止於「單相思」的階段，雖說其對花魁的情意綿邈，愛慕至極；但花魁在當時根本不識此號人物，更別說是兩情相悅、生死相許。因此，作者擬作此二句，「就有點移重就輕，似假還眞，似眞還假，充滿了諧趣」〔註 132〕。

直到秦重存足銀兩，對老鴇表達求見花魁之意時，九媽當面潑灑了他一桶冷水：

我家美兒，往來的都是王孫公子，富室豪家，眞個是「談笑有鴻儒，往來無白丁。」他豈不認得你是做經紀的秦小官，如何肯接你？（《醒》卷三，頁 28）

「談笑有鴻儒，往來無白丁」是出自劉禹錫〈陋室銘〉中的名句，是古代士人深自期許的目標與象徵；如今被王九媽援引，除了說明其手下名妓擁有不凡身價，往來者非富即貴，絕非一般市井小民能夠輕易得見；亦同樣蘊含自詡與自豪的意味。句子在此用得相當貼切自然，將士子自豪的招牌，輕易地移入妓館。既使讀者能一目了然花魁的高貴身價；亦能感受到其中所造成的突出諧謔效果。

〈賣油郎〉是篇刻畫市井風味的小說作品，此類作品能否生動感人，首要條件即是看它能否「妙肖市井人物的聲口」〔註 133〕。本篇故事在這方面無疑是極爲成功的，它恰到好處地運用俗語、俚語及歇後語等，如實描摹市井風情。譬如：

（1）瑤琴遭拐賣至王九媽家，九媽對她說：「你是個孤身女兒，無腳蟹。」

（2）劉四媽爲說服美娘下海，對她說：「做小娘的，不是個軟殼雞蛋，怎的這般嫩得緊？」

〔註 132〕胡萬川：〈「賣油郎獨占花魁」的喜劇藝術〉，《中外文學》第 20 卷第 10 期（1992 年 3 月），頁 10。

〔註 133〕胡萬川：〈「賣油郎獨占花魁」的喜劇藝術〉，頁 12。

（3）四媽讚美瑤琴：「一園瓜，只看得你是個瓜種。」
（4）劉四媽接著又道：「說你不識好歹，放著鵝毛不知輕，頂著磨子不知重。」
（5）四媽又勸美娘：「依我說，弔桶已自落在他井裏，掙不起了。」
（6）當秦重對美娘動了綺念，他在心裡自我解嘲道：「呸！我終日挑這油擔子，不過日進分文，怎麼想這等非分之事！正是癩蝦蟆在陰溝裏想著天鵝肉喫，如何到口！」
（7）秦重攢足銀兩，穿戴整齊拜望王九媽。九媽是個老積年，見貌辨色即知是要來闞一夜的，心想：「雖然不是個大勢主菩薩，搭在籃裏便是菜，捉在籃裏便是蟹，賺他錢把銀子買葱菜，也是好的。」
（8）雖說秦重往來鴇家販油已有年餘，然而眞正進入妓館時，「這客坐裏交椅，還不曾與他屁股做個相識。今日是個會面之始。」
（9）在秦重對王九媽表明要闞一夜的對象是花魁時，九媽便當面奚落道：「糞桶也有兩個耳朵，你豈不曉得我家美兒的身價！倒了你賣油的竈，還不勾半夜歇錢哩。」
（10）惡棍吳八公子將花魁強擄上船，美娘不堪凌辱，掩面大哭。故事形容吳八公子氣不過的樣貌：「氣忿忿的像關雲長單刀赴會，一把交椅，朝外而坐，狠僕侍立於傍。」

以上的「無腳蟹」、「軟殼雞蛋」、「放著鵝毛不知輕，頂著磨子不知重」、「癩蝦蟆想吃天鵝肉」、「糞桶也有兩個耳朵」等語，皆是作者巧妙運用譬喻的俗語與俚語；「弔桶已自落在他井裏」則是歇後語；「一園瓜」一句，巧妙地以植物種作爲喻，意指花魁是個絕佳的生財「瓜種」；「大勢主菩薩」是佛教「大勢至菩薩」之改寫，作者在此轉引作富室豪家的代稱；讓「屁股」與「交椅」做個相識，則是將物品及人體部位擬人化的寫法，顯得十分逗趣；至於「關雲長單刀赴會」一句，原本是指勇者無懼的氣勢，在此卻被用以形容吳八公子對一介弱女子凌辱的暴行，諷刺意味濃厚。這些鮮活運用的語詞，作者寫入人物的對話中，有著寫實而嘲謔性的幽默效果。

6.「話分兩頭」的寫作技巧

作者採用「話分兩頭」的方式，進行全篇故事的佈局。先以雙線式的寫法，個別描述兩位主角的背景與際遇，因此能完整地向讀者交代人物的相關細節；其後卻能巧妙地將兩條情節主線結合，變爲單線式的進行，而形成一緊密結構，激發讀者對於後續情節發展的期待心理，手法可謂高明。

綜上所述，收錄於《醒世恒言》裡的〈賣油郎獨占花魁〉故事，內容有著歷經各時期加工的過渡痕跡，可謂據舊本在情節與人物等部份進行添飾而成。而在馮夢龍集大成的筆下，使全篇洋溢著市井風味，既有曲折入勝的情節，亦能如實反映市民人物群像；作者以諧謔幽默的語言，寫成一篇充滿俚俗趣味的喜劇小說。雖然秦重與瑤琴結合後，落入了兩代團圓的窠臼結局；但它終究未去附和傳統小說作品裡，一貫的「金榜題名」、「揚名科場」以及皇帝旌揚之類「才子佳人」故事的俗套。這固然是由秦重、瑤琴等人物身分所決定，然著眼於「諧於里耳」之通俗性，以市民生活爲題材，細緻描寫當時社會百態及人物形象，卻也展現故事作者的獨到眼光與價值觀。

馮夢龍對於通俗文學的倡導與實踐甚力，作品對於當時文壇的貢獻甚大。陳大康認爲，馮夢龍是明代通俗小說發展史上極重要的人物，當時擬話本的作品數量以他最多，產生的影響也最大。在馮氏有意識地積極推動之下，使得擬話本迅速發展成爲重要小說流派之一。〔註 134〕「三言」話本集一出，使其後文人以話本體裁創作小說，或編輯話本小說集者，紛然繼起。仿其體制創作者，如凌濛初的擬話本集「二拍」；其後有署名「抱甕老人」者，選輯「三言」、「二拍」部分篇章，編爲《今古奇觀》，此則爲話本選集作品。《醒》卷三的〈賣油郎獨占花魁〉故事，被選入是書中爲第七卷，仍維持原卷名；唯編者僅止於選文，未做文字之改易，故內容盡悉與《醒》卷三相同，於此則不予贅述。

第三節　《今古傳奇》中的「占花魁」故事

自從話本與說書技藝發展至明代逐漸分家之後，話本此一體裁，即被文人視作一種新的文體，開始大量地從事模擬與仿作。這股風氣在馮夢龍纂輯「三言」開始，白話短篇小說便呈現一派勃興景象。三言以降，二拍續作，並有《今古奇觀》之選本風靡書市。在明末隆武、崇禎年間很快形成繁榮興盛的局面，在此一階段中，擬話本如雨後春筍般的出現，從三言、二拍中摘選故事成輯或改作者，其選本達十幾種之多。文人前仆後繼地競相創作，此風氣一直綿延至清代康乾之際。清初的擬話本選集，如《覺世雅言》、《警世奇觀》、《今古傳奇》、

〔註 134〕參見陳大康：《通俗小說的歷史軌跡》（長沙：湖南出版社，1993 年 1 月），頁 115～116。

《西湖拾遺》等作品，仍然受到此一餘風之影響，或多或少的選錄或改作三言及二拍之故事。作爲本節討論對象的《今古傳奇》，即收有「占花魁」故事一篇。以下茲先簡述《今古傳奇》一書，再分析該篇故事之內容。

一、《今古傳奇》簡介

《今古傳奇》共收十四卷。此書所署名稱頗不一致，書函題簽與牌記均作《古今稱奇傳》；序作《古今傳奇》；目次所署全稱爲《新刻今古傳奇》；孫楷第《中國通俗小說書目》著錄爲《今古傳奇》，有小字注云：「今古，亦作古今。」〔註 135〕關於本書作者，牌記與〈序〉均署「夢閒子漫筆」，此當爲編者化名，其生平未詳。

書函題簽上端有「嘉慶戊寅新鐫」字樣，是書有嘉慶戊寅（1818）集成堂本。胡士瑩在敘錄清人編刊的擬話本集時，列是書於選集之目：

> 此書全名《新刻今古奇傳》（序文作《古今奇傳》），康熙十四年乙卯坊刊本。清無名氏輯，首夢閑子序。選《三言》、《石點頭》、《歡喜冤家》等書。書凡十四卷，殘存一至三卷。書不多見。吳曉鈴藏。〔註 136〕

吳曉鈴當時的藏本，名曰《新刻今古傳奇》，一作《古今傳奇》，確爲清康熙十四年（1675）乙卯坊刻本。其爲殘本，僅存留三卷，共四十四頁。〔註 137〕胡氏謂有「康熙十四年乙卯坊刊本」，此當從夢閒子〈序〉所云「歲次乙卯春月」判定，則可推測這位「夢閒子」爲清初人士。

本書十四卷，乃從三言、二拍與話本集《石點頭》、《歡喜冤家》等書編選而成。其編選之篇章來源包括：《喻世明言》一篇、《警世通言》兩篇、《醒世恒言》三篇、《拍案驚奇》兩篇、《二刻拍案驚奇》一篇、《石點頭》三篇及《歡喜冤家》兩篇，共計十四篇。〔註 138〕每卷演一故事，卷端題「新刻○○○傳奇卷之○」，下有七字或八字偶目，卷末則書「新刻○○○傳奇卷○終」。而《今古傳奇》使用之「七言對句雙回目」分回方式，與「三言」系統之相鄰兩篇回目

〔註 135〕孫楷第：《中國通俗小說書目》（台北：木鐸出版社，1983 年 7 月），頁 108。

〔註 136〕胡士瑩：《話本小說概論》（台北：丹青圖書公司，1983 年 5 月），頁 643。

〔註 137〕關家錚：〈二十世紀四十年代北平『華北日報』的『俗文學』周刊〉，《中國文哲研究通訊》第 12 卷第 2 期（2002 年 6 月），頁 164。

〔註 138〕曹中孚：《今古傳奇・前言》，收錄於《古本小說集成》（上海：上海古籍出版社，1990 年 8 月），前言頁 1～2。

互爲對偶有所不同；屬於「二拍」系統每回以雙句自相對偶之形式。〔註 139〕

是書之編纂方式，與抱甕老人所輯《今古奇觀》以保留原著面貌者不同。《今古傳奇》之內容雖基本忠於原著，但在篇幅上卻有幅度較大的刪節；尤其對原卷篇幅較長者，刪節更多，唯小說的主要情節大致獲得了保留〔註 140〕。各篇除「入話」一律刪去〔註 141〕，爲最顯著之特色外：

> 凡原書中以韻文形式渲染某一特定環境，描繪某個人物容貌體態的，一般都在刪削之列。至於文中徵引的詩詞，一些人物的心理描寫，以及原屬重複的敘述，也往往刪去，保留下來的不多。書中偶有增飾和改動。從總體來看，經過刪節，尚屬文從字順，所以可說它是近乎原著的一部節本。〔註 142〕

由此可見本書對於所選錄的話本篇章，是頗有意識地進行內容刪節之工夫，此與前節所述《今古奇觀》完整輯選的方式頗有不同。

夢閒子的序言稱此書爲「奇書」，但卻對書中內容隻字未提。序言中屢提「墨憨道人」，其與是書或與夢閒子有何關係，不得而知。夢閒子謂：「吾觀古今一大戲場，人輒昧昧，必須臺上腳色演出來，始覺耳目一新。」又謂：「試看古今來那有奇聞？或事本無奇，而傳之者動以爲奇；而事本出奇，而聞之者反不以爲奇。奇而不奇，不奇而奇。」細思這幾句話，不難看出編選者纂輯此書之目的，似在引起讀者閱讀該書之興趣矣。

二、《今古傳奇》中的「占花魁」故事特色

本書收有「占花魁」故事一篇，爲卷八〈莘瑤琴身墜柳巷　賣油郎獨占花魁〉。本卷選錄自《醒世恒言》卷三〈賣油郎獨占花魁〉，全篇即是在《醒》卷三的原本故事上進行編作，唯增加回目名稱，使其成爲偶目。前述《今古

〔註 139〕參見徐志平：〈話本小說之體製形式在清初的重大變化〉，《嘉義技術學院學報》第 64 期（1999 年 6 月），頁 129～131。

〔註 140〕徐志平：《清初前期話本小說之研究》（台北：臺灣學生書局，1998 年 11 月），頁 90。

〔註 141〕徐志平謂清初之話本集，「在入話部分，早期東拉西扯式的興體入話不再出現，頭回故事大量減少，更出現打破成規或完全揚棄傳統入話形式的短篇白話小說，顯示話本小說向脫離說書形式的路途邁進了一大步。」見氏著：〈話本小說之體製形式在清初的重大變化〉，頁 145。

〔註 142〕曹中孚：《今古傳奇・前言》，收錄於《古本小說集成》（上海：上海古籍出版社，1990 年 8 月），前言頁 2。

傳奇》內容編纂之特色，就體制部份觀之，有刪去入話一項。以本卷與《醒》卷三之體制相較，確實多有刪節之處：

1. 省去篇首之開場詩；
2. 略去《醒》卷三中鄭元和與李亞仙一段入話；
3. 《醒》卷三正話中的詩詞韻語，於本篇中一併刪去；
4. 略去篇尾的散詩。

因為省略上述所有體制上的襯托及添飾元素，使得本篇作品僅存《醒》卷三之正話部分，全篇皆鋪寫故事。

本卷內容，以《醒》卷三之故事為底本，未做任何情節改寫及人物角色之更動，是皆完全按照原故事之內容推進鋪敘，僅在文句上進行刪削工夫。前揭《今古傳奇》之編纂特色，在篇章內容部分，凡原篇中以韻文形式渲染某一特定環境，或描繪人物之容貌體態，是皆在刪削之列；至於文中徵引的詩詞，或一些人物的心理描寫，也往往刪去，保留下來的不多。文中徵引的詩詞，除盡去正話中的詩詞韻語外；另如《醒》卷三出現的「談笑有鴻儒，往來無白丁」等句亦皆省略。關於內容部分的刪削情形，以下即將是篇與《醒》卷三之相對應內容，略舉數例以茲比較：

<table>
<tr><th>《醒世恒言》卷三</th><th>《今古傳奇》卷八</th></tr>
<tr><td rowspan="2">話說大宋自太祖開基，太宗嗣位，歷傳眞、仁、英、神、哲，共是七代帝王，都則偃武修文，民安國泰。到了徽宗道君皇帝，信任蔡京、高俅、楊戩、朱勔之徒，大興苑囿，專務游樂，不以朝政為事。以致萬民嗟怨，金虜乘之而起，把花錦般一個世界，弄得七零八落。直至二帝蒙塵，高宗泥馬渡江，偏安一隅，天下分為南北，方得休息。其中數十年，百姓受了多少苦楚。（頁 2～3）</td><td>大宋年間。（頁 199）</td></tr>
<tr><td>刪節：故事發生之時代背景。</td></tr>
<tr><td rowspan="2">不幸遇了金虜猖獗，把汴梁城圍困，四方勤王之師雖多，宰相主了和議，不許廝殺，以致虜勢愈甚。打破了京城，劫遷了二帝。那時城外百姓，一個個亡魂喪膽，攜老扶幼，棄家逃命。（頁 3～4）</td><td>不幸遇金虜猖獗，打破京城，劫去二帝。此時汴京內外百姓，個個逃走。（頁 199）</td></tr>
<tr><td>刪節：描述逃難時的環境背景。</td></tr>
<tr><td rowspan="2">恰好有一人從牆下而過。那人姓卜名喬，正是莘善的近鄰，平昔是個游手游食、不守本分，慣吃白食、用白錢的主兒，人都稱他是卜大郎。也是被官軍沖散了同夥，今日獨自而行。（頁 4～5）</td><td>恰好有一人姓卜名喬，從樹下過，正是莘善的近鄰，平昔是個不守本分的人。也是被兵沖散，獨自而行。（頁 200）</td></tr>
<tr><td>刪節：人物之來歷。</td></tr>
</table>

<table>
<tr><td rowspan="2">扶到王九媽家樓中，臥於床上，不省人事。此時天氣和暖，又沒幾層衣服。媽兒親手伏侍，剝得他赤條條，任憑金二員外行事。金二員外那話兒，又非兼人之具，輕輕的撐開兩股，用於涎沫，送將進去，比及美娘夢中覺痛醒將轉來，已被金二員外耍得勾了，欲待掙扎，爭奈手足俱軟，繇他輕薄了一回。直待綠暗紅飛，方始雨收雲散。（頁 8～9）</td><td>扶到九媽家樓上，臥于床上，不省人事。九媽將他剝得赤條條，任憑金員外梳弄。及花魁醉中疼醒，已被他弄得勾了。（頁 202）</td></tr>
<tr><td>刪節：美娘遭梳弄之過程。</td></tr>
<tr><td rowspan="2">王九媽引著秦重，彎彎曲曲，走過許多房頭，到一個所在，不是樓房，卻是個平屋三間，甚是高爽。左一間是丫鬟的空房，一般有床榻桌椅之類，卻是備官鋪的；右一間是花魁娘子臥室，鎖著在那裏。兩旁又有耳房。中間客座上面掛一幅名人山水，香几上博山古銅爐，燒著龍涎香餅，兩旁書桌，擺設些古玩，壁上貼許多詩稿。（頁 31）</td><td>遂引秦重曲曲折折走到裡邊，卻是捲棚三間，甚是高大。房間是了頭的空房，右間是花魁的臥室，鎖在那裡，又有耳房。中間坐客擺設甚是華麗。（頁 215）</td></tr>
<tr><td>刪節：渲染妓館布置與環境。</td></tr>
<tr><td rowspan="2">事有偶然，卻好朱重那日到清波門外朱十老的墳上，祭掃過了，打發祭物下船，自己步回，從此經過。（頁 42）</td><td>卻好那日正遇著朱重有事從此經過。（頁 221）</td></tr>
<tr><td>刪節：事發原因。</td></tr>
<tr><td rowspan="2">喫了數杯，還了酒錢，挑了擔子，一路走，一路的肚中打稿道：「世間有這樣美貌的女子，落於娼家，豈不可惜！」又自家暗笑道：「若不落於娼家，我賣油的怎生得見！」又想一回，越發痴起來了，道：「人生一世，草生一秋。若得這等美人摟抱了睡一夜，死也甘心。」又想一回道：「呸！我終日挑這油擔子，不過日進分文，怎麼想這等非分之事！正是癩蝦蟆在陰溝裏想著天鵝肉喫，如何到口！」又想一回道：「他相交的，都是公子王孫。我賣油的，縱有了銀子，料他也不肯接我。」又想一回道：「我聞得做老鴇的，專要錢鈔。就是個乞兒，有了銀子，他也就肯接了，何況我做生意的，青青白白之人。若有了銀子，怕他不接！只是那裏來這幾兩銀子？」一路上胡思亂想，自言自語。（頁 22～23）</td><td>吃了數杯，還了酒錢，挑了擔子，一路走，一頭想道：「人生一世，若得這個女娘睡一夜，死也甘心。」又想道：「呸！我賣油不過日進分文，怎起這妄想之心！且他交的俱是王孫公子，豈肯接我這挑担賣油的。」又想道：「做鴇的耑要銀錢，若有銀子，怕他不接！只是沒有銀子。」（頁 210）</td></tr>
<tr><td>刪節：秦重的心理描寫過程。</td></tr>
</table>

衡諸上列資料，可略窺《今古傳奇》對於所選篇章內容之刪節情形。在《醒》卷三中所述的諸多文字，移至本書後，編選者對於原書中的故事發生背景、環境渲染描寫、人物心理狀態等內容，多所刪削，保留下來的不多。此爲《今》卷八刪削情況之一隅，其餘在文句上的簡化更是通篇可見。基本上，編選者所做的這些刪節，並不影響原故事之架構與情節推進；唯經大幅刪節過的選本內容，已失去原來明代話本之面貌，成爲純粹鋪敘故事的作品。

選本另有一明顯改變，即爲「敘事視角的轉換」。原本在《醒》卷三中出現的「話分兩頭」、「說話的」、「卻說」、「你道天地間有這等痴人」、「丟過那三日不提」等句，乃全知全能的旁觀敘述者身分所言。其以「全知視角」綜觀情節發展，總結過去，預示未來。這些字眼可用以引發議論，或是對其人其事進行評判。但在《今》卷八中，這些語詞悉數刪去，純粹讓故事本身成爲敘事主角。過去使用的全知視角手法，無疑是保留宋元話本敘事干預的痕跡；或者受宋元舊本的影響，選本往往擯除這類敘事干預，簡化了小說的敘事視角，使得作品的情節結構更加連貫緊湊。〔註 143〕

由於明末至清中葉時期的擬話本作品蓬勃發展，其中不少選本乃應運市場需求而產生，輯選者的素質便成爲影響選本品質的重要因素之一。某些選本甚至出現粗製濫造的現象。表現在故事中的敘事結構方面，選本亦出現不足之處。以本故事爲例，在原作《醒》卷三中，劉四媽對瑤琴講述大段從良之道，包括眞從良、假從良、苦從良、樂從良、趁好的從良、沒奈何的從良、了從良、不了的從良等八種具體內涵；但在《今古傳奇》卷八的「占花魁」故事中卻簡化爲：眞從良、假從良、苦從良、樂從良、有趁好從良、沒奈何從良等六種，且未對個別內容之涵義進行闡述，因此當後文提及從良云云，即缺少伏筆效果；讀者不明其意，便影響敘事結構之完整性。另在語言文字的謬誤如：花魁情「極」(急)、秦公不肯開「暈」(葷)。此或許反映了編選者參差不齊的水準，亦是刻印者未加認眞校對，故留下選本粗製濫造之痕跡。

前述《今古傳奇》卷八略去《醒》卷三之入話與篇尾部分。在這兩個段落中，原作強調的是男主角秦重「幫襯」體貼之形象。入話引鄭元和故事作爲襯托，而篇末結語則是誇讚賣油郎志誠體貼的幫襯形象。《今》卷八略去此二部份，通篇便未敘及「幫襯」二字，是以原作中「知情識趣俏哥哥，此道誰人賽我」及「堪愛豪家多子弟，風流不及賣油人」之批語，無法投射對應於《今》卷八秦重一角身上。賣油郎的形象難以昇華，亦使得「獨占花魁」之結局欠缺情節合理性。

〔註 143〕參見程國賦：〈三言二拍選本與原作的比較研究〉，《明清小說研究》2004 年第 2 期，總第 72 期（2004 年），頁 184～185。

第四節　《西湖拾遺》中的「占花魁」故事

明季時期，文人競相投入擬話本的創作，一時蔚爲風氣；書商亦大肆刊刻，以應讀者及市場所需。此風氣一直綿延至清代康、乾之際。明末清初的擬話本選集，除前揭之《今古奇觀》、《今古傳奇》以外；另一頗具特色的，便是三部以「西湖」命名的擬話本集——《西湖二集》〔註 144〕、《西湖佳話》〔註 145〕與《西湖拾遺》，此三部集子專取與西湖相關之故事。筆者於《西湖拾遺》中得「占花魁」故事一篇，以下便先簡述《西湖拾遺》一書，再分析該篇故事之內容。

一、《西湖拾遺》簡介

上述三部關於「西湖」故事的擬話本集，以《西湖拾遺》最晚出，是書即是選輯前二書之精華而成〔註 146〕。胡士瑩在敘錄清人編刊的擬話本集時，亦將是書列於選集之目。關於本書，茲援引胡士瑩之說法以明其梗概：

> 此書爲錢塘梅溪陳樹基輯，乾隆辛亥（五十六年）刊本。凡四十八卷，首三卷爲圖，末卷爲「止於至善」，實爲四十四卷，卷演一故事。是一個關於西湖的話本選集，故事取自周清源的《西湖二集》者二十七篇。其中將《西湖二集》卷一析爲兩篇，實際爲二十八篇。取自《西湖佳話》者十五篇，取自《醒世恒言》者一篇。但對原文都作了不同程度的改動。〔註 147〕

此書爲清人陳樹基輯本，陳氏號梅溪，錢塘人，生卒不詳。其在序言已署名「時乾隆辛亥孟冬月錢塘梅溪陳樹基撰」之字樣。鄭振鐸謂其非陳氏創作之話本集，僅是搜集各書中關於西湖的諸話本而成之，編輯的時代即爲清乾隆辛亥（1791）年。〔註 148〕是書封頁題「錢塘陳梅溪搜輯」、「自愧軒開雕」，並

〔註 144〕鄭振鐸謂《西湖二集》爲周清源著，有崇禎間雲林聚錦堂刊本。是書題「武林濟川子清源甫纂，抱膝人訏謨甫評」，全書凡三十四卷，每卷含平話一篇，所收皆與西湖有關之故事。名爲「二集」，乃因其一集已佚。詳見氏著：〈明清二代的平話集（下）〉，收錄於《小說月報》第 22 卷第 8 號（東京：株式會社東豐書店，1979 年 10 月重新影印出版），頁 38313。

〔註 145〕鄭振鐸謂《西湖佳話》爲古吳墨浪子所著，其著作時代爲清康熙癸丑（1673）年間，故有癸丑刊本。此書亦寫西湖故事，較《西湖二集》晚出。此書所敘故事，乃根據史實來寫與西湖有關之雅事，是以與周書同者絕少。詳見氏著：〈明清二代的平話集（下）〉，頁 38322。

〔註 146〕孟瑤：《中國小說史》（台北：傳記文學出版社，1991 年 4 月再版），頁 280。

〔註 147〕胡士瑩：《話本小說概論》（台北：丹青圖書公司，1983 年 5 月），頁 645。

〔註 148〕參見鄭振鐸：〈明清二代的平話集（下）〉，頁 38324。

有「杭城十五奎巷內玄妙觀間壁青牆門內本衙發兌」雙行牌記，是書藏於大連市圖書館。乾隆原刊本爲半葉九行，每行二十字，後有光緒間上海申報館排印本。〔註 149〕這個選輯本，除了卷三十六〈賣油郎繾綣得花魁〉一篇，是取之於《醒世恒言》卷三〈賣油郎獨占花魁〉以外，餘皆自《西湖二集》及《西湖佳話》取材。其中《西湖佳話》原書有十六篇，本書選錄達十五篇之多，幾已囊括而盡。是書另有嘉慶辛未（1811）覆刻本，及道光二十七年（1847）晉祁書業堂刊本〔註 150〕。

是書首三卷爲圖，包括：〈西湖全圖〉、〈西湖十景圖〉及〈西湖人物圖〉，自卷四至卷四十八〈止於至善〉，實收話本四十四篇。關於陳氏輯選本書之原因，其在序言自謂：「余每當出遊，輒怦怦心動，若有不能恝然者。因摭舊時耳目所及，訂輯成帙，目之曰《拾遺》。」〔註 151〕是以陳氏以記錄西湖之景物、人事爲作意，輯選前作涉及西湖之事者，纂輯爲書。每卷演一故事，卷目爲七字至九字不等的單句。胡士瑩謂是書對原文都作了「不同程度的改動」；鄭振鐸更云陳氏之編輯「不甚忠實」，往往有任意刪改原文之處。此爲陳氏選輯與改作此書之內容特色。

蘇杭一帶，作爲宋代以來經濟發展之重心，通俗文化的集散地，蘇杭與西湖流行著說話等技藝，及通俗小說的創作、刊刻與欣賞。這種地域文化氛圍，對杭州地區通俗小說的繁榮，起了非常積極的推動作用。〔註 152〕所謂「西湖小說」，即是指此類小說作品不同程度地具有世俗文化的特點，而此一特點的產生除了與白話小說的性質相關之外，更與作品所反映的城市生活聯繫在一起。〔註 153〕從田汝成的《西湖遊覽志餘》起始，到明清之際的《西湖二集》與《西湖佳話》；《西湖拾遺》則在二書的基礎上進行加工及發揚，並繼續影響後出的《西湖小史》及《西湖遺事》等選本續作。以此發展出「西湖」此一具有地域文化特徵之概念，亦成爲小說史上一道鮮明的印記。

〔註 149〕孫楷第：《中國通俗小說書目》（台北：木鐸出版社，1983 年 7 月），頁 110。

〔註 150〕王慶華：《話本小說文體研究・附錄》（上海：華東師範大學出版社，2006 年 10 月），頁 227。

〔註 151〕〔清〕陳樹基搜輯：《西湖拾遺・序》，收錄於《古本小說集成》（上海：上海古籍出版社，1990 年 8 月），序頁 8～9。

〔註 152〕參見李忠明：〈明末通俗小說刊刻中心的遷移與小說風格的轉變〉，《南京師大學報》（社會科學版）2004 年第 4 期（2004 年 7 月），頁 135。

〔註 153〕參見劉勇強：〈西湖小說：城市個性與小說場景〉，《文學遺產》2001 年第 5 期（2001 年），頁 61。

二、〈賣油郎繾綣得花魁〉之故事特色

《西湖拾遺》卷三十六〈賣油郎繾綣得花魁〉，是全書中唯一選自《醒世恒言》的篇章。編者陳樹基將原本《醒》卷三〈賣油郎獨占花魁〉之回目，改爲〈賣油郎繾綣得花魁〉；此一改易名稱，乍看似爲《醒》卷三之故事改頭換面，添飾「繾綣」色彩，實則不盡然。本卷較之於前述《今古傳奇》卷八之內容，更接近《醒》卷三之原作。《今古傳奇》卷八除將卷名改爲偶目外，在內容方面亦多所刪節。本篇〈賣油郎繾綣得花魁〉故事，雖非如《今古奇觀》卷七一般，原封不動地選入書中；然編者亦是將《醒》卷三之內容完整選入，未做大幅度的刪節。與《今古傳奇》卷八相較，本篇依然保留篇首開場詩、鄭元和與李亞仙入話一段，以及正話中之詩詞韻語。因此在主題、情節方面，並無任何更動影響，在此不予討論。

本篇與原作較爲不同處有三。首先，是對於兩位主角的心理描寫。程國賦認爲，這是後出的擬話本選家，在有限的改動中經常採用的一種形式。〔註 154〕在《醒》卷三中，秦重初會花魁，當晚不巧花魁醉酒，秦重經心服侍。天亮以後，兩人分別，「（美娘）將銀子揌在秦重袖內，推他轉身。秦重料難推卻，只得受了，深深作揖，捲了脫下這件齷齪道袍，走出房門。」在《西湖拾遺》卷三十六中則有所改易，增加了「心中甚覺不忍」、「不敢耽擱」、「戀戀不捨，回頭數次」數句，精心刻畫秦重與美娘內心的心理情狀，表現其善良而多情的性格，頗能呼應是篇卷目之「繾綣」一詞。此一添飾，是《醒》卷三所未有的。

其次，是篇中對於原作正話中的詩詞，或多或少地做了修改。以下即將是篇與《醒》卷三對應內容之相異處，列表以茲比較：

《醒世恒言》卷三	《西湖拾遺》卷三十六
運退黃金失色，時來鐵也生光。（頁 2）	運退黃金失色，時來黑鐵生光。（頁 1319）
忙忙如喪家之犬，急急如漏網之魚。擔渴擔飢擔勞苦，此行誰是家鄉：叫天叫地叫祖宗，惟願不逢韃虜。正是：寧爲太平犬，莫作亂離人。（頁 4）	忙忙如喪家之狗，急急似漏網之魚。受渴受飢受勞苦，此行何處家鄉：求天求地求祖宗，所願不逢兵馬。正是：寧爲太平犬，莫作亂離人。（頁 1322～1323）
孝己殺身因謗語，申生喪命爲讒言。 親生兒子猶如此，何怪螟蛉受枉冤。（頁 18）	綠竹新抽節已堅，如何蔓草得糾纏。 海棠不受梨花壓，豈使中庭雨露偏。（頁 1354）
天長地久有時盡，此恨此情無盡期。（頁 24）	天長地久有時盡，一種溫柔無了期。（頁 1368）

〔註 154〕程國賦：〈三言二拍選本與原作的比較研究〉，《明清小說研究》2004 年第 2 期，總第 72 期（2004 年），頁 183。

未識花院行藏，先習孔門規矩。（頁 29）	未識樂境行藏，先習儒門規矩。（頁 1377）
千般難出虔婆口，萬般難脫虔婆手。 饒君縱有萬千般，不如跟著虔婆走。（頁 33）	溫柔鄉裡慕溫柔，萬轉千回不自由。 半夜玉人歸已醉，相看無語尚含羞。（頁 1386）
未曾握雨攜雲，也算偎香倚玉。（頁 34）	未曾握雨攜雲，也算偎紅倚翠。（頁 1389）
焚琴煮鶴從來有，惜玉憐香幾個知！（頁 42）	煮鶴焚琴生俗物，拋香碎玉死冤家！（頁 1406）
數黑論黃雌陸賈，說長話短女隨何。 若還都像虔婆口，尺水能興萬丈波。（頁 48）	數黑論黃雌陸賈，說長道短女隨何。 若皆似此如簧口，尺水能興萬丈波。（頁 1420）

在《西》卷三十六中，仍然保留原作裡的三隻〈掛枝兒〉曲。但在上列表格中可見，編者對於原作正話中的詩語頗有改易。大部分是在文字上略作更動，其中數則更是全部改寫，如秦重遭朱十老攆出戶一段；以及秦重初會花魁之夜，由鴇母先行招待的久候情形。將此二部份中的詩語相較，可感受到《醒》卷三有較濃厚的俚俗氣息，文句通俗易懂；《西》卷三十六則爲蘊藉含蓄之語，似出於文人之筆，展現異於原作之風格。

全篇最明顯的更動，在於篇末的散詩與結語。以下茲將兩篇內容對照以觀之：

> 至今風月中市語，凡誇人善於幫襯，都叫做「秦小官」，又叫「賣油郎」。有詩爲證：
>
> 春來處處百花新，蜂蝶紛紛競採春。
>
> 堪愛豪家多子弟，風流不及賣油人。（《醒》卷三，頁 54）
>
> 以美娘身價，即要從良，秦重也夢想不到，豈料竟成夫婦。要算奇緣矣！有詩一首嘆之：
>
> 名花綽約露華新，蝶孌蜂遊未占春。
>
> 虛度一宵成繾綣，眼中人是意中人。（《西》卷三十六，頁 1434）

原本於《醒》卷三結語處的「風月中市語」，在《西》卷三十六盡刪。原作的結語強調的是秦重善於「幫襯」之形象，與其篇首入話能夠首尾呼應。然而在《西》卷三十六所做的改易，詩句依然蘊藉，唯轉爲渲染兩位主角「奇緣」之遭遇。此一篇末的改動，亦可看出《西湖拾遺》中文人色彩的增強。事實上，當文人從事話本創作開始形成風氣後，市井小說自然氤氳出更濃厚的文人氣息〔註 155〕。此例似可證之。

〔註 155〕劉勇強：〈西湖小說：城市個性與小說場景〉，《文學遺產》2001 年第 5 期（2001 年），頁 64。

綜觀《醒世恒言》、《今古奇觀》、《今古傳奇》與《西湖拾遺》四部小說中的「占花魁」故事，除《今古奇觀》卷七乃完全搬挪《醒》卷三原作之內容外；後出的兩部擬話本選集——《今古傳奇》與《西湖拾遺》，皆對原作內容進行小幅度之刪節或改易。原作故事在馮夢龍的通俗之筆下，使全篇洋溢市井風味。其中既有曲折入勝的情節，亦能如實反映市民人物群像。此乃馮氏著眼於「諧於里耳」之通俗性，以市民生活爲題材，細緻描寫當時社會百態及人物形象，展現故事作者的獨到眼光與價值觀。

「三言」問世後風行一時，對於明末清初之際的話本編作造成偌大影響。在不同時期刊行的《今古傳奇》與《西湖拾遺》兩部話本集，皆選錄「占花魁」故事原作，影響可見一斑。在《今古傳奇》中的「占花魁」故事，經過編者有意識地進行內容刪節後，省略所有體制上的襯托及添飾元素，徒留故事文本，喪失原作中呈現的諸多興味；而《西湖拾遺》一書雖對於「占花魁」原作更動幅度較小，然而其對於原作中的詩詞韻語，或多或少地進行改頭換面之工夫，羼入了蘊藉含蓄之語，使得改寫後之作品散發文人氣息。是以同一底本故事，在不同編作者之筆下便呈現相異面貌，輯選者的素質便成爲影響選本品質的重要因素之一。

第三章　戲曲作品中的「占花魁」故事

王國維（1877～1927）言「凡一代有一代之文學」〔註1〕，就文學體裁之演變而言，此乃中肯之論。明代是小說作品最盛時期，從章回形式至各種話本編作，呈現一片繁花似錦的榮景；然而來自民間文學體裁的戲曲作品，亦在明末清初之際嶄露頭角，頗有發展；因此小說與戲劇作品內容的互涉與承衍，便勢不可免。

「占花魁」故事，除前章已述的馮夢龍話本作品〈賣油郎獨占花魁〉外，較爲人熟知的便是李玉的《占花魁》劇作。馮、李二人，同在明末清初的文壇上各領風騷，馮氏乃享譽當時的通俗文學家；李氏則在戲曲創作的領域裡佔有一席，爲劇壇「蘇州派」之代表人物。兩人既爲同鄉〔註2〕又是忘年交，在小說及戲曲的創作領域裡各擅勝場，且相互呼應。

李玉爲明末清初之際專力於編寫傳奇劇作之曲家，其代表作有「一、人、永、占」之譽。其作品在舞台上有較強的生命力，對崑曲的進一步發展起過不小的作用。李氏的諸多劇作在崑曲中一直搬演不輟，其後的京劇與地方戲亦常據以改編演出。因此本章除以《占花魁》傳奇爲研究對象外，另包含：京劇《獨占花魁》、川戲《獨占花魁》、粵戲《獨占花魁》、噹噹戲《花魁從良》

〔註1〕王國維：《宋元戲曲考‧序》，收錄於《王國維戲曲論文集》（台北：里仁書局，2005年10月初版三刷），頁3。

〔註2〕俞爲民謂李玉乃江蘇吳縣人，見氏著：《明清傳奇考論》（台北：華正書局，1993年7月），頁302。馮氏在所編《壽寧待志》中自稱是「直隸蘇州府吳縣籍長洲縣人」見〔明〕馮夢龍：《壽寧待志‧官司》，收錄於〔明〕馮夢龍編著，魏同賢主編：《馮夢龍全集‧壽寧待志》（上海：上海古籍出版社，1993年6月），頁187。故在此謂其同鄉。

等五部完整作品；另有崑曲折子戲等齣目資料。依推測之刊印時期，分節簡述各劇種之內容，進而分析劇作中的「占花魁」故事特色。

第一節　李玉《占花魁》傳奇

《醒世恒言》卷三〈賣油郎獨占花魁〉爲小說體，李玉《占花魁》乃戲劇作品，然兩者講述爲同一個主題故事，唯在人物、主題及情節上有所差異。李氏晚出子猶近二十載，其《占花魁》一劇亦頗負盛名。以下茲先略述李玉生平梗概及其著作；並另闢段落探討李、馮二人之背景關係，試圖索驥兩人背景之間是否具聯繫性；其後則分析《占花魁》劇作之故事及相關內容。

一、李玉生平與著作

在中國戲曲史上，明清傳奇爲繼元雜劇之後的另一個創作高峰。明初時期，四大聲腔仍處於競爭及消融的態勢；及至嘉靖時期，鄭若庸、李開先、梁辰魚等戲曲家先後嶄露頭角，魏良輔則致力於崑山腔的改革，使得「流麗悠遠」的崑腔始凌駕諸腔之上。重以文人與士大夫投入劇壇，整理、改編宋元及明初的戲文作品，吸取北雜劇之優點，使文人趣味注入戲文創作之中，並逐步建立規範化的傳奇文學體制。〔註3〕自此傳奇創作一時蝟起，佳作輩出。

明代中葉以降，以湯顯祖（1550～1616）爲首之臨川派，及沈璟（1553～1610）爲代表之吳江派，兩派的出現爲傳奇創作帶來繁榮之始。及至明末清初，在吳中曲壇上又崛起了一個新的流派，此即是以李玉爲代表的蘇州派劇作家。蘇州派的出現，爲當時的曲壇帶來一番新氣象，在明清戲曲之發展史上寫下燦爛一頁。〔註4〕

（一）李玉的生平

在蘇州派劇作家中，李玉爲傑出的代表之一。關於其生平，由於可能受到正統文人鄙視通俗文學及相關作家之因，儘管當時他們蜚聲文壇，但在正史中卻罕有相關資料紀錄。在《吳縣志》中記載：

> 李玉，字玄玉。吳縣人。明崇禎間舉於鄉，入清不再上公車。著有《北詞廣正譜》，取華亭徐于室原稿改編，吳偉業爲作序。淹雅博洽，

〔註3〕參見郭英德：《明清文人傳奇研究》（台北：文津出版社，1991年1月），頁5～6。
〔註4〕參見俞爲民：《明清傳奇考論》（台北：華正書局，1993年7月），頁295。

迴出原書上。又著傳奇三十二種，最著者曰「一、人、永、占」，謂《一捧雪》、《人獸關》、《永團圓》、《占花魁》也。〔註5〕

由上可知，李玉乃江蘇吳縣人，字玄玉。入清後因避康熙皇帝玄燁諱，亦作元玉；自號蘇門嘯侶，所居曰「一笠庵」，故又號一笠庵主人，爲「蘇州派」代表作家之一。由於李氏生平資料極少，其生卒年無從確認，且各家說法不一：馮沅君（1900～1974）曾訂於1590?～1660?〔註6〕，趙景深（1902～1985）持相同看法〔註7〕；俞爲民謂其生於明萬曆十九年（1591），卒於清康熙十年（1671）〔註8〕；歐陽代發推算李玉約生於明萬曆三十九年（1611）左右，卒於清康熙十六年（1677）以後〔註9〕；李旻雨據吳偉業（1609～1672）〈清忠譜序〉及〈北詞廣正譜序〉等周邊資料推算，其判定與歐陽代發相同〔註10〕。本文採歐陽代發之說法。廣義地說，李氏與馮夢龍均可視爲明末清初的文人。

關於李玉其人，吳偉業爲《北詞廣正譜》所做序文，可窺得一二：

李子元玉，好奇學古士也。其才足以上下千載，其學足以囊括藝林。而連厄於有司；晚幾得之，仍中副車。甲申以後，絕意仕進。以十郎之才調，效耆卿之填詞；所著傳奇數十種，即當場之歌呼笑罵，以寓顯微闡幽之旨。忠孝節烈，有美斯彰，無微不著。〔註11〕

這段序文雖未提供詳盡資料可資考證，卻將李玉的生平勾勒出極簡明的一幀輪廓。吳氏謂其才華橫溢，學識淵博，然其才學雖足以「上下千載」、「囊括藝林」，但在科場卻始終不得意，困躓場屋，後來才僅得中副車。吳梅（1884

〔註5〕吳秀之等修，曹允源等纂：《吳縣志》卷七十五〈藝術列傳〉（據1933年鉛字本影印）（台北：成文出版社，1970年），頁1596。

〔註6〕馮沅君：〈李玉劇質疑〉，收錄於趙景深主編：《中國古典小說戲曲論集》（上海：上海古籍出版社，1985年6月），頁12。

〔註7〕趙景深：《戲曲筆談》（上海：上海古籍出版社，1980年8月），頁76。

〔註8〕然俞氏又云：「但對現存有關李玉生平的資料作全面考察，李玉的生年似應在明萬曆38年（1610）以後。」詳見俞爲民：《明清傳奇考論》（台北：華正書局，1993年7月），頁302。

〔註9〕歐陽代發：〈李玉生卒年考辨〉，《文學遺產》1982年第1期（1982年3月），頁144～147。

〔註10〕參見李旻雨：《李玉占花魁研究》（台北：國立台灣師範大學國文研究所碩士論文，1985年11月），頁25～29。

〔註11〕〔清〕吳偉業〈北詞廣正譜序〉，收錄於〔清〕李玉著，陳古虞、陳多、馬聖貴點校：《李玉戲曲集》（上海：上海古籍出版社，2004年12月），頁1786～1787。

～1939）謂：「李玄玉蘇州人，崇禎間舉人。國變後不出，家居數十年，專以度曲爲事。」〔註 12〕但在《蘇州府志》選舉之目，卻未見李氏之名；吳偉業此段序文似可證其並未中舉，僅得鄉會試之副榜貢生。「甲申」指甲申之變，在明崇禎十七年（1644），即清順治元年。入清以後，玄玉則杜絕仕進之念，將滿腹才學寄託於戲曲之寫作。錢謙益（1582～1664）亦讚之：

> 元玉管花腸篆，標幟詞壇，而蘊奇不偶；每借韻人韻事，譜之宮商，聊以抒其壘傀。……元玉上窮典雅，下漁稗乘，既富才情，又嫻音律，殆所稱青蓮苗裔，金粟後身耶！於今求通才於宇內，誰復雁行者？〔註 13〕

李玉本欲將己身才學傾注於功名之上，步傳統文人學士讀書爲官之道；然其仕途坎坷不順，「借他人之酒杯，澆自己之塊壘」〔註 14〕，「每借韻人韻事，譜之宮商，聊以抒其壘傀」遂借戲曲之創作來抒發心中憤懣。

關於李玉身世，另有一說。焦循（1763～1820）《劇說》有一條關於李氏生平的資料：

> 元玉係申相國家人，爲申公子所抑，不得應科試，因著傳奇以抒其憤，而「一、人、永、占」尤盛傳於時。其《一捧雪》極爲奴婢吐氣，而開首既云：「裘馬豪華，恥爭呼貴家子。」意固有在也。〔註 15〕

焦循謂李氏曾是明萬曆年間內閣首輔申時行的家人，爲申公子所抑，遂不得應科試。關於這一記載，學界歷來存有爭議：鄭振鐸直指此條爲無稽之談〔註 16〕；馮沅君採信焦循說法，而王安祈引馮氏〈怎樣看待『一捧雪』〉一文，謂其說難以令人信服〔註 17〕；俞爲民亦主焦氏之說不可信〔註 18〕；李旻雨則推

〔註 12〕吳梅：《顧曲塵談・談曲》（台北：臺灣商務印書館，1988 年 11 月台四版），頁 183。

〔註 13〕〔清〕錢謙益：〈眉山秀題詞〉，收錄於〔清〕李玉著，陳古虞、陳多、馬聖貴點校：《李玉戲曲集》（上海：上海古籍出版社，2004 年 12 月），頁 1789。

〔註 14〕〔清〕吳偉業〈北詞廣正譜序〉，收錄於〔清〕李玉著，陳古虞、陳多、馬聖貴點校：《李玉戲曲集》，頁 1786。

〔註 15〕〔清〕李玉著，陳古虞、陳多、馬聖貴點校：《李玉戲曲集》，頁 1788。

〔註 16〕鄭振鐸引焦循《劇說》資料，並以吳偉業〈北詞廣正譜序〉所載加以反駁，其謂「是玉（李玉）並不是沒有赴考過的。爲申公子所抑之說，自當是無稽的傳言。」詳見氏著：《插圖本中國文學史》（台北：莊嚴出版社，1991 年 1 月），頁 1008。

〔註 17〕王安祈引馮氏〈怎樣看待『一捧雪』〉所言：吳梅曾指出李玉的父親是申用懋的僕人（見《南北詞簡譜》油印本眉批注），而申用懋正是相國申時行的兒子；

測，玄玉可能是申家的門客或是幕僚，而非申府的奴僕〔註 19〕；李玫則認為李氏乃「申相國家人」之說是可信的〔註 20〕；綜上所述，李玉的仕途困蹇是事實，然為申公子所抑之說卻未必可信。不過或許因其出身低微，不具顯赫的家世背景，兼且懷才不遇，不得意於科場，故引起後人之種種臆測。

近幾年在新發現有關李玉生平的資料中，有清代吳綺（1619～1694）贈予李玉的一闋〈滿江紅・次楚畹韻贈元玉〉詞：

> 李下無蹊，問當代，誰為逋峭？最愛是文章高處，儘君嘻笑。世事漫須真實相，家傳自擅清平調。便叩門，報有俗人來，唯長嘯。林下酌，溪邊釣。約羊求，偕德耀。把頑仙騃叟，任他猜料。公瑾當筵曾顧誤，小紅倚笛偏能妙。看浮雲富貴只尋常，頭寧掉。〔註 21〕

句中謂「家傳自擅清平調」，說明李玉在戲曲創作上的才學是「家傳」使然，即玄玉的前輩諸公中有從事戲曲創作或演出者。在詞中還進一步說明玄玉入清以後的情況，甲申之變後，其不慕名利富貴，「看浮雲富貴只尋常，頭寧掉」，隱逸家居，專心於戲曲創作，「便叩門，報有俗人來，唯長嘯」。此即能呼應

其次就社會現象而言，當時高門顯宦之家，奴僕是有通文墨的，有文才的奴僕可以得到某些負盛名的士大夫的重視，豪家奴僕的生活很富裕，子弟讀書上進可以參加考試，因此馮氏認為「玄玉係申相國家人」頗有可能。王氏據此說提出質疑，認為焦循、吳梅的時代都較晚，不知其所據為何；且注有李玉之父為申用懋家人的眉批，今亦不見，故實難據焦氏所言推論附會。參見王安祈：《李玄玉劇曲十三種研究》（台北：國立台灣大學中國文學研究所碩士論文，1980 年 6 月），頁 2～3。

〔註 18〕俞為民云：再說李玉所具有的過人的才華和淵博的學識，以及他能創作出三十多種傳奇，在當時的社會條件下，居於家人和奴僕的地位，這顯然是不可能達到的。參見氏著：《明清傳奇考論》（台北：華正書局，1993 年 7 月），頁 304。

〔註 19〕詳見李昊雨：《李玉占花魁研究》（台北：國立台灣師範大學國文研究所碩士論文，1985 年 11 月），頁 31～32。

〔註 20〕李玫認為，即使在事實上李玉之父是「申相國」之子的奴僕，而且已經贖身脫籍，亦可籠統地說李玉是「申相國家人」。參見氏著：〈清初蘇州劇作家考辨三則〉，《殷都學刊》1995 年第 3 期（1995 年 9 月），頁 43。

〔註 21〕〔清〕吳綺（1619～1694），字薗次，號聲翁，別署蕊棲居士，又號紅豆詞人。江都（今揚州市）人。曾任兵部武選司員外郎、湖州知府。他在康熙八年（1669）被罷官後寓居蘇州時，認識了李玉，並與之交往。這首詞當作於康熙八年以後。參見俞為民：《明清傳奇考論》，頁 305。〈滿江紅・次楚畹韻贈元玉〉詞收錄於〔清〕吳綺：《林蕙堂集》卷二十五，收錄於王雲五主編：《四庫全書珍本三集》（台北：臺灣商務印書館，1972 年），卷 25 頁 4～5。

前述吳偉業所云，李玉在明亡入清之後「絕意仕進」之心志；此亦可解讀爲玄玉對於反清，敵視新政的一種反映，這從他的許多描寫亡國痛史的劇作中能夠得到印證。換言之，這些作品亦是其抒發強烈的愛國情志之產物。

李玉不僅專力於戲曲創作，亦精於曲學，曾經從事戲曲律譜之編訂工作。其善於南曲，對北曲亦頗有研究，順治十年（1653）左右編成《北詞廣正譜》十八卷。此外，他亦是戲劇評論家，明亡之前，其批評的《玉簪記》曾被書坊「寧致堂」刊印，號爲「一笠庵評本」。

至於李玉之交遊，他在隱於故鄉後，與一批氣味相投，喜製詞曲者往來密切。今所知有劇作家朱佐朝、朱素臣兄弟，及葉時章、邱園、畢魏、張大復等人；曲師鈕少雅、通俗文學家馮夢龍、吳江派曲家沈自晉等亦與之友善；錢謙益、吳偉業兩大詩人也皆慕與交。〔註 22〕他們志趣相投，互相切磋，在塡詞作曲中一抒己懷，李玉即在此種創作生涯裡終老。

（二）李玉的著作

李玉著作等身，是明清傳奇史中創作最多的一個作家〔註 23〕，然其一生編著過的傳奇作品數量，至今尚無定論。唯一能夠視作依據的，爲其在清康熙六年（1667）爲《南音三籟》所撰序言中的自述：

> 予於詞曲，夙有痂癖；數奇不偶，寄興聲歌，作《花魁》、《捧雪》二十餘種，演之氍毹，聊供噴飯，曲學精微，未窺半豹。〔註 24〕

此段話雖具可信度，然顯爲李玉對所著而又經常「演之氍毹」之代表性劇目的一種謙詞。鄭振鐸亦謂李玉之傳奇劇作有二十九種，皆是爲演出而寫的。鄭氏認爲，李玉因是家人出身，才能不能發揮於科場，便集中精力至戲曲創

〔註 22〕參見康逸藍：《明末清初劇作家之歷史關懷——以李玉、洪昇、孔尚任爲主》（台北：秀威資訊科技公司，2004 年 9 月），頁 31～32。

〔註 23〕此據李旻雨「生平所作近四十種，總名爲《一笠庵傳奇》」說法，其亦謂：雖有說李玉所作戲曲共四十二種，但實有疑問。《秦樓月》是朱素臣所作；《洪都賦》據傳奇匯考標目屬於無名氏；《七國記》據重訂曲海總目屬於無名氏；而據《曲品》、《遠山堂曲品》、《曲海目》、《曲考》、《傳奇彙考標目》、《曲目表》、《今樂考證》、《曲錄》、《古人傳奇總目》諸事均見著錄，俱列明人汪廷納目下。參見氏著：《李玉占花魁研究》（台北：國立台灣師範大學國文研究所碩士論文，1985 年 11 月），頁 39、48。又，魏子雲亦謂李玉爲清代劇作家作品數量最多者，著有傳奇三十三種。參見氏著：《中國戲劇史》（台北：臺灣學生書局，1992 年 3 月），頁 154。

〔註 24〕〔清〕李玉：〈南音三籟序〉，收錄於〔清〕李玉著，陳古虞、陳多、馬聖貴點校：《李玉戲曲集》（上海：上海古籍出版社，2004 年 12 月），頁 1785。

作。當時在蘇州正是崑腔全盛時代，崑腔班及編劇者多是蘇州人，李玉既在蘇州，當然亦受影響而投身其中。〔註25〕

關於李氏的傳奇劇作數量，由於歷來各家說法皆異，鄧長風假定對這些說法皆採取「基本信從」的態度〔註26〕，李玉的劇作總計有四十三種之多，今存十八種〔註27〕（內含與他人合作的《埋輪亭》與《一品爵》兩種），存殘齣一種，其餘已佚。然而鄧氏分析後發現，如《秦樓月》在李玉、朱素臣兩者皆見有曲目；今存之鈔本《千忠祿》是否即李玉的《千忠會》；《琉璃塔》是否爲李玉所作等。這些其實是長久以來懸而未決的問題。王安祈謂現今流傳於世者，僅餘十三本，包括：《一捧雪》、《人獸關》、《永團圓》、《占花魁》、《眉山秀》、《兩鬚眉》、《清忠譜》、《太平錢》、《牛頭山》、《萬里圓》、《千鍾祿》、《麒麟閣》、《意中人》。〔註28〕

在李玉的諸多作品中，《北詞廣正譜》一本頗爲特殊。李氏妙解音律，精於曲學，他曾參與沈自晉（1583～1665）《南詞新譜》之編制；並協助張大復編定《寒山堂曲譜》。他精通北曲及南曲，入清後即根據徐于室原稿參訂而成《北詞廣正譜》，對於曲學譜律極有貢獻。書前有吳偉業之序，說明此書之作：

> 間以其餘閑，採元人各種傳奇、散套及明初諸名人所著中之北詞，依宮按調，彙爲全書，復取華亭徐于室所輯，參而訂之：此眞騷壇鼓吹，堪與漢文、唐詩、宋詞並傳不朽矣！〔註29〕

《北詞廣正譜》凡十八卷。全書搜羅整理宮調譜律，考核精審；由於徵引豐富，

〔註25〕參見鄭振鐸：《鄭振鐸全集》第六卷（石家莊：花山文藝出版社，1998年11月），頁382。

〔註26〕參見鄧長風：〈蘇州派戲曲家作品歸屬考辨三題〉，《故宮學術季刊》第15卷第4期（1998年6月），頁151～160。所謂「各家說法」，包括：莊一拂的《古典戲曲存目彙考》、周妙中的《清代戲曲史》、胡忌與劉致中合撰的《崑劇發展史》，以及《中國大百科全書·戲曲曲藝卷》、《中國古代戲曲家評傳》中的有關條目與篇目等。

〔註27〕現存劇目包括：《一捧雪》、《人獸關》、《永團圓》、《占花魁》、《麒麟閣》、《牛頭山》、《太平錢》、《連城璧》、《眉山秀》、《昊天塔》、《五高風》、《兩鬚眉》、《清忠譜》、《意中緣》、《萬里圓》、《七國記》、《埋輪亭》、《一品爵》共18種。

〔註28〕李旻雨在此資料上進行補充，其謂據有些中國大陸最近資料，尚有《昊天塔》、《風雲會》、《五高風》、《連城璧》、《一品爵》等五種，爲尚不得確認其眞實性。見氏著：《李玉占花魁研究》（台北：國立台灣師範大學國文研究所碩士論文，1985年11月），頁49～50。

〔註29〕〔清〕吳偉業〈北詞廣正譜序〉，收錄於〔清〕李玉著，陳古虞、陳多、馬聖貴點校：《李玉戲曲集》（上海：上海古籍出版社，2004年12月），頁1787。

確保許多今已散佚的雜劇、傳奇，極爲曲苑所重，過去戲曲作家常據以塡曲。

除《北詞廣正譜》外，李氏餘作皆爲傳奇，是專力於傳奇創作之劇作家。其作品數量甚豐，可見創作力之旺盛，這在傳奇作家中甚爲難得。他不但能寫喜劇，亦能寫悲劇，充分表現多方面的才能。李玉的傳奇劇作，頗適合於舞台搬演，故受到當時藝人的歡迎，馮夢龍在墨憨齋定本的《永團圓》序言中云：

> 一笠庵穎資巧思，善於布景，……初編《人獸關》盛行，優人每獲異稿*，競購新劇，甫屬草，便攘以去。上卷精采煥發，下卷頗有草草速成之意。余改竄獨於此篇最多，誠樂與相成，不敢爲佞。〔註30〕

由馮氏此番話中可知，李玉劇作的優點是「善於布景」，故適合於舞臺演出，亦可見其劇作受優伶歡迎之程度；然而可能因優人需索太急，有些劇作便顯得前後水準不一。因此馮氏才加以改竄，所改內容亦以此劇爲多。

另，錢謙益亦云：

> 元玉氏《占花魁》、《一捧雪》諸劇，眞足令人心折也。元玉言詞滿天下，每一紙落，雞林好事者爭被管絃；如達夫、昌齡聲高當代，酒樓諸妓，咸歌其詩。〔註31〕

李玉的作品，在當時廣受青睞，歌場競唱其作，名聲直可媲美高適、王昌齡等名詩家。錢氏在此點出《占花魁》、《一捧雪》諸劇，所指即爲李玉劇作中最負盛名之「一笠庵四種」，包括《一捧雪》、《人獸關》、《永團圓》、《占花魁》等四部作品，向來合稱「一、人、永、占」，蜚聲劇壇，此四劇皆有明崇禎刊本，屬李氏早期作品。李氏的劇作，在內容上與其他蘇州派劇作家之作品一般，皆充滿著「強烈的現實主義精神與時代氣息」〔註32〕，眞實反映明末清初時期的社會現實面。及至晚期，因明室覆亡，玄玉心中有興亡之慟，故所作之劇常蘊含愛國情志於其中。

在李玉的劇作中，除反映重大社會現實以外，描寫青年男女愛情的題材，如《占花魁》、《眉山秀》、《太平錢》、《意中人》等，亦佔有部分比重。在這些作品中，李玉描寫青年男女彼此愛慕，堅貞不渝，歷經波折磨難，終能圓滿結合，歌頌了眞摯而純美的愛情。

〔註30〕原刊本作「槁」。〔明〕馮夢龍等著，橘君輯注：《馮夢龍詩文》（福州：海峽文藝出版社，1985年10月），頁125～126。

〔註31〕〔清〕錢謙益：《眉山秀題詞》，收錄於〔清〕李玉著，陳古虞、陳多、馬聖貴點校：《李玉戲曲集》（上海：上海古籍出版社，2004年12月），頁1789。

〔註32〕俞爲民：《明清傳奇考論》（台北：華正書局，1993年7月），頁306。

由於其所處時代的局限，李玉的劇作在內容上雖具有強烈的現實主義精神，揭露抨擊時局與社會的黑暗現實〔註 33〕；然而在劇作中亦反映出部分消極的思想。如在《兩鬚眉》中醜化李自成的農民起義軍，而把鎮壓起義軍的劊子手視爲英雄來歌頌；又如在《一捧雪》、《五高風》等傳奇中宣揚忠孝節義等封建傳統美德。這些都是李玉劇作思想內容上的糟粕。〔註 34〕

李玉劇作之藝術成就，體現在諸多層面：馮夢龍讚其「穎資巧思，善於布景」，在結構上「文人機杼，何讓天孫」，「能脫落皮毛，掀翻窠臼，令觀者耳目一新，舞蹈不已。」〔註 35〕在設置關目時，能夠顧及舞台演出之需，既便於演員表演，亦能慮及觀眾的欣賞要求；在語言上則是本色當行，具有通俗易懂之特色，但又俗而不俚，饒富韻味。一言蔽之，即爲錢謙益所言：「既富才情，又嫺音律」。因此其劇作在當時十分流行，歌樓舞臺上人人皆習，「家家『收拾起』，戶戶『不提防』」〔註 36〕之盛況即爲明證。

二、李玉與馮夢龍之背景關係探討

馮夢龍生於明神宗萬曆二年（1574），卒於清順治三年（1646）；而據歐陽代發說法：李玉約生於明萬曆三十九年（1611）左右，卒於清康熙十六年（1677）以後。馮氏的一生，見證明室由興至衰的過程；而玄玉則是橫跨明末與清初兩個時期，李、馮二人可謂共同經歷明季之時代背景。

（一）晚明之時代背景與文學環境

君王昏昧，黨爭傾軋不斷；加以權臣亂政，佞閹跋扈，相繼把持朝政，造成政局紛擾不安。社會上則是資本主義開始萌芽，市民人口激增，地方民變迭起，倭亂頻仍，此時滿族又在外域崛起。此爲晚明政治環境之特色。

〔註 33〕王瑷玲認爲，李玉所在的蘇州，是當時東南的重心。在明清之際的政治動盪時期，蘇州地區的劇作家，身受當時社會矛盾及政治抗爭之激烈與殘酷，因而創作大量以當代或前代的政治抗爭爲題材的歷史劇，藉以宣洩內心因遭逢世變而激生的義憤。詳見氏著：〈記憶與敘事：清初劇作家之前朝意識與其易代感懷之戲劇轉化〉，《中國文哲研究集刊》第 24 期（2004 年 3 月），頁 44～45。

〔註 34〕參見俞爲民：《明清傳奇考論》（台北：華正書局，1993 年 7 月），頁 312。

〔註 35〕〔明〕馮夢龍等著，橘君輯注：《馮夢龍詩文》（福州：海峽文藝出版社，1985 年 10 月），頁 125～126。

〔註 36〕「收拾起」指李玉《千忠戮（又作千忠祿、千鍾祿）‧慘睹》〔傾盃玉芙蓉〕曲首句；「不提防」指洪昇《長生殿‧彈詞》〔南呂一枝花〕曲首句。

明季政治敗壞之根源，可謂始於神宗之怠政聚斂。張居正輔政變法時期，政局尚稱安穩。居正故後，神宗便逐漸開始怠政，甚至隔絕外庭，十餘載不問朝政，致使政事陷於停頓狀態。誠如《明史紀事本末》卷六十五〈礦稅之弊〉所云：

> 神宗奕葉昇平，邊圉封貢，海內乂安，家給人足。而乃苞桑之憂，不繫於慮，日中之昃，弗虞於懷；遠賢士大夫，親宦官宮妾，女謁苞苴，陰性吝嗇，孳孳所談，利之所萌耳。〔註37〕

神宗是個貪財好貨之君，其廣派親信宦官，分赴全國各地充任礦監和稅監，恣意搜刮民脂民膏。於是神宗委頓於上，百官黨爭於下，政府完全陷入空轉狀態，可謂明室之覆亡，實始於神宗之諸弊。其後熹宗即位，政局更加腐敗黑暗，由於他的昏憒荒淫，造成宦官魏忠賢之專權坐大。《明史・宦官二》記載：

> 帝性機巧，好親斧鋸髹漆之事，積歲不倦。每引繩削墨時，忠賢輩輒奏事。帝厭之，謬曰：「朕已悉矣，汝輩好爲之。」忠賢以是恣威福惟己意。〔註38〕

熹宗即位早期，大量啓用東林黨人，結果導致鬥爭不斷，熹宗因此對朝政失去耐心，魏忠賢藉此機會干預政治，將反對東林黨的勢力集結，號爲閹黨，進而把持內閣朝政。由於閹黨水準低下，政理不修，國家內部飢荒頻傳，民變不斷，外患持續，明室至此已陷入風雨飄搖之境。

嘉靖、萬曆年間，在部分區域，尤其是沿海各大城市，手工業開始興盛發展，絲織、礦冶、造紙、印刷、製鹽等諸多行業，在工具及技術上逐步改良，產量因而提升，反映社會繁榮之景象。工商業的發達，亦促成蘇、杭等地成爲新興的手工業城市。

萬曆年間，皇室窮奢極欲，官曹空虛卻開支巨大，因爲政治結構的鬆動，導致放鬆對社會的控制。兼且官府一味加重賦稅，橫征暴斂，導致農民暴動，城市裡的民變頻仍，反對礦監、稅使的烽火燃遍舉國各地。至崇禎年間，內憂外患，天災人禍不斷，百姓無以爲生，只得官逼民反，造成流寇竄起。而流寇的猖獗，在李自成稱王之際達於巔峰，並造成明室覆亡之結局。《明史・流賊》曰：

〔註37〕〔清〕谷應泰：《明史紀事本末》（台北：三民書局，1969年），頁711。

〔註38〕〔清〕張廷玉等撰：《明史》，收錄於楊家駱主編：《新校本明史并附編六種》（台北：鼎文書局，1994年8月八版），頁7824。

> 神宗怠荒棄政，熹宗暱近閹人，元氣盡澌，國脈垂絕。……是故明之亡，亡於流賊，而其致亡之本，不在於流賊也。嗚呼！莊烈非亡國之君，而當亡國之運，又乏救亡之術，徒見其焦勞瞀亂，孑立於上十有七年，而帷幄不聞良、平之謀，行間未覩李、郭之將，卒致宗社顛覆，徒以身殉，悲夫！〔註 39〕

此段評論，指出明朝滅亡之因，實肇因於明末君王之昏庸，流寇叛亂可視爲誘因矣。

晚明政局雖然逐步走上衰頹之路，但在社會經濟層面上，卻呈現一派繁華富庶的榮景，工商業發達，手工業者及商賈數量增加，形成新興的市民階層，此爲不爭之事實。明季的蘇州城，絲織業繁盛，爲手工業大城代表之一。馮夢龍與李玉皆爲蘇州同鄉，便是生活在這個有著大量市民階層的環境裡。

萬曆時期，是爲左派王學風行天下之際。該派主張道學革新，思想解放；然而在其發展以後，亦同時引起反動，另成右傾一派。直到顧憲成、高攀龍諸子出，力矯王學末派流弊，這種解放思潮也同樣反映在文壇上。〔註 40〕趙翼即指出明中業之文人「才情輕豔，傾動流輩，放誕不羈，每出名教外」〔註 41〕的普遍現象。此時的代表作家如徐渭、李贄、湯顯祖、袁宏道等人，其主張之文學理論有三：一要創作自由。廢除手法、風格及體制上的格套，將作家從傳統觀念中解放出來；二是強調寧今寧俗。主張文學作品應走向群眾，以市井小民所愛好的體裁形式，書寫成作品來反映他們的生活情狀。作家亦應面對現實，「事今日之事則文今日之文」；三是提倡怨懟激發。文人基於反抗傳統倫理道德，批判社會現實之信念，並倡「憤世嫉俗」的怨懟激發之情。〔註 42〕如此的文學理論與主張，使得明代末葉的文壇導入了「尚奇」的衝突思想。在文學創作上最顯著的改變，即爲普獲市民百姓喜愛的俗文學作品，取代曲高和寡之雅文學。

〔註 39〕〔清〕張廷玉等撰：《明史》，收錄於楊家駱主編：《新校本明史并附編六種》（台北：鼎文書局，1994 年 8 月八版），頁 7947～7948。

〔註 40〕參見蔣美華：《馮夢龍文學研究》（台北：私立東吳大學中文研究所博士論文，1994 年 4 月），頁 22～23。

〔註 41〕〔清〕趙翼：《二十二史箚記》卷三十四明史〈明中業才士傲誕之習〉（台北：世界書局，1997 年 4 月初版十二刷），頁 494。

〔註 42〕詳見蔣美華：《馮夢龍文學研究》（台北：私立東吳大學中文研究所博士論文，1994 年 4 月），頁 23。

（二）李玉、馮夢龍之背景關係

馮夢龍生於明神宗初年，約早生於李玉二十年左右，但皆可視爲明末人。筆者將兩人之生平背景試表列比較如下：

人名／背景	李　玉	馮 夢 龍
生　年	約明萬曆三十九年（1611）	約明萬曆二年（1574）
出生地	蘇州府吳縣	蘇州府長洲縣
家庭背景	不明。一說其父爲申相國府之僕，謂李玉爲申府家人	出身書香門第，兄弟三人俱享「吳下三馮」之譽
舉　業	未中舉，崇禎年間僅得鄉會試之副榜貢生	不明。崇禎初年才考取貢生
仕　途	無	貢選壽寧知縣
交　友	吳偉業、朱佐朝、朱素臣、葉時章、邱園、畢魏、張大復、錢謙益等人	錢謙益、熊廷弼、袁中道等人，曾參與復社活動
卒　年	約清康熙十六年（1677）後	約清順治三年（1646）

由上表可以看出，李玉與馮夢龍俱爲蘇州同鄉；兩人皆不如意於科場，唯子猶曾於晚年出任壽寧知縣一職；皆曾與錢謙益交遊。其中不同的是，馮氏出身於書香門第，玄玉則出身較爲卑微。

李、馮二人生當該世，雖然家庭背景不同，然而兩人卻不約而同地步上俗文學的兩條大道——小說與戲曲，兩者皆著作等身。李玉專力於曲藝；馮氏則在小說、俗曲及經籍諸方面大展長才，甚至於傳奇劇作之創作與改訂上亦所能也〔註 43〕。在史籍資料中雖未見有兩人交遊的紀錄，然而我們能從以下資料，探知兩人可能的往來關係：

（1）馮夢龍在〈永團圓序〉中云：「於戲！是一笠庵傳奇第二編也。一笠庵穎資巧思，善於布景，……初編《人獸關》盛行，優人每獲異稿，競購新劇，甫屬草，便攘以去。上卷精采煥發，下卷頗有草草速成之意。余改竄獨於此篇最多，誠樂與相成，不敢爲佞。」〔註 44〕馮氏

〔註 43〕吳梅謂馮夢龍之傳奇著作特色爲「曲白工妙，案頭場上，兩擅其美。」見氏著：《顧曲塵談．談曲》（台北：臺灣商務印書館，1988 年 11 月台四版），頁 178。

〔註 44〕〔明〕馮夢龍等著，橘君輯注：《馮夢龍詩文》（福州：海峽文藝出版社，1985 年 10 月），頁 125～126。

改訂李玉作品的情況，亦可見於〈人獸關序〉、〈人獸關總評〉及〈永團圓總評〉等作。〔註45〕

（2）在現今刊行的《墨憨齋定本傳奇》中，有《墨憨齋訂定人獸關傳奇》及《墨憨齋重訂永團圓傳奇》兩冊。《墨憨齋訂定人獸關傳奇》述「蘇門一笠庵新編　同郡龍子猶竄定」;《墨憨齋重訂永團圓傳奇》述「吳門一笠庵創稿　同郡龍子猶竄定」字樣。〔註46〕

（3）據王季烈《螾廬曲談・餘論》所載：「《人獸關》、《永團圓》、《占花魁》皆李玉撰，此三種與《一捧雪》合稱一、人、永、占。元玉所著傳奇，以此四種為最著名。但今所見者，皆為墨憨齋定本，蓋馮子猶改本也。」〔註47〕

（4）黃文暘：《曲海總目提要》卷十九「永團圓」條云：「此與一捧雪、人獸關、占花魁三劇，皆蘇人李元玉所撰。……又馮夢龍改本小有異同。」〔註48〕

馮氏為明代通俗文學巨匠，亦頗精於曲律，曾親自編創《雙雄記》與《萬事足》兩部傳奇。由上列資料可知，馮氏確實改訂過李玉的傳奇作品，而且不僅止於一部；繆詠禾甚至認為，《占花魁》劇作亦曾經過馮氏改訂〔註49〕，惜現存《占花魁》劇作已無法見及相關線索，唯有對此說暫時存疑。李玉享有盛名的「一、人、永、占」四部劇作，在明崇禎時期即有刊本流傳，其時子猶仍在世，故改訂其劇作是可以理解的。且由〈永團圓序〉內容可知，馮氏稱許李玉「穎資巧思，善於布景」，並曾目睹李玉劇作在當時風行之盛況。子猶雖長李玉二十歲餘，然兩人既為同鄉，又在戲曲領域中各擅勝場，並進而改編彼此的作品。因此筆者推測，這兩位文人在當時是有交遊關係的。

〔註45〕詳見〔明〕馮夢龍等著，橘君輯注：《馮夢龍詩文》，頁123～127。

〔註46〕參見繆咏禾：《馮夢龍和三言》（台北：萬卷樓圖書公司，1993年6月），頁112。

〔註47〕〔清〕王季烈：《螾廬曲談》（台北：臺灣商務印書館，1971年7月），卷四頁21。

〔註48〕〔清〕黃文暘：《曲海總目提要》（台北：新興書局，1985年11月），頁932～933。

〔註49〕見繆詠禾：《馮夢龍與三言》（瀋陽：遼寧教育出版社，1993年9月第2次印刷），頁20。

三、《占花魁》劇作之故事析論

誠如錢謙益所云:「元玉氏《占花魁》、《一捧雪》諸劇,眞足令人心折也。」〔註50〕吳梅亦讚曰:「獨李玄玉一人永占直可追步奉常。」〔註51〕《占花魁》描寫賣油郎秦種與花魁女瑤琴的喜劇愛情故事,其間穿插反映時代現實之情節,使全劇不致囿於「十部傳奇九相思」之傳統窠臼,實爲玄玉代表作之一。以下將從《占花魁》之劇情梗概入手,進而分析劇作之主題、關目、腳色與藝術特色。

(一)劇情梗概

北宋末年,汴京人秦良,本是種經略麾下統制官,髮妻早逝,單留一子名秦種。因金兵南侵,汴京情勢緊急,秦良奉詔勤王。後遭靖康之變,一時軍事失利,宋高宗避逃臨安,並設法同金人講和。秦良爲金兵所擄,其子秦種在離亂過程中與其父失散,遂隻身逃往臨安,以賣油維生,兼且尋訪父親下落。

女主角莘瑤琴,其父雖曾官拜郎署,然雙親早逝,依著叔父莘內監過活。府中有僕沈仰橋,爲人忠厚練達;其妻蘇翠兒,本爲高府歌姬,因金兵攻破汴京,內監於宮中忙亂,瑤琴便與沈氏夫婦隨眾南逃。中途遇劫失散,於揚州遭遇卜喬拐騙,蘇氏被賣給秀州楊花船;瑤琴則被賣進臨安王九媽之妓館。瑤琴情知受騙,不肯接客,後遭九媽設計破處,尋死覓活,九媽只得請結義的劉四媽前來相勸。在劉氏一番巧言的「從良論」誘使下,瑤琴爲其說服,開始青樓生涯,從此改名美娘。因其色藝雙全,名滿臨安城,享有花魁之譽。

秦種借寓於朱仁的飯店裡,囊資將盡,朱氏便教其挑擔賣油之方。一日秦氏偶然瞥見美娘,心中極爲嚮往,從旁人處了解其爲名滿臨安之花魁女。爲求一親芳澤,秦種每日積攢盈餘,一年後蓄成十二兩,便訪九媽妓館,欲買與花魁之一夕歡愉。王九媽回了幾次,但既收秦氏之銀,畢竟無法回絕,只得權作安排。這天秦種在美娘房中等候,直至深夜,美娘卻是酩酊大醉被人送回,倒床便睡。秦種守候在旁,不敢驚動,美娘嘔吐,他就以自己的衣服去接;美娘醉中要茶,亦忙送熱茶與她喝下,一夜的慇勤侍奉,秦種不敢

〔註50〕〔清〕錢謙益:《眉山秀題詞》,收錄於〔清〕李玉著,陳古虞、陳多、馬聖貴點校:《李玉戲曲集》(上海:上海古籍出版社,2004年12月),頁1789。

〔註51〕吳梅著,陳乃乾校:《中國戲曲概論》卷下(台北:學海出版社,1979年10月),頁25~26。

稍施輕薄。隔日美娘酒醒，問明昨夜情況，心裡既過意不去，卻對秦種心生好感。美娘知秦氏一介賣油郎，十兩銀子來之不易，欲贈銀二十兩，以報一宵照料之恩；然秦種忠厚老實，堅決不受，兩人依依惜別。

權貴万俟公子倚仗父勢，橫行無忌。屢邀美娘遭拒，盛怒之下，命豪奴強擄美娘，在西湖船上施以凌辱，並去其鞋襪，棄於十錦塘雪中。美娘悲憤之餘，企圖投水自盡，適巧秦種經過，救下美娘；因天色已晚，便扶她至鄰近人家歇息。不想正投宿在沈仰橋之茶館，原來當初仰橋與妻巧合重逢，夫婦倆便至此經營茶館，如今主僕重見，驚喜交集。

隔日秦種送美娘返家，九媽為向他致謝，要美娘陪他過夜。是夜兩人互訴家世，格外親密，美娘對秦種的老實與誠懇，由了解而衍生愛情，決定以身相許。美娘請劉四媽代作說客，付出千金向鴇母贖身，與秦種成親。賣油郎乃獨占花魁娘子。

其時南北講和成功，秦良乘隙自金兵營中逃返南方。因平定劉豫有功，被授予殿前太尉。某日秦良與莘內監同往法相寺進香，適值秦種夫婦亦到寺裡參神，於是父子、叔姪重逢。皇帝以為曠古奇聞，封蔭於秦氏夫婦，吉慶終場。

（二）主題

綜觀全劇，「易求無價寶，難得有情郎」可謂劇作之主題所在。作者在「花引」裡已透露全劇大意：

> 【臨江僊】千古情根誰種就，種情深處堪傳。何須說鬼更談仙。尋常兒女事，莫作口頭言。 花月場中存至理，情眞一點偏堅，石穿木斷了情緣。九年面壁者，從此悟眞禪。（天一版《占花魁》傳奇卷上，頁 1）

這段話中的「情眞一點偏堅，石穿木斷了情緣」兩句，清楚點出《占花魁》一劇之主題思想，即在於表達「眞情」之至理，及其所衍發之一段「情緣」。

美娘身為花魁，往來盡是王孫公子；然而在她與秦種初會之夜後，她才開始體認到自己所追求的幸福本質。作者在第二十齣「種緣」寫著：

> 【江兒水】〔旦〕聽汝言眞懇，令人長嘆嗟。想焚琴煮鶴多磨滅，你憐香惜玉多周折。我琴心曲意多牽惹，一段幽懷怎寫？〔背介〕半夜聯床，蚤種就相思萬劫。（《占》卷下，頁 26～27）

這番話雖是心中之語，然亦可見美娘對秦種的關懷頗為傾倒。兩人初會之後的情意，便在「種緣」齣接唱道：

> 【尾聲】閒情萬種從今掣。〔旦〕論聚散浮萍一葉。〔生〕願結個再生緣歲歲團圓不缺。(《占》卷下，頁27)

美娘原本出身於宦家，是好人家的女孩，遭拐落籍九媽妓戶後，「調弄脂粉」、「舞榭歌臺，強捱歲月」，周旋於富室豪家，送往迎來之間，「性厭繁華，無奈門填車馬」想必還是頗感無奈的，因此她才會發出「幾年浪跡，深慚倚玉無緣」之慨歎。由此可見，美娘身在楚館的生涯裡，尋求好從良的志向堅定，意願極爲強烈與迫切。

在第二十二齣「心語」中，作者以一連串的精采賓白，道出美娘對秦種的懷念之情：

> 〔旦〕想我瑤琴，自從劉四媽説騙倚門，竊謂從良指日；奈這些往來的，雖多王孫貴戚，從無可意根苗。未知何日得遂我終身之願也。(《占》卷下，頁30)

> 我若隨意適人，也不至今日了。只是一誤豈容再誤，……我想有才的未必有貌，有貌的未必有才，有才有貌的未必多情解意。就是向日那賣油郎，他結想一年，空捱半夜，溫存百種，憐惜千般。算來富貴之輩，文墨之中，亦絕無此人的了。(《占》卷下，頁30)

這一整段美娘內心的獨白，訴說著她從良之願遙遙無期的無奈。雖然與王公貴戚往來頻繁，在風塵中打滾的她，見慣這些豪奢公子的言行舉止，使性吃醋自是不在話下，便感嘆起「從無可意根苗」，是依靠不得的。美娘畢竟是宦家出身，他對於自己將來欲託付的對象，應有選擇的標準。「隨意適人」畢竟是面對現實的無助慨歎，她豈容自己再陷深淵。才貌難以雙全，即使兩者兼具卻又未必「多情解意」，作者以此逐步襯托出秦種的形象，他既是「溫存」，又且「憐惜」，在美娘的心目中，所投影的秦種印象是眞摯、志誠且多情，此乃呼應前所揭櫫的「易求無價寶，難得有情郎」之劇作主題。

郭英德認爲，明清文人傳奇的愛情婚姻主題，包括肯定私情相悅，主張戀愛自由；及以「情」爲主的擇偶標準和婚姻基礎。〔註52〕瑤琴最初的擇偶標準是才貌兼具，然而她逐漸認清一個事實：「有才有貌的未必多情解意」，即使才貌兼備，終究還是能軟款、會解意，知情識趣者，才是託付終身之上

〔註52〕參見郭英德：《明清文人傳奇研究》(台北：文津出版社，1991年1月)，頁55～56。

選。而劇中的秦種與瑤琴，便是在戀愛自由的氛圍下私情相悅的。

全劇的情節發展，可謂緣著美娘的此種「想望」與「情緣」爲主要線索。劇情高潮多半集中於後半部幾齣裡，如：「種緣」、「心語」、「巧遇」、「歡敘」、「脫阱」及「合璧」等。李旻雨認爲：可能是作者用意使故事的發展有波浪起伏之致，終於使團圓爲結局，亦使情節多所變化，加上爲取得更緊湊的劇情效果，才使用這樣的作法。〔註 53〕

《占花魁》算是一本妓女戲，這一類劇作多敘婚戀故事，然而主題卻不限於婚戀本身，而是涉及社會生活之諸多層面。〔註 54〕一般愛情故事的主角多爲才子佳人，他們多半一見鍾情，進而私定終身，歷經悲歡離合，導入高中團圓的結局。《占花魁》雖以團圓結局收束，但李玉對戲劇功能的體認，是不僅止於娛樂之用，其謂「筆底鋒鋩嚴斧鉞」〔註 55〕，可知其欲以劇作針砭世情，達致教化世俗之目的。亦如吳偉業所云：「以寓顯微闡幽之旨，忠孝節烈，有美斯彰，無微不著。」〔註 56〕可見玄玉在編撰劇作時的態度，與正面主題之設定。他的寫作，存在著一種震人的力量，爲明季諸子所沒有，這或許與其一生不得意，爲「抒其壘塊」，把衷心悒鬱都寄予筆端有關。〔註 57〕《占花魁》的故事背景，是設定在汴京失守，金人進逼之際，諸多人物的悲歡離合遭遇之上；然而故事的主幹乃描寫秦種與瑤琴的戀歌，若是單爲渲染這個故事之背景，而描寫過多抗金場面，是會失之累贅且偏離故事主軸的。李玉便有技巧地將那些抗金場面之敘寫，與愛情主題互作穿插，使之環環相扣，讓故事發展不致流於單調。

趙景深認爲，李玉劇作中的愛情故事，肯定了樸素與眞摯的健康愛情，暴露權貴與富豪的貪婪、毒辣，以及紈褲子弟的蠻橫與幫閒的無恥。〔註 58〕

〔註 53〕李旻雨：《李玉占花魁研究》（台北：國立台灣師範大學國文研究所碩士論文，1985 年 11 月），頁 73。

〔註 54〕參見宋光祖：〈『占花魁』——一本獨特的愛情戲〉，《戲文》2003 年第 6 期（2003 年），頁 30。

〔註 55〕〔清〕李玉：《人獸關》卷下第三十齣，收錄於〔清〕李玉著，陳古虞、陳多、馬聖貴點校：《李玉戲曲集》（上海：上海古籍出版社，2004 年 12 月），頁 200。

〔註 56〕〔清〕吳偉業〈北詞廣正譜序〉，收錄於〔清〕李玉著，陳古虞、陳多、馬聖貴點校：《李玉戲曲集》，頁 1786～1787。

〔註 57〕參見孟瑤：《中國戲曲史》（台北：傳記文學出版社，1991 年 4 月再版），頁 318。

〔註 58〕趙景深：《戲曲筆談》（上海：上海古籍出版社，1980 年 8 月），頁 76～77。

《占花魁》一劇，正反映趙氏之見解。此外，故事中亦含有闡揚風教之主題性。李玉是明清之際的文人傳奇作家，此一時期的劇作，常寓有勸懲風化之旨，郭英德云：

> 文人傳奇作家大多秉持儒家傳統，以封建的政治倫理和道德規範，作爲評判時勢、事件和人物的基本準則，作爲社會政治批判的思想武器，作爲社會政治活動的理想皈依。在他們看來，社會政治之所以黑暗，是因爲不施行仁政德治。……文人傳奇作家總是以道德觀念取代是非觀念，糾纏於善善惡惡的批判，滿足於勸懲風化的效用。
>
> 〔註 59〕

《占花魁》透過北宋亡國，金兵入侵，如實地描述人民輾轉溝壑，離亂流徙之慘狀。這其中蘊含李玉對誤國奸佞之痛斥，對君主之昏庸，對變節臣子的指責，以及對故國寄予無限眷戀。雖然不至於「風雨飄搖的國勢所作的深痛反思」〔註 60〕之境界，然而李玉欲藉由故事情節的鋪陳，達到警醒迷妄、去惡向善之目的，此一振聾發聵之作意甚明矣。

（三）關目

《占花魁》劇作按照一般傳奇之通例，分作上、下兩卷，每卷十四齣，共二十八齣。李旻雨認爲，大部分關目皆按擬話本〈賣油郎〉短篇小說的內容敷演〔註 61〕。此劇之佈局，概以秦種與莘瑤琴的愛情故事爲主軸，以秦、莘二人及劇中諸角之悲歡離合遭遇爲經；輔以金兵入侵，汴梁失守的時局爲背景，繫以國運的盛衰，譜寫出一本大時代兒女的愛情謳歌。

全劇的情節，採以雙線式推進：其一是秦種在離亂中流亡至臨安，以賣油維生的過程；另一則是瑤琴於遠避戰事時被人拐騙，淪爲娼妓，秦樓賣笑之遭遇。故事的發展，即由兩人的曲折遇合，引發出後續種種複雜情節鋪敘而成。劇作起首「花引」先唱「滿庭芳」，道出全劇之概括本事：

> 【滿庭芳】宋室凌夷，康王南渡，中原士女奔逃。金閨艷質，被賺失冰操。堪恨奸徒反覆，淫風煽、身葬江湖。青樓內，名魁花譜，談笑盡英豪。 秦種眞情種，賣油瞥見，一載勤勞。把溫存曲盡，空

〔註 59〕郭英德：《明清文人傳奇研究》（台北：文津出版社，1991 年 1 月），頁 42～43。

〔註 60〕郭英德：《明清文人傳奇研究》，頁 41。

〔註 61〕李旻雨：《李玉占花魁研究》（台北：國立台灣師範大學國文研究所碩士論文，1985 年 11 月），頁 76。

負良宵。幸得蘇堤巧遘，花魁占、瑟弄琴調。招提內，團圓骨肉，

千載話風騷。（《占》卷上，頁 1）

作者以開門見山的方式，將全劇的主要情節明確點出，而從首齣「檄禦」至末齣「榮蔭」，便是李玉精心鋪排敘寫之情節。

在「花引」的下場詩中，作者將劇作之主線與穿插情節交代得更爲明顯，可見其應用預埋伏筆之技巧：

跳得出火坑花魁女，挨得著風月賣油郎，

說得就從良劉四媽，湊得上正本趙康王。（《占》卷上，頁 1）

從首齣「檄禦」至第四齣「渡江」，皆是作者鋪陳時代背景，與交代兩位主角家世之描述，並埋下故事之起因；而在第三齣「虜棼」中，作者雖寫的是金人擄掠州郡，欲襲取康王之事，但背後的作意，實爲預告莘家將被沖散之命運。因此在其後的第五齣「拐紿」、第七齣「落阱」及第九齣「勸粧」，都在描述瑤琴與沈氏夫婦逃亂，遭騙入妓家而淪落之遭遇。

關於男主角秦種的部份，則是在第六齣「萍寄」及第八齣「却醜」中，陳述其逃難與留居之經過。由第五齣至第八齣的齣目佈局觀之，作者將兩位主角之遭遇過程，以間隔方式作隔齣遞寫，可避免敘述單調，單一人物及情節發展過於冗長等問題，足見李玉關目布置妥貼，鋪敘甚有合理處。

至於全劇的第一個情節高潮，在於第九齣「勸粧」中，瑤琴爲劉四媽勸解下海爲妓之關目。此齣情節之安排，成爲瑤琴命運之分歧點，隨之而來的便是故事之轉折，並後啓第十齣「品花」劇情。在「品花」一齣中，作者另開局面，交代瑤琴被眾家王孫公子賞品爲「花魁」之經過，似暗示前段情節至此乃告一段落，於後將展開故事新局。因此在接續的「塵遇」一齣中，承繼前齣「拐紿」之安排，鋪寫沈仰橋與蘇翠兒這對折頸鴛鴦偶遇重逢之情節。這一段旁枝的開展，既能豐富劇作場面之變化，亦爲故事末與瑤琴主僕相見的結局預作安排。

「塵遇」一齣，亦開啓全篇故事之另一線索發展。蘇翠兒當初遭卜喬賣予楊花船，如今夫妻重逢，卜喬卻遁入佛門僞作花和尚海潮。於是故事下啓第十五齣「禿涎」，寫沈氏夫婦抵臨安後開茶館維生，適巧遇見海潮和尚至此，垂涎於翠兒美色之情節；下接第十七齣「計販」，寫海潮和尚假意出借五十銀兩，作爲沈氏出外販綢之資；然而心底打的主意，卻是趁沈氏外出時再行姦騙蘇翠兒，唯此計先遭沈氏夫婦識破；於是在第十九齣「溺淫」裡，沈氏夫

婦反以計策，訛騙海潮上鉤，將其鎖於箱內，途中巧遇巡官，猜知詳情後便將此箱投入江中，以示懲戒。這一整段反計復仇的情節，作者寫來頗富巧思，酣暢淋漓，予讀者滿足報應之痛快心理。全段旁枝衍生的情節，由「塵遇」寫至「溺淫」，可謂貫串緊湊；然而細觀之，可推敲作者欲藉此關目達到勸懲風化、去惡向善之目的，亦參雜有佛教之報應觀，可見李玉仍拘泥於善惡的批判與僵化的道德觀之中。

第八齣「却醜」交代秦種爲朱仁所收留，朱氏教之以賣油生理。在第十二齣「一顧」中，秦種偶至西湖，初見花魁娘子之風采，心生嚮往，便開啓後續「再顧」、「探芳」之過程，以作爲賣油郎與花魁女日後「種緣」之引線，可謂作者安排伏筆之佳構。從「一顧」至於連續之「再顧」，從齣名即道出秦種對於美娘之痴與情，他對這位素未謀面的花魁娘子是渴想盼望的，於是促成他「有志者事竟成」的堅定念頭，決心日攢盈餘，只圖能與意中人「摟抱他一夜，死也甘心」之願。直到第十八齣「探芳」，秦種以一載光陰存足資費，鼓起勇氣向鴇母表明欲與花魁一會之心意，並約定十日後再來。

賣油郎的等待與想望，在第二十齣「種緣」終得實現。作者在此齣安排兩位主角初會之夜的情節，先敘秦種痴待美娘歸來，藉以鋪陳兩人即將一會之氛圍，接著則是細膩地描繪秦種對美娘的諸般體貼舉動，蓋被、奉茶與受吐，無不周到。表面上秦種雖看似空銷半夜，實際上卻是種下兩人日後締結良緣之因子，並帶出其後更加起伏跌宕之情節。

「心語」一齣，是全劇氣氛急轉直下的分水嶺。作者刻意先由美娘心境寫起，她靜心回顧這一段誤入風塵之遭遇，而慨歎從良之願未了，己身無所託之缺憾；從而引發對秦種「知情識趣」的懷念。作者於此再度預埋伏筆，並預告結局之可能性。然而在本齣之後半段，万俟公子登場，其府中惡僕強擄美娘同往遊湖，一方威嚇強逼，一方堅決不就，營造出劍拔弩張，極端緊張之氣氛。這股氣勢延續至下齣「巧遇」，万俟公子凌辱美娘後，將其棄於雪塘，幸得巧遇經過的秦種相救。兩人相偎攜行，卻在林間求憩的茶店裡，再度巧遇沈氏夫妻。如【縷縷金】一曲所唱的：

> 欣萍聚淚珠拋，月圓花再發，謝穹霄！〔生〕呀！元來是兩兩分離久，相逢湊巧。〔合〕天教會合在今宵，悲時轉歡笑、悲時轉歡笑。
>
> （《占》卷下，頁 37）

「巧遇」一齣實爲全劇壓卷之作，美娘受辱、悲憐遭遇、生死交關，營造出極度之緊張，卻又交遞巧遇的驚喜，故云：「悲時轉歡笑」，實乃極盡悲歡離合之致。

從第二十二齣「心語」至第二十四齣「歡敘」，是爲呼應《占花魁》一劇愛情主題之關目安排。美娘本就體認到，那些爭逐於煙花場中的王孫公子，皆是逢場作戲，絕非託付終身之對象；在歷經万俟公子的暴行後，她更是切身感受，從而徹底覺醒，了解「情眞一點偏堅」的賣油郎秦種，才是一片衷情向己，是值得所託的。因此在「歡敘」過後，她便決定「脫阱」，藉由劉四媽之口，讓自己得遂從良之願，而與秦種歸於「合璧」之美好結局。

最末兩齣「會旛」與「榮蔭」，實爲貫串全劇之史實背景而撰。「會旛」一齣上承秦種之父秦良在北方戰事中的遭遇過程，及秦良與楊沂中聯手剿滅降金的奸人劉豫；下啓「榮蔭」之滿門封蔭，兩家大團圓之結局。「會旛」作爲劇首設定背景之收束，是能夠理解的；然而「榮蔭」結局之安排，不免失之蛇足，純粹爲呼應劇首「封妻蔭子」之論，亦落入「旌表聖德」的窠臼之中。

綜觀《占花魁》全劇，其可謂突破傳統的規格，革新採用短少關目。〔註 62〕在時局背景的限定，以及闔家榮蔭之結局上，雖不脫明清文人傳奇之俗套；然而全劇關目緊湊相扣，結構嚴謹，情節起伏不斷，亦是使本劇成爲李玉傳奇名作之主因。

（四）腳色

就傳奇之結構而言，故事中的關目佈局必須貫串緊湊、鋪排靈活；具備動人的故事情節之後，排場處理亦不可偏廢。情節需賴腳色的串演，方能具體地呈現在觀眾面前；而腳色的成功與否，端看人物形象塑造之功力。《占花魁》在角色運用上，共使用：生、旦、小生、小旦、老旦、丑、淨、外、副淨、末、雜等十一種角色，不足處則以「眾」充當。〔註 63〕

以下即個別分析《占花魁》劇中的主要人物形象：

1. 秦種

是全劇的男主角，係種經略部將之子，生於武弁之家。這個角色在前半段較欠缺發揮，無法窺知其性格，僅知作者將其身分設定爲宦家子弟。直到「萍寄」一齣，描寫其隻身避禍來到臨安城，在朱仁店裡暫時住下；後接「刦

〔註 62〕李旻雨：《李玉占花魁研究》（台北：國立台灣師範大學國文研究所碩士論文，1985 年 11 月），頁 81。
〔註 63〕李旻雨：《李玉占花魁研究》，頁 82。

醜」一齣，寫朱仁店裡的奴僕雪梅與廚娘乜氏，皆對這位「沖齡未娶」的秦小官起了慾念，這才見得秦種的外貌是生得「標致非常，如花似玉」，以致於令兩位女子「一見動火」、「坐想眠思」。她們爲了能夠攀上秦種，先是用計驅遣對方，後來更是當面爭風吃醋，欲主動勾搭秦氏。在這裡我們初次見到秦種堅守不阿的性格，即使先後面對兩女的趨承與挑逗，他依然正色拒絕，並言「決不爲此苟且之事」，因此能夠獲得朱仁讚其「少年老成」之敬服，願意教以賣油維生之道。這是男主角予人的第一印象。

秦種初次流露對於美娘的嚮往，是在「一顧」齣中，初見美娘風采時，曲文唱出「分明是仙姝恍遇天台上，神女遙臨洛水湄」，讓秦種一時無法自持，「魂飛，險教人望斷樓西。」說明了當時他內心的悸動狀態。而他一見鍾情的心意，在【掉角兒犯】曲表露無遺：

> 傍朱樓綠柳斜欹，護雕闌名花堆砌，遇匆匆仙凡偶親，杳沉沉珮環歸去。想著他致飄蕭，容嬌麗，態猶夷，情睛兩點牢牢覷。【望吾鄉】心如醉，意似癡，須立遍蒼苔苔翳。（《占》卷上，頁 44）

曲文寫來清綺逸致，可見秦種愛慕想望之心甚切。一顧之後，作者又安排「再顧」一齣，其中唱道：

> 【夜遊湖〔註 64〕】〔生衣帽上〕透骨癡情難自遣，捱長夜展轉如年。雞唱三聲，日光一線，重提起相思千遍。（《占》卷上，頁 47）

那一回的初次偶見，使他「目斷魂迷，神馳心死」，輾轉思之，依然是相思難解，於是乎：

> 【品令】眞個是傾城傾國，花笑玉生烟。他向湖邊青雀，頃刻影飄然。徘徊顧望，恍隔雲堦面。爲雲爲雨，怎做曲終不見？指點迷津，想洞口漁郎自有船。（《占》卷上，頁 48）

秦種此時對於花魁娘子的嚮往，已至患得患失之境界，他亟欲爲自己的渴望，尋求一個解決的出口。因此他來到酒樓，探詢花魁娘子來歷，得知宿娼費用索價十兩，這對以挑擔賣油營生的他而言，無異是天方夜譚。作者在此便插入曲文道：「切莫枉流涎，問織女銀河怎填」，說明秦種欲與花魁一會之念頭，不僅難以實現，亦是空忙一場。然而賣油郎終究想出法子，他將每日營利逐漸積攢，預計只消一年時間，「有志者事竟成」，終能一圓他內心的渴慕。由這一段能看出秦種對花魁的仰慕之情至深。

〔註 64〕天一版作「夜遊朝」，今據《李玉戲曲集》改爲「夜遊湖」。

及至「探芳」一齣，秦種費心攢足一年之蓄，登門拜訪王九媽家，此時他自謂道：

【集賢賓】〔生〕經年積悃多志誠，頻入夢勞形。望斷天台迷釣艇，揣塵凡怎到蓬瀛。芳心自領，謹候取東君春令。非浪逞，敢攀折碧桃紅杏。（《占》卷下，頁 12～13）

此段曲文，相較於九媽「逢場作戲的事，何須費心」之插語，更加突顯秦種勤苦積存之怨慕。此處點出這位賣油郎的另一形象：志誠，這是作者以「却醜」及「一顧」兩齣情節逐步經營而呈現的。因爲他的誠懇老實，才能獲得王九媽的青睞，得以賣油之名，「再顧」廝覷花魁之美。當秦種表明欲會花魁之來意，九媽當面以「妄想天鵝成畫餅」嘲諷時，賣油郎更堅定了他的心意：

【簇御林】捱盡了昏沉晝，長短更，待相拋又轉縈。就是這十兩銀子，也是我星星點點堅心掙，苦得箇捱歲月，圖歡慶。〔揖介〕望垂矜，但願得氤氳作合，一笑了三生。（《占》卷下，頁 13）

秦種對花魁所懷的一片痴心，在此表達得淋漓盡致，甚至對九媽許下「不要說十日，就是一年，小可專等」之諾，可見其情之痴、意之堅。作者在齣目安排的「一顧」、「再顧」與「探芳」，亦可視爲呼應賣油郎的痴心與志誠形象。

當秦種終得與美娘相會之夜，苦心久盼的卻是她的醉歸，然其不以爲忤，極盡軟款地爲她覆被、備茶，甚至是受吐，無微不至，至爲體貼。有【桃紅菊】一曲唱道：

他那裡醉中天神飛夢越，我這裡好似鏡中花難親怎捨。捱盡了永迢迢長夜、捱盡了永迢迢長夜，恰又蚤曉雞聲唱疊。（《占》卷下，頁 25）

這首曲子道出秦種即使面對醉歸的花魁，亦毫無妄動之念，憐香惜玉且多周折，因此能博得美娘之歡心。

【雙蝴蝶】願奢，朝和暮夢魂呆。念熱，年和歲形影孑。搗玄霜覓絳雪，恰纔的博得半宵歡悅。薄劣，想著我塵凡質我也怎生浹洽。嬌怯，想著你瑤臺種教我怎生媟褻。（《占》卷下，頁 26）

秦種自忖乃一介賣油郎，能見得如瑤臺般的佳人美娘，怎敢生媟褻之心。這使得美娘對他的知情識趣，留下良好之印象。在美娘其後遭到万俟公子之凌辱後，巧遇途經的秦種，他既婉言勸慰，且以汗巾予美娘裹足，兩人相攜而行。這一連串的舉動，正與劇首「秦種眞情種」一語遙相呼應，亦更襯托出其「難得有情郎」之志誠眞摯形象。

2. 莘瑤琴

亦是宦家子女，其父曾官拜郎署，然雙親相繼亡故，便賴於仕太監職之叔父收養。靖康亂中與沈氏夫婦相偕逃難，然三人途中失散，瑤琴爲卜喬誘拐，賣與妓戶王九媽家爲娼。瑤琴本是小姐之身，一路離亂過程中，讀者僅見其張皇失措的樣貌，未有深刻之刻畫。但在卜喬私下夥同牙郎趙老實，與鴇母九媽進行交涉時，瑤琴顯露出機警之貌：「看他三人行藏詭秘，言語支離，莫非有些歹意麼？」然而其終究不敵三人之計，遭賣入青樓，此時她滿懷憾恨地唱道：

> 【啄木兒】門楣壯、世譜崇，宦室嬌娃天上種。暫時間避難顛連，休錯認斷梗飄蓬。你逼良爲賤眞胡弄，我冰清玉潔堅持控。縱你百折千迴水自東。(《占》卷上，頁 22)

出身好人家的瑤琴，怎堪淪落風塵之境遇，滿是無奈的她，只能堅守冰清玉潔之清白，即便九媽狠意脅迫，依然不肯相從，「就打死了我，決不從你的」，足見其執性之烈。瑤琴之所以如此激烈反抗，除了出身宦家的階級認同感之背景因素；宦家淑女之貞節觀念，亦比起一般市井女性來得堅決與強烈。因此瑤琴的執性不從，是符合其身分的。

瑤琴落入妓戶後，改名美娘，因其才藝雙絕，受封花魁娘子。其美貌在眾家公子「品花」一齣中初次得見：

> 【五供養】丰姿嬝嬝，可人處眼底眉梢。海棠難比艷，桃蘂尚輸嬌。天然窈窕，活現出眞眞、小小。壓倒群芳遍，怎粧喬，羅浮僊子占春高。(《占》卷上，頁 37)

作者在此以較爲抽象之筆法，描述美娘成爲花魁之外貌條件；於「再顧」一齣中，秦種詢問店小二關於花魁娘子的來歷時，藉由夥計之口，讀者始對花魁的美貌有了更清楚的輪廓：

> 他一捻腰肢纖細，二眸秋水澄清，三寸弓鞋窄窄，四肢體態輕盈，五官秀色可採，六銖漇漇烟輕，七竅玲瓏透露，八眉翠黛染成，九重春色爲最，十相具足堪稱。(《占》卷上，頁 50)

從面容、體態、姿色，以至於舉手投足間，作者在此以極工整之對仗賓白，打造一個絕世女子的形象，讓前述賣油郎對她的種種痴倒，有合理化的依據。

雖然瑤琴暫時接受了墮入風塵的苦難，然而這並不意味她忘記自己的出身。在全劇故事的發展中，她時刻不忘強調這一點：

> 我是好人家兒女，誤落風塵。倘得姨娘主張從良，勝造七級浮圖；
> 若要接客，雖死不從！（《占》卷上，頁 30）

遭破處之後，美娘堅性不從，即使劉四媽前來勸說，她依然是嚴詞以拒。在歷經万俟公子一段遭遇後，她又自憐道：「墮入花營錦陣、花營錦陣，鸞鳳混鴟鴞。」以及「簪纓胄、南遷逃兵燹，被賺顛連。」可見得她對於自己的出身始終是念念不忘的。故其從良目標，其中之一可解讀作恢復自身的名譽與身份。這與作者李玉之思想背景是極有關聯的。

美娘雖身爲花魁，往來者可謂「談笑有鴻儒，往來無白丁」，被王孫公子交接慣的她，本性實非此。其在「心語」一齣自謂：

> 調脂弄粉，偶墮風塵；舞榭歌臺，強捱歲月。只是性厭繁華，無奈門填車馬。一點芳心，自喜調琴有待；幾年浪跡，深慚倚玉無緣。日來應酬繁叢，情思懨懨；……想我瑤琴，自從劉四媽說騙倚門，竊謂從良指日；奈這些往來的，雖多王孫貴戚，從無可意根苗。未知何日得遂我終身之願也。（《占》卷下，頁 29～30）

「性厭繁華」是她對自己性格的理解，無奈花魁的身分，使她「應酬繁叢」，往來邀約絡繹不絕。她謹記當初劉四媽的一番從良之道，要在這些往來的公子貴客中揀選中意者，但這些王孫貴戚之所以留連青樓，即如王九媽所云：「逢場作戲的事，何須費心」，因此，美娘從良之願始終未能得遂。在「種緣」一齣，秦種以諸般貼心舉動，使美娘深受感動，發出「天下有這等好人，又忠厚，又老實，又知情識趣！」的感喟；然而她只在心裡留下秦種的好印象，並未對他動及從良之念。直到万俟公子的現身，他是屬於美娘過去慣常往來的王孫公子之流，遭到暴行凌辱的美娘，猶如被敲上一記醒鐘般，至此徹底覺悟「從無可意根苗」之理，不再執著周旋於富室豪家之間；亦如劉四媽所云：「這些有財勢的，都不會幫襯」。因此，「情眞一點偏堅」的有情郎秦種，才是眞心向己的從良佳選。美娘的即時覺醒，得以將自己從煙花場中解救出來，進而開啓兩人日後結成佳偶、闔家團圓之局面。這一段情節的安排，首要目的是使万俟公子成爲男女主角結合之催化角色；另則可視爲反映作者所處時代之創作意識〔註65〕。

〔註65〕郭英德云：「在晚明清初，文人傳奇愛情劇的主題開始出現了歷史性的逆轉，……作家都力圖把情與禮、情與理、情與性折衷統一起來，追求『發乎情，止乎禮義』，著力表現的只是愛情和社會邪惡勢力（權貴勢家、無行文人、奸詐小人等）的衝突。」詳見氏著：《明清文人傳奇研究》（台北：文津出版社，1991 年 1 月），頁 52。

關於秦、莘二人的結合，背後實另有一番作意。在瑤琴對秦種說明自身流落之因後，她反問起秦種的身家背景：

〔旦〕君家籍貫何處，家世何業，乞道其詳。〔生〕小生也是汴京人士。家君職叨武弁，出鎮延安，後以勤王分失。小生特至臨安，尋訪家君音信，客邸無貲，權以賣油度日。言之可赧。【玉交枝】〔旦〕門楣厮彷，遇天涯雙雙故鄉，蛟龍佇待風雲壯。（《占》卷下，頁 40）

她從秦種的答話中，得知對方亦是將門之後；一個是宦家女兒，一個生於武弁之家，正是「門楣厮彷」，門當戶對的匹配。瑤琴料想他將來可能承繼父志，有「蛟龍佇待風雲壯」一番作爲之機會，才會明確提出欲與其婚配之願。其謂「日思得一志誠君子，托以終身。奈閱盡風塵，俱屬泛泛。」此時的她終於盼得一位志誠老實的衣冠子弟，可說是在門第與品行雙全之條件下始願從良；她期許這位縉紳之後，有朝一日得以「風雲壯」，進而封妻蔭子，光耀門楣。此乃作者文人作意之另一闡發。

3. 蘇翠兒、沈仰橋

蘇氏本爲高太尉府歌姬，後適與莘衙奴僕沈仰橋爲妻，遂成瑤琴的養娘。善唱曲，自謂「織綃泉上，歌成字字明珠；拾翠洲前，唱出篇篇綠羽。」沈氏夫婦偕瑤琴南逃時，三人遭到沖散。蘇氏容貌標致，亦遭卜喬拐騙，賣與陳二官爲賣唱之妓。後於盛澤鎮重逢夫婿沈氏，兩人於九里松開茶館維生。作者在「禿涎」、「計販」與「溺淫」三齣中，描述卜喬轉換身分後的海潮和尚，見翠兒當壚丰姿，欲奸騙其美色；然而計策遭沈氏夫婦先行識破，兩人遂另生反計：先以販綢之名，訛騙海潮五十兩銀子，使其以爲沈氏將外出辦貨；再由翠兒誘海潮入室，當其赤身等待之際，佯裝沈氏臨時返家，遂令其躲入預藏箱中，上鎖後抬出，後被巡邏投入江中以示懲戒。

翠兒與仰橋的角色，在劇中屬陪襯性質。兩人身爲莘府僕役，社會地位較爲低下，但對於寄身的莘衙忠心耿耿，與瑤琴相偕逃難時，途中雖然失散，然仰橋內心始終惦記尋找妻子與小姐之下落。因此當秦種救得瑤琴，尋至店中修憩時，主僕終得相見，乃「悲時轉歡笑」，後更與秦氏夫婦同住一寓。計賺卜喬，是令讀者印象較爲深刻的橋段，然而此段情節，實爲作者用以宣揚勸懲風化旨意之安排。

4. 卜喬

本爲瑤琴鄰居，亂中將蘇翠兒與瑤琴各賣給妓戶。這個角色在第五齣「拐給」首次登場。

> 呀！分明是莘衙內小姐。如何沒個男人跟隨？嘎！想也是逃難到此了。這是天送與我的衣飯，不免哄他到下路去，賣些銀子，豈不快哉樂哉！（《占》卷上，頁 16）

他一覷見瑤琴與翠兒，便心生歹念，欲賺騙兩人並賣得銀兩花用。後與牙郎及鴇母商議誘拐瑤琴，多般迂迴，顯露其老奸巨猾之性格，這是其惡行的首次揭露。

卜喬賺騙莘衙兩女，取得不少銀兩，卻在半年內耗盡。欲尋得棲身之所，竟動念做起和尚，法名海潮。其自謂：

> 銀錢儘騙得來，酒肉儘有得吃。只是一件，當初有頭髮時，見了婦人，自己身子好像糟團一般；誰想吃了和尚這家飯，靠著十方，身閒心逸，日裡見了許多婦人，夜間睡裏夢裏，無非掛念嬌娘；扒起來茶裏飯裏，單想搜尋樂地。（《占》卷下，頁 1）

他將佛門視作藏垢納污之處，即便身在其中，依然不改色迷貪慾的本性。卜喬別號思春，正反映在其行為舉止之上。改扮海潮和尚後，「銀錢儘騙，酒肉儘有」，活脫脫是個無賴和尚。其不棄淫性，向蘇翠兒求歡的當兒：

> 元來就是他。他既不認得我，我且括他一括。……好笑這箇婦人被我賣了，為何原歸沈仰橋？且喜他不認得我，方纔若無小三在跟前，幾乎做起光來。我想湊口饅頭，必要弄他上手；只是有他夫主在家，難以行事。且老大用箇計較，怕他走到哪裡去！（《占》卷下，頁 3～4）

儘管他曾拐賣翠兒，如今再見她，雖是有夫之婦，卻仍心懷歹念，色慾薰心。為使情節合理化，作者開始讓這個玷汙佛門之惡徒嘗到教訓，先是沈氏夫婦識破其身分，明其心底盤算後，兩人反以計加以誘騙。於黴夜將其鎖入箱中抬出時，巧遇巡夜官，便將箱子棄於路旁遁走。府尹命開箱檢視，發現赤身的海潮和尚，料想其必於夜半行奸，卻反遭暗算，便依舊命左右鎖箱，投入錢塘江中。

《曲海總目提要》謂此段籠盛卜喬之情節，亦有所本，並述「西湖游覽志云」之字樣〔註 66〕。其乃李玉取材自宋時流傳西湖之遺事，《西湖遊覽志餘》收錄故事如後：

> 宋時，靈隱寺緇徒甚重，九里松一街，多素食、香紙、雜賣舖店，人家婦女，往往皆僧外宅也。常有僧慕一婦人，不得其門而入，每

〔註 66〕〔清〕黃文暘：《曲海總目提要》（台北：新興書局，1985 年 11 月），頁 930。

日歸寺，必買胭脂、果餅之屬在手，顧盼不已，如是久之。婦人默會其意，語其良人，設計誘之，漸至謔笑，僧喜甚，謂可諧矣。婦人曰：「良人在，奈何？」僧盡捐衣鉢，使之經商。數日，果見整裝，刻日戒行。僧於是日到其家，呼酒設饌，獻酬交錯。已而，婦令先解衣就寢，婦取其衣，束之高閣。忽叩門甚急，婦人曰：「良人必有遺忘而歸矣。」僧皇遽，不知所爲。婦曰：「有空籠可避。」僧亟竄入籠中，婦遂鑰之，僧不敢喘動，與夫舁於遠路。迨曉，邏卒見之，舁於官府，啓鑰，則一髠裸體在焉。京尹袁尚書笑曰：「是爲人所誘耳。」勿問，復鑰籠，投諸江。〔註67〕

《占花魁》一劇，自「禿涎」、「計販」至「溺淫」齣，皆本於此故事加以敷衍。〔註68〕卜喬爲惡多端，最終受到嚴重懲罰，輪得報應。如「溺淫」齣劇末一曲【清江引】所唱：

〔合〕宗風萬古傳一線，斬斷閒留戀。空色豈摹糊，邪正須分辨。願普天下披緇的乾乾須自勉。（《占》卷下，頁20）

作者對這個人物之性格形象，刻畫得頗爲透澈，除激發讀者一暢痛快之感；實蘊扶善懲惡、報應不爽之意於其中；亦對明末腐敗之社會風氣做出嚴厲的針砭。

5. 王九媽

是個典型的鴇母，貪婪好財，酷使手下娼妓賺錢，手段嚴厲。當瑤琴遭卜喬拐賣與九媽時，她對堅決不從的瑤琴撂下重話：

你如今到了我門户中人家，須要習那送舊迎新、倚門獻笑的規矩，休粧著平日良家的腔兒。……進了我門，自古道人落蕩、鐵落爐，不怕

〔註67〕〔明〕田汝成：《西湖遊覽志餘》（台北：世界書局，1982年12月再版），頁458。

〔註68〕此一計誘色和尚之情節，除在《西湖遊覽志餘》中被記載，另在明末小說集《僧尼孽海‧靈隱寺僧》第一則故事亦有紀錄。此段文字與《西湖遊覽志餘》所述頗爲近似，唯改寫彈琵琶瞎子，坐婦門首，說唱郭華買胭脂故事之部分。在《僧尼孽海‧靈隱寺僧》所記載的兩則故事，與《西湖遊覽志餘》卷二十五所載之兩則文字幾乎如出一轍。《西湖遊覽志餘》成書於明嘉靖年間，而《僧尼孽海》則較爲晚出，約在明萬曆天啓年間，以李玉撰著劇作的時間來看，其很有可能見及此二書之內容，進而援引爲素材寫入劇作之中。此爲黃文暘所云李玉「亦有所本」之說法，提供另一可能線索。參見陳師益源：《古典小說與情色文學》（台北：里仁書局，2001年9月），頁130～131；胡士瑩：《話本小說概論》（台北：丹青圖書公司，1983年5月），頁484。

你跳上天去！我也不與你鬪嘴，你休要惹老娘動手！我曉得你這賤骨頭不打不成的！這賤人還不跪在那裡！……你們與我笼剁了這賤人，吊在樑上，待我打他箇半死。……你看這丫頭這等堀強，如今把箇凶勢頭與他看了，以後把些好言語騙他轉來，且看你強到哪裡去！（《占》卷上，頁 22～23）

王九媽的這一段賓白，令讀者直窺其心底毒辣之醜態。她既買了瑤琴，自是寄望其將來能賺回大主錢財，在她眼裡看來，瑤琴不過是「這樣離亂時勢，不知辱抹多少夫人小姐，那在你一個。」因此瑤琴的矢志不移，分明是擋其財路，嚴苛教訓自是勢不可免。又如「種緣」一齣，王九媽命手下粉頭至門首招客一幕：

阿呀？你們好受用哩！鎮日伴在裡面吃自在飯兒，竟不到門前招接孤老。都是你們這樣不成人的，教娘喝西風過日子麼？……呸！美阿姐的腳跟你們也趕不上哩！快不要放屁，好好跕在門首。今晚若沒有客，打你三百皮鞭一個，休想討饒一下哩！（《占》卷下，頁 21）

一字一句，在在顯露出王九媽視錢如命般的齷齪貌。因此當美娘欲提出贖身要求時，九媽貪婪之心再起，開出千金始得放人之條件。王九媽在劇中的形象，刻薄、貪財且勢利，作者刻畫得甚爲逼眞，實屬典型之鴇母人物。

6. 劉四媽

《占花魁》一劇，除了男、女主角外，還描繪出劉四媽這個複雜性格的人物。她在出場自謂：

咱家姓劉，行四，武陵教坊人也。歌喉舞袖，壓倒夷光；染翰填詞，並驅蘇小。鶯花鬪麗，十年名噪西湖；眉黛添愁，一旦顧遺南國。生性輕盈，言詞敏辯。描出風花蹊徑，語語傳神；逗開雲雨情腸，言言刺骨。到處盡稱雌陸賈，逢人爭喚女隨何。（《占》卷上，頁 28）

她是王九媽的結義妹子，另一個鴇母，以作踐年輕女性之生命，榨取其血汗爲業。但從上段敘述可知，她亦是娼妓出身，因此對這些後輩小娘們，不無同情之心。「雌陸賈、女隨何」代表的是她「言詞敏辯」又且「言言刺骨」之利害處，這個人物在「勸粧」及「脫阱」兩齣戲中，扮演著舉足輕重之關鍵角色。

「勸粧」敘美娘落籍王家後，拒絕接客，遭王九媽灌醉被人破身，號哭欲死。九媽說不動，便請劉四媽前來勸說美娘覆帳接客。她先是警告美娘，若仍是堅持不從必遭打罵，屆時熬不過痛楚而從命，便掉聲價了。劉四媽的一番警告是實情，這般不堪的後果，美娘聽了自然不敢繼續抗命；但她卻也不願聽命，於是轉而請教從良之法。這一問，便落入劉四媽原本打定的算盤之中。她肯定「從良是個有志氣的事，怎麼不該？」便指出從良有等級與結果之差異，其中存在著眞從良、假從良、不了從良、了從良、沒奈何從良、趁好從良、苦從良及樂從良等種種不同，並逐一加以解釋。眼看著美娘心頭稍有鬆動，劉氏再道出「樂從良」一節，作爲壓軸：

【鬼三台】他却正青春芳名壯，美前程娘心暢，遇知己兩難忘，咏桃夭毫非鹵莽。則看他夫妻每處溫柔美鄉，生幾箇兒女每拜桑榆北堂，賽過那花燭洞房，好傳留作青樓樣榜。(《占》卷上，頁 33)

所謂「樂從良」，乃在青春芳名正盛之際，遇知己即時婚配，生兒育女安度餘生。美娘聽後果然心動，嗟嘆道：「這纔是個眞正從良，做姐妹的有這一日，也就夠了。」四媽是個積年虔婆，了解美娘的來歷與價値觀，若要說動她，就得以其內心的想望爲考量立場。這一番「樂從良」之道，如劉氏所料，正切合美娘當下所願。既然誘使有望，劉氏再指點美娘，「樂從良」是將來的目標，但當下須從接客做起。爲了不讓美娘卻步顧忌，她開出一片看似光明的遠景：

似你恁般才貌，等閑的也不敢相扳。無非王孫公子，貴客才人，也不辱沒了你。一來受用些風花雪月，二來作成媽兒賺些銀子，三來自己積攢些私房，也免後日求人。四來呵！揀一箇潘安美龐，司馬文章，投魚水相偕儷伉。(《占》卷上，頁 34)

美娘身爲花魁，一夜十兩的夜渡資，「等閑的也不敢相扳」，僅有王孫貴客之流始得近之，屆時從其中選個才貌如意的，亦非難事。於是美娘允從了，劉四媽既許給她一個朦朧的希望；亦讓王九媽獲取現實的利益，任務達成，雙方皆向她致謝，這是讀者初次見識到劉氏口舌便給之功力。

美娘按著劉四媽爲她規劃的路子行走，享盡風花雪月，攢足巨額私房，更讓王九媽飽賺錢財；現在她要與志誠體貼的秦種結合，勢必得讓鴇母鬆手。九媽是個貪婪平庸之輩，美娘通曉唯有再次請出劉四媽，她才能有贖身之機會。這回劉氏勸說的對象不同，面對九媽，她便選擇以「同業」之立場來獲取其認同。而万俟公子一段，正巧是她發揮的題材：

【獅子序】風光好、終變遷，況名高須遭覆顚。險做箇煞時性命難全，幸賴著皇天默眷。他那裏逞漁獵、怎空旋，更熯天勢焰，禍機難免？爲慣惹蜂勾蝶戀，怕侯門如海，斷送嬋娟。(《占》卷下，頁 44)

美娘雖然盛名在外，賓客絡繹不絕，然而養名妓畢竟有其風險，劉四媽一句「風月場中，也不獨有一個万俟公子」，著實與九媽所憂心的後患無窮不謀而合。她索性以自身爲例，「我家幾個半高不低的丫頭，也賺錢，又安穩。」建議王九媽不如趁機出脫美娘，換得幾個半高不低的粉頭，既能「糙就鶯鶯燕燕，博得箇朝有錢，晝有錢，暮有錢，又沒甚閒非胡纏。」這番話因勢利導，果然打動九媽，美娘終得以千兩之價，一圓從良宿願。

劉四媽兩回登場，前者說合，後者說分，兩次皆獲成功。前次是哄騙美娘接客，使其陷落火坑；其後則是勸說九媽令美娘從良，使其脫離賣笑生涯。或許其道德觀念頗有非議之處〔註 69〕，然而她是全劇中極關鍵的人物，是使美娘歷經悲喜遭遇的始作俑者。可以說她是個精明的商儈，因爲她賣的是自身的豐富閱歷，依賴的是巧舌如簧的技巧。她通曉世故，頗有預見；善於因勢利導，且洞悉人情。因而振振有辭，並言之成理。劉四媽這個頗爲特出的人物形象，實爲《占花魁》藝術成就的一部份。

7. 秦良

男主角秦種之父，爲經略統制官，忠於宋室，是個典型武將。如其在首齣「檄禦」對兒子秦種所言：

> 我兒，吾聞世治用文，世亂用武。況你生於武弁之家，這幾句詩云子曰，料難掙個出頭日子；若得嫺熟些弓馬韜略，後日邊庭上一刀一鎗，也博個封妻蔭子。今日我和你到轅門外去演習一番。（《占》卷上，頁 3）

秦良告誡其子，若是沉浸在「詩云子曰」的經籍之中，對生於武弁之家的他而言，難有出頭之日。理當承繼家風，將來整兵戎馬，爲國建功，始能榮蔭家門。當秦良赴汴京勤王之際，對曰：

> 君父有難，臣子何以家爲？你好好住在衙內，我不久就歸的。……疾掃金人歸朔漠，長驅鐵馬定中原。（《占》卷上，頁 4）

由上觀之，可見秦良優先國事於家門之態度。汴京淪陷，其孤軍傾陷，被金人禁於冷山，後趁機南逃，聞故友楊沂中身爲統制屯守泗州，欲投其麾下，「冀

〔註 69〕宋光祖認爲，固然可以非議劉四媽的道德觀念，甚至批判她一手葬送美娘的青春與尊嚴，只爲維護封建娼妓制度。然而在現存秩序下，她畢竟化解了一些社會矛盾，幫助弱勢者走出困境，表現出丈夫氣概，這也是無須否定的。參見氏著：〈『占花魁』——一本獨特的愛情戲〉，《戲文》2003 年第 6 期（2003 年），頁 32。

得建功立業」。作者刻畫出秦良一角之忠臣形象，顯揚其建功立業之功名思想，與劇末兩齣「會旛」、「榮蔭」情節中的功利觀念契合，不啻爲作者所持價值觀之體現。

（五）藝術特色

吳梅評論《占花魁》一劇之曲藝成就：

> 其占花魁一劇，爲玄玉得意之作，勸粧北詞，更爲神來之筆。其醉歸南詞一套，用車遮險韻，而能遊刃有餘，亦才大不可及也。〔註 70〕

就故事層面而言，《占花魁》一劇結構緊湊，全劇共二十八齣，既能彼此相扣，又能彰顯不同的主題意識；關目之佈局亦多從內容主題出發，不爲舊的格局所囿。

全劇情節豐富，在雙線式的主線敘述之外，並穿插諸多史事以佐證時代背景；角色雖多，但人物性格卻能藉由尖銳的戲劇衝突中，簡鍊扼要且集中地刻畫而出，使全劇蘊含濃厚的戲劇性。

劇中的語言呈現，亦是特色之一。吳梅評李玉之劇作云：「其詞雖不能如梅村西堂之妙，而案頭場上，交稱利便。」〔註 71〕劇中的多場好戲，主要是賴說白內容來表現的，既深化了人物的性格與形象，亦強化戲劇效果之呈現；然而在抒情的橋段中，如「再顧」、「心語」及「歡敘」等齣，作者則運用長篇套曲，來抒發人物的情感，營造出細膩婉轉的氛圍。

此外，對於反面人物形象之刻畫，亦是劇中較爲特出的表現。如王瓊玲對於明末清初所謂「才子佳人劇」之觀察：

> 事實上，不少劇作在敘述人物經歷時，多少都帶有某種程度的社會批判意識。這些社會黑暗面的描寫，在劇中往往與才子佳人對理想婚姻的追求交織在一起，並對他們的追求起著阻礙作用。因此，在男女風流韻事中隱寓對世變時期黑暗現實與腐朽現象的揭露與抨擊，也是多數明末清初才子佳人劇的特色。〔註 72〕

盱衡全劇，可知李玉相當熟悉當時社會上各色人物的生活情狀，其體會明季

〔註 70〕吳梅：《顧曲塵談・談曲》（台北：臺灣商務印書館，1988 年 11 月台四版），頁 183。

〔註 71〕吳梅：《顧曲塵談・談曲》，頁 183。

〔註 72〕王瓊玲：《晚明清初戲曲之審美構思與其藝術呈現》（台北：中央研究院中國文哲研究所，2005 年 12 月），頁 159。

的社會亂象，並將百態呈現於作品之上。可以說他是藉劇作家之筆，既寫青年男女眞摯愛情之頌歌；亦描摹反面人物，揭露時局之弊，反映廣闊的社會現實形象。

李玉爲蘇州派代表劇作家之一，其活動於明末清初崑曲全盛時期，屬於傳奇文辭派，即爲玉茗堂派作家。〔註73〕其《占花魁》傳奇，問世後即享有盛名；但全劇分爲上、下兩卷，共演二十八齣，在當時是分兩夜演畢的。因此，爲求適合舞台演出，後出的戲劇編者便著手鎔裁原作，保留李玉《占花魁》傳奇中精彩關目，並在文辭與排場上稍加點綴變化。這些編選而出的橋段，部分成爲崑曲表演的名齣。經筆者索驥與比對，在《俗文學叢刊》中所得見的包括：

「賣油」：即李玉《占花魁》傳奇第十二齣「一顧」

「品花」：即傳奇第十齣「品花」

「醉歸」（亦名「受吐」）：即傳奇第二十齣「種緣」

「雪塘」：即傳奇第二十三齣「巧遇」

「酒樓」：即傳奇第十四齣「再顧」

「獨占」：即傳奇第二十四齣「歡敘」

「占花魁」：即傳奇第二十齣「種緣」

以上各齣，尤以「醉歸」、「受吐」及「雪塘」最受劇壇歡迎，成爲舞台上傳唱不絕的名劇。此外，清乾隆間編刊的戲曲劇本選集《綴白裘》，收錄當時舞臺上經常搬演的崑曲劇目與唱段，爲明清以來極富影響力的戲曲摘選本。其中十集四卷亦收有「占花魁」劇目之四齣折子戲，包括：

「種情」：即李玉《占花魁》傳奇第二十齣「種緣」

「串戲」與「雪塘」：此二折併演即爲傳奇第二十三齣「巧遇」

「獨占」：即傳奇第二十四齣「歡敘」

這四齣折子戲，泰半的唱段、賓白與《占花魁》傳奇之內容相去不遠。唯在部分角色的部分稍作改寫，改爲吳語土話，頗能反映當時戲台的風氣。〔註74〕

〔註73〕此一流派以湯顯祖爲宗師，因湯氏爲江西臨川人，故是派又名臨川派。詳見劉文六：《崑曲研究》（台北：嘉新水泥公司文化基金會，1969年1月），頁24～28。

〔註74〕郭英德謂《綴白裘》所收多數劇本中丑、副的說白，是由原作舊本的官話改爲吳語土話，使編選後的劇本帶著濃厚的蘇州地方色彩。此乃因清前期之傳奇作品早已崑劇化，以及可使人物語言更加風趣生動等因素使然。詳見郭英德：《明清傳奇史》（南京：江蘇古籍出版社，1999年8月），頁350。

從上述所介紹的，關於李玉《占花魁》一劇後出的選編齣目及折子戲來看，受到編選者青睞的情節，仍以男、女主角的愛情戲爲大宗。著實反映此一賣油郎與花魁女的妓院故事，在舞臺上傳唱不絕，膾炙人口之經典性質。

第二節　京劇《獨占花魁》

中國各地的地方戲，可說皆有「大戲」與「小戲」兩大系統。所謂「地方戲曲」是相對於主流戲曲而言的，曾永義對於此釋之：

> 戲曲莫不起於鄉土，一旦發展流播遍及全國，爲包括士大夫的全民所喜愛，便算主流戲曲，它必於某時空段落裡居於盟主的地位；而對於那些長久植根鄉土流播一方的戲曲便稱之爲「地方戲曲」。而由於「戲曲」爲中國所特有，在藝術文化上有其特殊之統緒，因之如合地方戲曲與主流戲曲，便謂之「傳統戲曲」。〔註75〕

據此定義，崑劇與京劇皆曾盛行各地，雅俗皆愛，對於其它劇種之影響亦頗爲深遠，因此便可視爲主流戲曲。楊蔭深認爲，大戲是淵源有自的，可以堂堂皇皇的演唱；小戲卻是野生的藝術，完全是民間的、新興的，但卻因爲來自民間，內容生活俚俗，卻最受大眾歡迎。〔註76〕

現今被稱爲「國劇」的，實際上是傳統戲曲中的一個劇種。其以西皮、二黃兩種聲腔爲主，故本名爲皮黃；又因其發跡於清季的北京，亦名爲京劇、京戲。民國以後，北京易名北平，所以又被喚作平劇；更由於它足以代表諸多傳統戲曲，被視爲中國國粹，遂有國劇之名。作爲一種綜合藝術，能夠從一個地區性的劇種——徽班，在短暫之期間，迅速地嬗變成爲一個舉世矚目的菊部魁首——京劇，確有令人稱奇與讚嘆之處。〔註77〕

一、京劇簡介

承元雜劇瑰奇之成就，明傳奇則開展規制。其間崑腔崛起於吳域，傳至北方，於是南、北曲各擅所長，以至演義爲「雅部」、「花部」別裁之名。在崑曲流行於北京之時，尚有京腔、弋陽腔、梆子腔等盛行於民間之聲腔與之

〔註75〕曾永義：《俗文學概論》（台北：三民書局，2003年6月），頁752。
〔註76〕參見楊蔭深：《中國俗文學》（台北：世界書局，1995年10月），頁67。
〔註77〕參見毛家華編著：《京劇二百年史話．上卷》引言（台北：行政院文化建設委員會，1995年5月），頁9。

競豔。這些聲腔與劇種，合稱爲「亂彈」，亦泛指各種地方戲，崑腔名爲「雅部」，亂彈則稱「花部」。〔註 78〕崑曲曾大行其道，獨步劇壇達三百年之久。自揚州將戲班分爲花、雅二部，風氣所至，各地先後仿效，使得崑腔漸失獨霸地位，甚至式微，已不復當年「家家收拾起，戶戶不提防」之盛況。清中葉之際，乾隆數次下江南，接駕大員爲取悅君王，便以地方小戲「亂彈諸腔」進獻演出，博得其讚賞。後又因乾隆壽辰，「四大徽班」〔註 79〕相繼進京賀壽，劇壇遂開新局：崑腔衰微失勢，皮黃戲正式粉墨盛演。

追溯京劇的源頭，應從西皮、二黃雙調入手。此二調合稱爲「皮黃戲」，早期北平人則稱爲二黃戲。西皮調源於甘肅，於清乾隆時期尚無此名；至道光時，南方人稱甘肅腔爲西皮調，此一名始出。〔註 80〕西皮由甘肅發展至陝西，則稱西秦腔，其以胡琴爲主要的伴奏樂器，在傳統戲曲史上是一重要革命。此一伴奏方式較徒歌優美，比用簫管伴奏於歌唱者有更多的方便，成爲推動皮黃戲能繁榮壯大的原因之一。〔註 81〕至於二黃調，原出自四平腔的衍變，或謂源自湖廣之漢調或楚調〔註 82〕。於清朝初年在徽班中演變而成，曲調包括倒板、慢板、原板、散板等，多數用於表現淒涼憂鬱之情感。西皮是漢調的主要腔調；二黃則是徽調之重心。皮黃戲雖以西皮、二黃雙調爲主，實際上則包含各種腔調：弋陽腔、崑腔、梆子腔、徽調、漢調，乃至山歌小曲，應有盡有；而皮黃戲之劇本大多亦取材自諸腔之劇作，或依原有排場腔調而唱，或改其腔調，在一齣劇目之中，諸腔並出。〔註 83〕

花部諸腔，由乾隆時魏長生（1744～1802）所帶起的秦腔獨步局面起始，

〔註 78〕花雅爭勝的情形，不僅北京一地，南方的戲曲中心揚州亦是如此，《揚州畫舫錄》即有相關記載。參見毛家華編著：《京劇二百年史話．上卷》，頁 1。

〔註 79〕所謂「四大徽班」，所指爲當時京師梨園之四大名班：四喜班、三慶班、春台班及和春班。四大徽班在表演上各有所長，其特色爲：四喜之曲子、三慶之軸子、和春的把子、春台的孩子。參見孟瑤：《中國戲曲史》（台北：傳記文學出版社，1991 年 4 月再版），頁 435～436。

〔註 80〕參見楊蔭深：《中國俗文學》（台北：世界書局，1995 年 10 月），頁 60。

〔註 81〕參見孟瑤：《中國戲曲史》，頁 416。

〔註 82〕參見楊蔭深：《中國俗文學》，頁 60。關於二黃腔之起源，歷來說法甚夥：楊蔭深謂源於湖廣之漢調；王夢生於《梨園佳話》則以爲源於鄂地之黃陂、黃岡，學界視爲訛說；齊如山（1875～1962）主張源自陝南地區；歐陽予倩（1889～1962）則以二黃戲出於安徽調之高撥子。詳見孟瑤：《中國戲曲史》，頁 413～416。

〔註 83〕參見楊蔭深：《中國俗文學》，頁 62。

其後徽班入京，二黃盛行；後又與楚調融合結合爲皮黃，漸成梨園魁首；至光緒時期，皮黃盛演已達顚峰，取代崑曲原有之地位。盱衡此一演變過程，孟瑤謂：

> 花部諸腔，發展至皮黃君臨天下爲止，文學上的成就不及崑曲，音樂上的考究不及崑曲，舞蹈上的優美也不及崑曲，但是這一場征伐卻完成了一個反淘汰的結束。此無他，崑曲變成了高深的「藝術」，花部卻是最懂得關目排場的「戲劇」。這一點不僅贏得俗眾的歡心，而且使眞正懂得戲劇的文士也不得不爲之擊節。〔註84〕

此一說法，使我們得以清楚理解崑曲衰頹，而皮黃戲躍然而起的發展結果。因爲深諳關目排場，切合觀眾所好，雜揉眾家特色之京劇，便能博得雅俗共賞；而藝術成就略高一籌的崑曲，卻因時局改易，未能推陳出新，兼以觀眾口味改變等因素〔註85〕，使其逐漸喪失舞台，步上「陽春白雪」之藝術層面。

京劇的形成，正確的說是在清道光二十年（1840）以後，至咸豐末年（1860）這段期間。京劇在諸腔競奏之局面下，經皇室倡導，及廣大觀眾之需求，吸收當時北京流行之地方戲曲聲腔，進一步使唱白、語言及字韻「京化」，於是演出規範化的新劇種粉墨登場。〔註86〕京劇於北京發祥之後，業餘的票友與日俱增，票房逐漸傳布各地；專業演出的藝人則成立梨園工會，組織各戲班之特色，發揮業界團結力量。名角輩出，並陸續成立培養人才之科班。自清中葉以至於民初，可謂全面性、系統性地將此一劇種推展至各地的舞台之上。〔註87〕

〔註84〕孟瑤：《中國戲曲史》（台北：傳記文學出版社，1991年4月再版），頁452。

〔註85〕皮黃初始僅在民間盛行，後來漸次登上宮廷舞台。咸豐初年，內廷演戲，崑亂並帶，已非只演崑曲。皮黃初入宮廷，頓使王公大臣耳目一新，頗爲欣賞，自此皮黃戲在宮廷中建立地位。先是與崑弋分庭抗禮，其後壓倒一切，稱雄於宮中舞台。至乾隆南巡及賀壽之時，徽班大舉進京，京劇紀元始立。而慈禧酷愛戲劇，尤好京劇，除在宮中將崑曲本改爲皮黃本之外，更進而每日令昇平署傳戲，搬演不輟。宮廷演劇如此之盛，在皇室不遺餘力的倡導、支持與栽培之下，上行下效，連帶造成京劇君臨天下之勢。參見毛家華編著：《京劇二百年史話・上卷》（台北：行政院文化建設委員會，1995年5月），頁8～10。

〔註86〕參見毛家華編著：《京劇二百年史話・上卷》，頁10。

〔註87〕「票友」係指愛好戲劇，能唱能演，但不以演戲爲生，與職業演員有別之業餘人士。其知識水準較高，藝技亦不在專業演員之下，對提升觀眾欣賞與表演藝術之水準，有著促進作用。「票房」則是由喜愛戲劇的人士所組成的社團，是票友練習唱戲之處。專業的名角，陸續有號稱「老生前後三傑」、名旦王瑤卿（1882～1954），及號稱「四大名旦」的梅蘭芳（1894～1961）、程硯秋、荀慧

京劇的行當，繼承中國戲曲的悠久傳統，雖多是因襲，但因時代關係，加以改革之處亦不少。崑曲與地方戲的分行爲生、旦、淨、丑四大行當，京劇襲之，但分類更細〔註 88〕。至於演出所著之戲裝，五光十色，炫麗奪目，多以絲繡改製，爲珍貴之藝術品，頗具歷史價值。演員的化妝方式，則依不同的腳色行當有所不同。京劇之劇目日增，腳色之臉譜亦隨之進步多樣，譜式繁多，後人甚至衍生出專研京劇臉譜之學，足見其價值所在。

二、《獨占花魁》京劇之故事特色

本劇共有五十四場，關目甚繁。筆者另索得新編國劇《獨佔花魁》劇本一冊，此一劇本爲後出改編之作。修編者認爲舊本過於冗長，且有韓世忠、梁紅玉與金兵交戰場子，破壞全劇風格，一概從刪。其定位該劇爲抒情戲，自應以生、旦主角爲主，而側重兩人之表演，其他各角皆屬邊配；對於原劇作中唱白文詞粗俗傷雅之處，亦均予修訂。然爲能一窺該劇原貌，在此仍以舊作劇本爲研究對象。

茲先略述劇情梗概：宋時金兀朮率兵來犯中原，將帥韓世忠不敵，兵亂民逃。少女莘瑤琴生於豪富之家，戰時隨雙親逃難，不意與父母離散，遭卜喬拐帶，賣與臨安城鴇母王九媽爲娼。男主角秦重本爲官宦之後，亦隨雙親避走遠禍。其母李氏遭兵禍身故，獨與父秦良流落臨安，幸得油鋪商朱十老收留。十老年逾花甲，膝下無嗣，遂收秦重爲養子；秦良則得十老資助，隻身返回舊地辦妻後事。

瑤琴初始堅拒下海，後由劉四姨出面勸說，並許以從良之願，遂以花魁之名馳譽全城。秦重在十老家，則遭使女蘭花與夥計邢權設計陷害，爲十老所驅，只得另作挑擔賣油生計。一日秦重偶見花魁之美，企慕愛之，積資欲會，歷數次始成。當夜値花魁大醉，秦重體貼備至，花魁醒後頗受感動。後惡少吳霸強迫使花魁遊湖侑酒，花魁不允，吳氏大爲震怒，命家丁褪其衣褲，棄之荒郊。適秦重路過，將花魁救回，瑤琴感念其德，決定許以終身。

生、尚小雲等人。詳見毛家華編著：《京劇二百年史話・上卷》，頁 15～28。

〔註 88〕京劇就腳色分類而言，生有老生、小生、武生；旦有正旦（青衣）、花旦、老旦、武旦；淨有正淨、副淨、武淨；丑則有文丑及武丑。至於各細部腳色亦有分類，如老生又分文武唱做；小生又分雉尾及扇子等。乃就戲中所飾人物或腳色擅長何種而做區分，名目甚多。詳見楊蔭深：《中國俗文學》（台北：世界書局，1995 年 10 月），頁 65。

這齣京劇的故事推進，大致上與《醒世恒言》卷三與李玉《占花魁》傳奇相去不遠。由於全劇篇幅頗爲冗長，關目增添頗多，若是以《醒》卷三及李玉《占花魁》傳奇爲故事底本，在情節的設定上勢必有所增飾或改易之處。以下即就此部分予以析解：

1. 添寫韓世忠、梁紅玉與金兵交戰開打場目

金兀朮率軍犯境，韓世忠元帥與夫人梁紅玉開城迎敵，惜功敗垂成。韓氏爲南宋抗金名將，其妻梁紅玉擊鼓抗敵之事，亦爲後世津津樂道。這一段背景的增加，在筆者所見之「占花魁」故事作品中皆所未睹，劇作者爲加強故事之發生背景，做此增寫是能夠理解的；唯雙方交戰場面多達五場，其中三場僅有武戲，未有任何唱念。作爲舞台搬演，是頗具戲劇效果的；然而對於故事之推進與整體性，卻顯得不夠緊湊，抑且破壞全劇風格。

2. 卜喬與王九媽的拐帶行徑

劇中安排兩人本是舊識。卜喬急欲將瑤琴出脫，謀得錢財；九媽則因妓院裡的粉頭不夠稱頭，指望有個鎮店之寶發大主錢財。兩人一搭一唱，對瑤琴謊騙是至親關係，博取其信任後，卜喬得錢遠遁，九媽則將瑤琴推入娼館的深淵。這一段情節，對於兩個人口販子的卑劣行徑，描繪得極爲深刻。

3. 秦氏父子得朱十老相助過程

秦氏一家本是三人相偕逃難，途中秦良之妻李氏遭兵禍喪命，秦氏父子輾轉流落至臨安，偃蹇困窮。飢寒之餘，幸得三元油坊掌櫃朱十老善心收留。十老年已花甲，膝下猶虛，秦良感念其德，遂以秦重爲其螟蛉子報恩。朱氏得子相依，喜不自勝，並予秦良返鄉葬妻之資。這段收養過程，與《醒》卷三中秦重遭父親賣與朱十老之情節不同，亦是筆者所及其餘「占花魁」故事所未見者。

4. 秦良皈依上天竺寺之過程

秦良得十老資費相助，原指望回轉家鄉埋葬老妻，不料行至中途爲賊人劫去路費，只得尋回三元油鋪。然而其子秦重已遭邢權、蘭花二人設計所騙，秦良爲邢氏相逼，走投無路欲尋短之際，爲途經的法空住持搭救。經法空勸解，秦良遂隨之皈依佛門，往上天竺寺出家去。關於秦良此段入上天竺寺之過程，爲本劇新增。在《醒》卷三及其它「占花魁」故事中，多云秦良賣子之後，便隻身到上天竺做香火。是劇加入邢權相逼、法空營救之情節，便能將因果關係交代得較爲清楚。

5. 邢權與蘭花捲款潛逃，為盜賊所害

此二人早先用計讓十老趕走秦重，後來索性竊取鋪內二百兩銀子，趁夜裡遠走高飛。不意遇上兩名強盜，劫財不成，反爲其所害，盜賊棄屍逃逸。途經的衙役認出二屍乃十老油坊之人，便將未被擄走的銀兩還回給十老。邢權與蘭花遇害之情節安排，應是劇作者之作意所爲。當兩位強盜登場時，自謂其名爲「循環」與「報應」，而邢、蘭二人便是命喪其手下；而兩位衙役見及眼前雙屍，亦說道：「禍福無門，爲人自招」及「善惡之報，如影隨形」。可見編劇者所持因果循環之價值觀，以及宣揚報應不爽之警世觀。

6. 花魁直接對鴇母表明欲與秦重從良之願

花魁遭吳霸強暴行，幸得秦重相救，遂決心委身於他。當初劉四姨勸說她下海接客，曾許以從良之志；如今覓得對象，花魁便備足贖身之資，帶著秦重往見劉氏。望其代爲說服九媽使其贖身，並做二人之媒。在《醒》卷三及李玉《占花魁》傳奇中，花魁對兩位老鴇皆隱其託付之人，僅言欲自行贖身。是劇之安排，使得劇末婚嫁及兩家親人重逢之場面更顯盛大，符合觀眾偏好大團圓結局之期待。

綜上所述，本劇情節相較於《醒》卷三及李玉《占花魁》傳奇之內容，雖多有增補或改易之情形；然而細讀全劇，卻仍明顯可見其承襲自此二部著作之痕跡。茲就是劇與兩部作品之個別比較，分別表列之：

《獨占花魁》京劇	《醒世恒言》卷三
我是劉鐵嘴，能夠說得羅漢思情，嫦娥想嫁。（頁 34）	老身是個女隨何，雌陸賈，說得羅漢思情，嫦娥想嫁。（頁 10）
我想人生在世，若得花魁共枕同眠，眞眞是快事，也不枉空活一世呀！（頁 60）	人生一世，草生一秋。若得這等美人摟抱了睡一夜，死也甘心。（頁 22）
秦　重：花魁今在何處？請來一會。 王九媽：今兒個可不成！ 秦　重：怎麼？ 王九媽：沒在家。 秦　重：哪裡去了？ 王九媽：上李學士家陪酒去啦。 秦　重：明日？ 王九媽：明日也不成。	美兒昨日在李學士家陪酒，還未曾回。 今日是黃衙內約下遊湖。 明日是張山人一班清客邀他做詩社。（頁 28）
秦　重：怎麼又不成？ 王九媽：黃翰林家約她游湖去，後天還有張善人家請客約她作詩，都沒時間回來！（頁 65～66）	

正　是：春來處處百花新，蜂蝶紛紛競採春。（頁 67）	有詩爲證：春來處處百花新，蜂蝶紛紛競採春。堪愛豪家多子弟，風流不及賣油人。（頁 54）
秦　重：不錯，是小可防備小娘子酒後口渴，故爾將茶暖在懷中，娘子果然吐了要茶，蒙娘子不棄，飲了兩杯香茶。 花　魁：哦，是你暖的香茶？ 秦　重：是。 花　魁：難得呀難得！髒巴巴的我吐在哪裡了？ 秦　重：這！小可恐娘子沾污了被褥，我將衣袖盛了。 花　魁：你的衣袖現在哪裡？拿來我看！ 秦　重：骯髒的很，不看也罷。 花　魁：你只管拿來！ 花　魁：可惜一件好衣服，與你沾污了！ 秦　重：這是小可衣服，有幸得沾娘子餘瀝。（頁 74）	秦重方纔說道： 「是曾吐來。小可見小娘子多了杯酒，也防著要吐，把茶壺煖在懷裡。小娘子果然吐後討茶，小可斟上，蒙小娘子不棄，飲了兩甌。」 美娘大驚道：「臟巴巴的，吐在那裡？」 秦重道：「恐怕小娘子污了被褥，是小可把袖子盛了。」 美娘道：「如今在那裡？」 秦重道：「連衣服裹著，藏過在那裡。」 美娘道：「可惜壞了你一件衣服。」 秦重道：「這是小可的衣服，有幸得沾小娘子的餘瀝。」（頁 35）
花　魁：只是奴夜來酒醉，不曾接待於你，你空折許多銀子，豈不懊悔？ 秦　重：娘子天上神仙，小可服侍不周，但求不見責怪，已爲萬幸。（頁 75）	美娘聽說，愈加可憐，道： 「我昨夜酒醉，不曾招接得你。你乾折了許多銀子，莫不懊悔？」 秦重道：「小娘子天上神仙，小可惟恐伏侍不周，但不見責，已爲萬幸。況敢有非意之望！」（頁 36）

由上表可見，劇中諸多唸白，實是敷演自《醒》卷三之部分文句。有的相襲，有的則是加以點綴，加上口語化的語詞呈現。下表則將是劇與李玉《占花魁》傳奇之內容加以比較：

《獨占花魁》京劇	李玉《占花魁》傳奇卷下
花　魁：咳，天下有這樣好人！又老誠，又忠厚，又知情識趣！唉，難得，難得呀，正是： 閱盡章台畔， 教人轉斷腸； 易求無價寶， 難得有情郎！〔註 89〕（頁 77）	[下。旦]天下有這等好人，又忠厚，又老實，又知情識趣！ 閱盡章臺伴， 教人轉斷腸； 易求無價寶， 難得有情郎。（頁 27）
王九媽：（唱） 花正開時遭雨打， 月當圓處被雲遮。 我們花魁女兒，好端端地叫吳霸強給搶了走啦，沒人敢追，都叫他打怕啦。我又托人四下	[副淨上]花正開時遭雨打，月當圓處被雲遮。我家花魁女兒好端端坐在房裡，被許多人口稱万俟府中，竟搶了去。四下裡訪問，杳無消息。如今天色又暮，又下這等大雪，教我那裡去尋？若有些山高水低，可不把我一棵搖錢樹活

〔註 89〕「易求無價寶，難得有情郎」二句，亦見於《醒》卷三，頁 16。

<table>
<tr><td>訪問，也沒見個回信。這天也黑啦，又下這麼大雪，還不回來，倘有個山高水低，活活地把我一棵搖錢樹給斫斷啦，我的寶貝呀！
秦　重：（內）轎子酒錢付足，你們去吧。
花　魁：風波平地驚千丈，
秦　重：護擁名花幸得回。
　　　　媽媽在哪裡？
王九媽：哎呀寶貝兒呀！你會回來啦，我都急死啦！
秦　重：媽媽！
王九媽：秦官人，你也來啦？兒呀，你叫他們搶到哪兒去啦？我怎麼也沒追著你們？你是怎麼回來的？
花　魁：兒被吳霸強搶到花船，將奴百般凌辱，拔去簪環，剝去衣服鞋襪，拋在雪地之上，風雪又大，赤足難行，正欲自盡，偶遇秦官人，是他喚轎送我歸來。（頁 102～103）</td><td>活斫折了！
[望介]天那！怎得在九霄雲內，掉了我女兒下來！
[生同旦上，生向內介]轎錢、酒錢俱已付足，你們去罷！
[內應介]
【引子】【三疊引】
[旦]風波平地驚千丈，[生]擁護名花無恙。
[作入見介。副淨驚介]呀！好了，我兒回來了！
[旦、副淨抱哭介。合]拭淚喜如顛，驚覷似從天降。
[副淨見生介]秦小官爲何也在此？
[旦]我被許多狼僕搶至舟中，那万俟公子百般凌虐，已後將我拔去簪珥，剝去衣服、鞋子，撇在十錦塘上。風雪又大，赤足難行，正欲投河自盡，幸遇秦官人救取，扶我行至中塗，喚轎送歸。（頁 38～39）</td></tr>
<tr><td>花　魁：娘啊，秦官人呢？
王九媽：已到樓上啦。我爲你哭了一日一夜，身子疲倦，我要先睡去啦。
花　魁：娘請睡去吧。
王九媽：秦官人失陪啦！
秦　重：媽媽請便吧。
王九媽：笑看一夜逗燈影，愁聽雞鳴亂曉窗。
花　魁：啊秦官人，我和你一宵恩愛，半載神交，幸蒙患難周全，不啻恩同再造！（頁 104～105）</td><td>[旦上。副淨]……我爲你苦了一日，身子甚倦，先要去睡了。
[生]媽媽請自便。
[副淨]笑看綺閣搖燈影，愁聽雞聲亂曉窗。
[下，生、旦各飲酒介。旦]我和你一宵虛度，半載神交，幸蒙患難周旋，不啻恩深再造。（頁 39）</td></tr>
<tr><td>花　魁：妾有一言，幸君垂聽。
秦　重：願聞。
花　魁：妾自失身之後，每日思得一至誠君子以托終身。無奈閱盡風塵，俱屬泛泛之輩。今得郎君如此鍾情，況且尚未娶妻，若不棄嫌煙花賤質，情願永諧百年之好。（頁 105）</td><td>[旦]妾有一言，幸君垂聽。妾自失身，日思得一志誠君子，托以終身。奈閱盡風塵，俱屬泛泛。今得遇足下，如此鍾情，況尚未娶，若不嫌煙花賤質，情願永諧伉儷。（頁 40）</td></tr>
<tr><td>花　魁：（唱）
　　　我和你已定下百年和唱，
秦　重：（唱）
　　　得佳耦同諧老驚喜欲狂。（頁 106）</td><td>【尾聲】
[旦]百年已訂隨和唱，[生攜旦手介]且勾卻今宵孤曠。[旦攜燈介。合]須信道兩載神交一番喜欲狂。（頁 41～42）</td></tr>
</table>

觀諸上表，可見京劇《獨占花魁》不論在唱句或是唸白，多所因襲李玉《占花魁》傳奇之相對內容。或許因兩者同爲劇本，這些部分的沿用是顯而

可見的。因此，透過上列之個別比較，資可證明筆者前揭，京劇《獨占花魁》乃承襲《醒世恒言》卷三與李玉《占花魁》傳奇內容而來之說法。

至於腳色部分，本劇關目較繁，登場腳色亦較小說作品來得多。但就主要腳色而言，除男、女主角秦重及莘瑤琴之外，莘善夫婦、秦良、朱十老、卜喬、王九媽、劉四媽、邢權、蘭花等人，皆是《醒》卷三原有之人物；而小說中的吳八公子，在本劇中則名喚吳霸強。劇中增加的人物，則包括：李氏，爲秦重之母，在兵亂中不幸喪生；法空，爲上天竺寺住持，下山時偶見欲自戕的秦良，予以搭救，並勸慰他隨其出家；王老美則是鴇母王九媽之相好，負責處理妓院中大小雜事；何九叔則是另一油鋪掌櫃者，在秦重爲十老驅逐出戶時，助其擔油販賣生理。這四個腳色在劇中屬於增飾性質，對於劇情發展未有特別影響。

關於兩位主角之性格與形象，大致上與《醒》卷三之人物相類；唯在劇中較爲特出者，是對於其角色出身背景之設定。就男主角秦重而言，其父秦良「向爲官宦，家業小康」，在逃難時，其母李氏甚至難捨萬貫家財，故其爲宦門之後，可屬王孫公子之儔。李氏謂子「聰明伶俐，每日往學中攻書」，是個標準的讀書士人。如此的角色背景，與《醒》卷三裡的設定大相逕庭。小說中的秦重出身於卑下困苦的環境，長成後靠著挑擔販油維生，自非受過多少教育。但在李玉《占花魁》傳奇中，男主角秦種則生於武弁之家。其父爲武官，一心勤王建功，欲其子嫻熟弓馬韜略，隨其戎馬兵戈，以求有朝一日能封妻蔭子，鷹揚家聲。這似乎又與本劇中秦重所言：「聖人門前高名客，講易讀詩列春秋；有朝大展昆侖手，男兒談笑覓封侯。」是以讀書求取功名爲取向而有所不同，故在此無法覓得秦重之背景是否有承襲兩部作品之痕跡。但其既然出身宦門，便削弱了《醒》卷三裡秦重一角原有的市井氣息。

至於女主角莘瑤琴的出身，《醒》卷三謂莘家開六陳舖兒，即是糧食鋪，家道「頗頗得過」；在是劇中，莘善亦開設一作糧店，其自云「家中豪富」，因此瑤琴乃出身於商賈之家。這個角色的背景，便較爲接近小說中的設定。

值得一提的，是王九媽與劉四媽這兩個虔婆在劇中的形象。王氏與劉氏俱是鴇兒，王氏自謂其命裡剋夫，際遇乖蹇，「一連氣兒走了九道門坎」，才搭上王老美，在臨安城開設妓館。從前述王九媽夥同卜喬拐騙瑤琴一段情節看來，可知九媽是個見利眼開，錙銖必較的人口販子。她買來瑤琴爲的即是指望其盡快大燒利市，因此當瑤琴堅拒不從時，不顧其是新來乍到之人，索性以言語威脅怒罵，並毫不留情地開打。就連王老美亦頗爲不忍，曰：「人家的根基在那兒，人家是好人家兒女」，並責其「太不懂人道」。王九媽的刻薄、貪婪與狠毒，由此可見一斑。

反觀劉四姨一角，不若王九媽是開業後始涉入煙花行徑；她是個「老積年」，是在年輕時即身陷秦樓而一步步熬過來的：

> 姑娘，我小的時候比你還苦哪，我打七歲上就叫拍花的把我給拍來啦，也是賣在這個地方兒，叫我學彈唱歌舞，琵琶絲弦，我那會兒不懂得什麼呀，天天她們哄著我，叫我迎賓接客，後來我就七抓八抓，積攢了點兒體己銀子，我可就從良啦！（《京》頁 37）

這一番話，她是對著瑤琴說的。眼前這位青春麗人，即將面對的遭遇，彷彿重現她過去所經歷的種種，因此，這不禁使自己陷入回憶之中。她懷著同理之心，站在瑤琴的立場，對她進行開導與勸解：

> 以後自個兒留點兒心眼兒，攢點兒體己錢兒，自個兒贖身。一從良，找個合意的丈夫一過日子，往後也是一家子人家。長住了眼哪，你要遇見個好心眼兒的人兒，孩子，你那稱心的日子在後頭哪。我這個話全都爲你，你要再思再想啊！（《京》頁 38）

劉氏對瑤琴剖析她當下的處境，是無法容許其不就或脫逃的。既然如此，以她過來人的經驗，唯有咬牙面對一途，有朝一日才有從良的契機。瑤琴細思之，只得選擇應允，開啓她的花魁盛名之路。劉氏雖然成功說服瑤琴轉念，然其打從心底疼惜這位少女，除了認其做乾女兒，以防九媽虐待之外；更以「人之兒女，己之兒女」之語叮囑王氏：

> 我將才可打聽明白啦，人家雖不是官門之後，也是根本人家，已經落在這步田地啦，人家可是認了命啦，你可不許虐待人家！你想，人人都是父母所生，拿人家的骨肉給你掙錢，你這叫買良爲娼，本來就有傷人道，你再虐待人家，你居心何忍！俗話說：人有人心，那個菜還有菜心兒哪！我說這話，你那心裡放明白點兒！（《京》頁 40）

她並留下「鴇兒留得方寸正，妓女自然有熱心」之語，警惕九媽須持性端正，存心好善。兩個虔婆，同樣以壓榨年輕女子的肉體與青春爲業，王九媽是「買良爲娼」，硬是把好人家兒女推入火坑之中；劉四姨因爲曾經切身經歷，深知箇中甘苦，使其較富有人道關懷之價值觀，亦使劉氏虔婆一角之形象得以昇華，脫離老鴇之刻板印象。

本劇關目與排場的安置頗爲瑣碎，其中有諸多場目屬於過場性質。僅由腳色上場後，不多停留即刻下場，此多在劇首的開戰以及百姓逃難的場面中。劇中唸白亦頗富挖苦與譏諷特色，如：王老美攔阻九媽別對瑤琴動粗時，九媽回他：「你瞧你，老虎帶念珠，充什麼假善人哪！」；當劉四姨提醒九媽持性端正時，九媽應道：「存心好善奴爲首，忠厚我算第一人。」劉氏回她：「你呀，怎麼配哪，什麼造的！」；又如花魁偕劉四姨來向王九媽尋求贖身時，三人的一段對話：

王九媽：眞格的，你跟誰去？

花　魁：就是那秦郎。

王九媽：那個小賣油兒的，他養活得起你嗎？

花　魁：女兒不求富貴，只求人才。

劉四姨：這孩子有心眼兒，總是單夫獨妻往後有熬頭。她是寧做苦夫妻，不做富奴婢！

王九媽：對，對，這麼著好，比我強！

劉四姨：你沒那個德性，早晚有狗碰頭在等著你哪！

王九媽：不能夠，你別瞧行當不好，咱們心好！

劉四姨：你是什麼心哪？

王九媽：良心哪！

劉四姨：可是狗肺呀？（《京》頁 111）

這兩位老鴇的對話，對於花魁從良的對象，抱持既疑又羨之態度，更是互糗對方一頓，譏諷意味十足。而劇中的唱句與唸白，亦是相當口語化，嘆詞與發語詞俯拾皆是。這些句子讀來也極爲俚俗，如九媽對王老美所言:「麻吃花椒，辣吃胡椒，不辣，吃你媽的腳趾頭！」尖酸刻薄，倒有點潑辣意味了。而插科打諢的橋段亦有之，如秦重來到茶館裡，詢問酒保關於花魁來歷一段：

秦　重：唔，好酒！

酒　保：眞正高原封！

秦　重：呵呵，好一個美人哪！

酒　保：在哪兒哪？

秦　重：你看她眉清目秀。

酒　保：誰呀，說我哪？

秦　重：粉面桃腮。
酒　保：你說我哪？
秦　重：櫻桃小口，硃唇一點。
酒　保：我成了豬乖乖啦！
秦　重：哎呀美人哪！
酒　保：你怎麼著，瞧上我啦！
秦　重：哈哈哈……
（《京》頁 59）

此段對話，描述秦重著迷花魁的娉婷美貌，竟當著酒保之面發起夢來。就舞台上的表演看來，此段無非是以滑稽的動作或言語引觀眾發笑，插科打諢之性質頗爲濃厚。

同樣搬演「占花魁」故事，李玉的傳奇《占花魁》，與本齣《獨占花魁》京劇，除在書寫主題與人物背景方面有所差異外，在戲劇呈現之手法以及藝術風格亦各富特色。孟瑤云：

> （皮黃戲）戲劇的內容與一般人的生活，感情十分接近，戲詞也口語化，這些也都是與當時已經發展至極精美的純藝術境界的崑曲大異其趣的。總之，與崑曲比，它通俗；這通俗也爲皮黃所吸收變成自己的財產之一。〔註 90〕

孟瑤這段批語頗爲精當，清楚辨明崑曲與京劇雅、俗內容之特點。李玉的崑曲傳奇《占花魁》，文辭優美，意境高妙，文人作意相當突出；而是劇則是唸白俚俗，劇情內容反映生活化及口語化之特色。然而由於京劇乃雜采各家戲曲之長而形成，如早期四大徽班之中的「四喜班」，便是以專演崑曲劇目起家〔註 91〕。因此後出的京劇便可能因襲原有崑曲劇目之內容，或是據之加以改寫，以符合京劇「規範化」〔註 92〕之舞台表演方式。本齣《獨占花魁》京劇，

〔註 90〕孟瑤：《中國戲曲史》（台北：傳記文學出版社，1991 年 4 月再版），頁 424。

〔註 91〕毛家華編著：《京劇二百年史話．上卷》（台北：行政院文化建設委員會，1995 年 5 月），頁 3。

〔註 92〕京劇的行當乃繼承了中國戲曲的悠久傳統，如崑曲與地方戲之分行爲生、旦、淨、丑四類，此四者亦各有分支，而京劇之行當分類又更爲繁複。由於經過不斷地舞台實踐，京劇在表演上不得不要求規範化與程式化。一方面爲遷就觀眾欣賞的習慣，同時也便於演員在戲班之間的流動，若無規範化的演出方式，演員即無法改搭其他戲班演出。詳見毛家華編著：《京劇二百年史話．上卷》，頁 10～11。

其劇作內容承襲自李玉《占花魁》傳奇的痕跡相當明顯，前文已作說明；甚至能夠上溯自《醒世恒言》卷三之部分情節與文辭。在「占花魁」的故事群中，是劇實具有折衷及過渡之地位。

第三節　川戲《獨占花魁》

所謂的地方戲，除了由本地的民歌土謠所發展成的土生戲曲之外，皆不外屬於崑曲、弋陽腔、秦腔、皮黃四大系統。〔註 93〕曾經在中國各地所流行的大戲，除皮黃已公認爲國劇外，在北方則流行梆子腔；在東南則流行崑腔；在中部和西南則爲漢調。〔註 94〕漢調流傳入湖南地區後，對後出的地方戲產生間接影響，如粵劇本用漢調，後因地方環境關係而漸轉變爲風格相異之地方戲；又如川戲，其絲絃部份乃合漢調與陝調而成。〔註 95〕粵劇、川戲與滇戲，皆可視爲地方大戲之代表劇種。

一、川戲簡介

四川古稱天府之國，物資豐饒，山川秀麗，人物薈萃，故有優厚之條件適於戲劇之發展。川戲是中國西南部影響較大的地方劇種，流行於四川、重慶、雲南、貴州等地，爲四川地區深具代表性的民間文化形式。

川戲在傳統地方戲中，是一種極具典型的大戲。其富有特殊的風格，來源甚多，而川戲也就把這些不同的來源，各自獨立地保存其原來面貌。針對此點，孟瑤做如是分析：

> 這些類別中有高腔，也以高腔爲主唱，是屬於弋陽腔的系統；其次有崑腔，是一種由官員帶入四川的戲劇；其次是胡琴，它是指皮黃而言，也稱漢調；其次是亂彈，它是指秦腔而言，即川梆子；再次是燈戲，是他們的土生戲曲。我們說它各自獨立地保存其原來面貌，是指它的特殊演出方式而言，川戲的每一個戲班，在上演的時候，多半是高、崑、琴、亂配合演出，每種戲演一個劇目，這種作風是

〔註 93〕秦腔即爲梆子腔，中國北部與西北一帶爲其主唱區域。陝西、山西、河北、山東及河南等地，皆有秦腔與當地代表土調揉合而成的梆子腔。參見孟瑤：《中國戲曲史》（台北：傳記文學出版社，1991 年 4 月再版），頁 604～605。

〔註 94〕楊蔭深謂漢調後來變爲二黃調，與西皮調合爲皮黃，故言地方戲。參見氏著：《中國俗文學》（台北：世界書局，1995 年 10 月），頁 70。

〔註 95〕參見楊蔭深：《中國俗文學》，頁 73～75。

非常特別的。〔註 96〕

川戲有「高腔」與「絲絃」之分，高腔與各地流行的相同，絲絃乃是合漢調與陝調而成的。高腔唱法極爲簡單，僅需鼓板與唱者而已，唱詞以七字句及十字句佔多數。〔註 97〕

川戲是明末清初以來，中國戲曲聲腔劇種演變歷史的一個縮影。其以四川方言語彙來演唱故事，歷史悠久，是巴蜀文化的組成部分。宋代已有「川雜劇」之稱〔註 98〕；到了明代，四川則出現正式稱爲「川戲」之記載；至於清代，崑曲、二黃、秦腔等的傳入，與本土的聲腔相互交融，便形成多種聲腔合流的川戲。〔註 99〕川戲的角色，以一般劇種類似，亦分生、旦、淨、末、丑等五種，各行當均有自成體系的功法程序，能充分體現傳統戲曲虛實相生之美學特色。其劇本種類亦頗豐富，有傳統劇目與創作劇目千餘種，尤以喜劇著稱。〔註 100〕川戲表演極重表情，四川人有「聽」平戲「看」川戲之說，有時演員單以手足與眼演出，時間長至一刻鐘。〔註 101〕其表演細膩生動，表現手法亦豐富多樣，大膽運用藝術誇張風格，人物語言富有生活氣息，並與心境緊密結合，爲表演增添浪漫色彩。

二、《獨占花魁》川戲之故事特色

本劇分爲兩目，首目題名「獨占花魁」，包括：初遇花魁、遊湖進院、秦重煖瓶、估搶花魁、花魁遇難、救魁回院、院房留秦等七個劇目；次目題名「賣油郎抱茶壺」，包括：歇宿敘情、花魁請媒、花魁出院、遇會鄉親、美女餞行、慶賀團圓等六個劇目。兩目版心皆題「花魁」，皆爲木刻本。

本劇共有十三個劇目，關目頗繁，篇幅次於李玉《占花魁》傳奇及京劇《獨占花魁》。由於是劇情節多有更動改易，故先略述故事梗概：秦仲與生父

〔註 96〕孟瑤：《中國戲曲史》（台北：傳記文學出版社，1991 年 4 月再版），頁 650～651。

〔註 97〕參見楊蔭深：《中國俗文學》（台北：世界書局，1995 年 10 月），頁 75。

〔註 98〕參見周企旭：〈川劇百年的形成與發展〉，《四川戲劇》2001 年第 3 期（2001 年 6 月），頁 31。

〔註 99〕參見胡天成：〈川劇〉，收錄於王秋桂主編：《中國地方戲曲叢談》（新竹：國立清華大學人文社會學院思想文化史研究室，1995 年 5 月），頁 37。

〔註 100〕這些劇目中較爲著名者，包括：高腔四大本，即金印、琵琶、紅梅、班超；還有彈戲四大本，即春秋配、梅絳褻、花田錯、苦節傳；另有樓、院、配、記、圖、報等。詳見孟瑤：《中國戲曲史》，頁 656。

〔註 101〕參見楊蔭深：《中國俗文學》，頁 75。

秦良避兵災至杭州，偃蹇困頓，父遂將其賣與油販朱十老爲義子，改名朱重。後於眾安橋獨自賣油營生，復姓爲秦。清明時節，王孫公子遊西湖，出銀二百兩欲請花魁女捧琴伴遊。賣油郎見花魁出轎，驚爲天人，打聽方知其爲煙花女子；而花魁亦瞥見秦重，萌生愛憐之心，囑鴇母王九媽往後妓館皆由秦重送油。秦重得知花魁宿費爲白銀十兩，欲親芳澤，積攢半年始足。登門當日不料花魁至王府捧琴，回院時已大醉。秦重整夜爲其暖瓶溫茶，並以衣受其吐出之穢物，花魁知情後至爲感動，欲託以終身，並囑秦重時來探望。

官宦子弟吳八公子欲請花魁伴遊西湖，花魁厭其粗魯，稱病推遲。吳八公子怒而至院中擄人，強逼花魁於船上與之歡會，其堅拒不就，公子命人盡褪其衣衫，綑綁後棄於荒郊。幸逢秦重祭墳後經過，相救回院，花魁留其共度良宵。兩人相逢敘情，花魁苦訴身世，並表白願爲秦重妻房，贖身從良。一夜良宵，花魁叮囑秦重三日後務必再訪，自己則往劉四媽處，請爲良媒。劉氏口齒便給，能言善道，說親之事，鴇母王九媽開口贖金千兩，若爲賣油郎僅要三百兩。花魁將銀兩備齊，交由秦重翌日贖身。金相公爲仲人，攜兩位千里尋女之異鄉人至油鋪訪秦重，求僱於店內相幫。莘氏二老說明失散女兒之特徵，均與花魁肖似；秦重自身亦遭兵亂與父失聯，故認二老爲伯父母，安置家中侍奉。

花魁如願從良，眾姐妹齊聲祝福，九媽懊悔莫名、依依不捨。瑤琴與秦重歡喜拜堂，伯父母坐高堂，瑤琴終得與失散雙親重逢。而秦重爲尋生父四處拜廟，於油籠上書「汴梁秦」三字，後於天竺廟巧遇生父秦良，父子詳述離散經過，亦終得相認。

在人物方面，莘氏一家三口：莘善、阮氏與瑤琴，出身背景與《醒》卷三相同；所異者爲男主角秦重（篇首撰爲秦仲），他在篇首即道出自己的出身：

> 〔生引〕自守清貧，中途失散嚴親；易姓改名，也是聽天安命。〔詩〕男兒志氣透淩雲，蟬宮難攀枉費心。五車詩書無窮盡，室門反做買賣人。〔白〕小生秦仲是也，乃東京汴梁人士。爹爹秦良，昔年在福建做過七品縣任，所生小生一人。身在黌門，不幸〔註102〕母親早亡，爹爹告老回在原郡。（《俗文學叢刊》第105冊，頁219～220）

其亦爲東京汴梁人士，父秦良曾於福建爲七品縣任，故可謂宦家子弟。「身在黌門」代表秦重是受過教育的，此正可呼應「五車詩書無窮盡」一句。秦重身份的設定，與《醒》卷三之內容頗有不同，《醒》文中只云秦氏父子自汴京

〔註102〕原文作「辛」，按文意應改作「幸」。

逃難而來，十三歲上將他賣了，父親自去上天竺做香火。雖未云其是否曾就學，然可猜知其爲一般小民出身，家庭環境應無法供其入學受教，充分反映「市井」特色。若相較於李玉《占花魁》傳奇，秦良爲統制官，秦種乃生於武弁之家，受教自是當然；父親「爲官」的身分與川劇設定是近似的，然而《占》劇是武官，且秦良始終戎馬兵戈，戮力效命朝廷；而川劇中的秦良則曾任地方官，實與京劇《獨占花魁》劇中秦良一角「向爲官宦」之背景較爲接近；而兩劇中的男主角秦重皆明言以讀書求取功名爲志願，唯是劇云秦良已致仕歸鄉，與京劇稍有出入。是劇中秦氏父子逃難後的經歷，與《醒》文中的內容頗多一致。因此可做推測：本劇不單以一部作品爲底本，可能揉合《醒》卷三及京劇《獨占花魁》之內容，並在此基礎上進行增補改寫。

本劇與其它作品相同的角色另有：鴇母王九媽、劉四媽，以及地方富家吳八公子，這三個角色的形象，基本上與其它作品無甚差異之處。另在本劇新增人物則有：杭州八府巡按王太，這個角色在首目出現，清明時節登官船遊西湖，睹花魁姿色而命其至官府相會；銀是公子，杭州人氏，其父曾在朝奉君，遺留百萬家財，擁有八房妻室，乃一班遊湖貴客之首，邀得花魁登船獻藝；張小意，此人可視爲川劇版的「卜喬」一角，但其與小說中卜喬之背景不同。小說中卜喬爲瑤琴舊鄰，兩人在逃難時偶遇，瑤琴遭其拐賣至妓戶；而是劇瑤琴則在逃難時於杭州遇見張小意，兩人本不相識，張氏賊心起，認瑤琴爲表妹，將其賣入院中。此劇則略去邢權與蘭花兩個人物，秦重遭養父逐出之因，僅述「合夥之人搬動是非，道我偷盜家財」淡寫帶過。

全劇故事經營之最大特色，在於情節綿聯，不一次完全說足；而是分做數段，將情節拆解分述，或是在不同關目依次呈現某個相同情節。這種作法與其它「占花魁」作品相較頗爲特出，一般作品是將不同的故事情節分段鋪排呈現，織就成一幅完整的故事圖繪，能引起讀者好奇及興趣；而本劇的這種作法，則是將情節層層疊疊地呈現，予讀者加深情節之印象。茲舉一例以觀之：花魁初次現身，乃接受銀是公子一班貴客邀約，其唱道：

> 〔小旦上唱〕在綉樓巧梳粧捧琴歌唱，南樓上盡擺的百花異。〔白〕奴□簿反落在煙花小巷，又想起汴梁城一雙爹娘。只爲遇兵災中途失喪，因此上我花魁人落蘇杭。王九媽在院房將我撫養，誰人道他起了不良心腸，來勸我開懷時，休得妄想，若要奴去接客，自縊懸梁。劉四媽來勸我好言奉上，到後來他許我出嫁從良。奴好比李亞

仙並無二樣，缺少個鄭元洪救出院房須下，賤奴也是只得免強，一枝花反叫那人人來嘗。(《俗》105冊，頁228～229)

此爲其在劇中首次自述出身背景。敘及李亞仙與鄭元和事，以及「一枝花」一詞，似乎與《醒》卷三入話略有關聯。其後花魁慘遭吳八公子於西湖淩辱，自嘆道：

〔眾下小旦唱〕紅顏多薄命，只落得珠淚悲盈。自從逃難離東京，中途失散了雙親，只望逃脱我性命。誰知中途遇賊人，將我賣在院房內，更名花魁。(《俗》105冊，頁275)

這一段唱詞，則是嘆己身紅顏薄命。進一步點出墮入風月場之原因，在於「中途遇賊人」，並道出「花魁」之名乃在妓院更名而得。花魁在西湖畔幸遇秦重相救，兩人是夜歇宿敘情。面對賣油郎詢問自己的身世，她更進一步地述說自己的出身經歷：

〔旦白〕姓王的是我媽娘，奴乃逃難遇了賊人，將奴賣在院房。那時奴纔十歲，蒙九媽看養成人。……秦相公不知奴是東京汴梁人士。爹爹主善，母親萬氏，無有三男四女，單生奴家一人，乳名叫做瑤琴。自幼隨爹娘長成，九歲能□詩詞歌賦會□瑤琴，爹娘愛如掌上明珠一般，因此更名瑤琴。只因金國作亂搶奪汴梁，家家逃生，户户逃難，爹娘帶〔註103〕了奴家天涯逃難。不料行不半途被賊兵冲散，一雙父母不知生死存亡。那時奴方十歲，逃在杭州遇了一人叫做張小意，誰知那賊起心不良，把奴認做表妹，將我賣在院中。……〔白〕在院中住了五載，九媽叫奴接客下賤[事]，奴不從懸梁自縊。比時劉四媽前來勸解，你這女子好蠢，你若自縊身死，豈不白送了一條性命？不如聽我相勸，做一個眞從良、假從良。(《俗》105冊，頁295～297)

在這段話中，她詳述自己幼時的家庭背景，爲何逃難，如何遭受賊人張小意拐賣入妓院，以及劉四媽以從良之理勸其下海接客之過程。比起前兩段所言，這番話完整道出原因、經過，以及過程中的相關人物。

在故事的末段，則由莘氏夫婦登場，自敘家中三人當初離亂的經過：

老漢莘善，祖籍汴梁安樂□人氏。自那年逃兵避難，我夫妻帶領一十二歲的女兒，名喚瑤琴。來在中途，偶遇官兵鬪散。我夫妻四路找尋，至今五載，旦無音信，來在這臨安城內，腰中空乏。(《俗》

〔註103〕原文作「代」，按文意應改作「帶」。

105 冊，頁 318）

這是以莘善的身分及立場，述說當初家人逃難的一段歷程。後來面對秦重的詢問，莘善作了進一步的說明：

我本是汴梁人，名叫莘善，聚的妻阮氏女□知，愚賢生一女叫瑤琴。爲遭兵亂，十二歲失散了，至今五年。爲女兒我夫妻哭破雙眼，爲女兒我夫妻去了家園〔註 104〕，走天涯和海角到處尋遍。來在了臨安城盤費用完，蒙相公不澤棄把我照看，這恩德我夫妻□在九泉。（《俗》105 冊，頁 322）

上述五段引文，其實僅在說明莘家三人的背景，及失散後的各自經歷。雖分作五段敘述，但實謂同一件事，手法則由淺入深、由點擴及面。故事作者讓瑤琴與莘善各別表述，不致流於單調，令觀眾及讀者失去興趣；且能以雙方的觀點互爲佐證，強調過程的眞實性。雖是講述同一件事，卻在分段敘述中營造出反覆迴旋的效果，爲本劇藝術手法呈現之高明處。

本劇的主題，以賣油郎與花魁的愛情故事爲重心。兩位主角從定情至結合之過程，可引劇中兩句歸結：「我愛他厚道人溫良恭儉，他待我美恩情無可報還」。劇作中增添部份情節，如劇首寫銀是公子邀得花魁登船獻藝，以及「遊湖進院」一目寫八府巡按王太爭搶花魁入院接待；劉四媽登場時的一段自我介紹；「美女餞行」一目，九媽家各個粉頭依序登場自敘煙花行徑；以及劇末「慶賀團圓」一目，對於天竺廟壇上列位神佛之描述。這些情節充其量而言，可視爲點綴之用，對於主題之渲染並無直接助益。唯「遊湖進院」及劇首部份，王孫公子爭搶花魁，眾人雖愛之若寶，但花魁身爲娼妓，終究得周旋於眾家貴客間，任人使喚；以及吳八這一類無賴公子，吃醋拈酸，嫉心如炙，更視人命爲草芥。劇中增添對於王孫公子之儔的刻畫，可視爲襯托賣油郎厚道、志誠及善良之性格，突顯男主角之形象。

綜觀全劇，花魁的戲份比重，較秦重來得多，或許出於編劇者之作意，莘、秦二人的戀愛故事，花魁始終居於主導地位。秦重在初睹花魁之美後，對其念念不忘，「恨不得上前去緊緊摟定，我秦仲死九泉也得甘心」，遂決心積攢銀兩，半年後拜訪九媽妓院，欲見花魁一面。相較於其它「占花魁」故事中的長久等待，屢次落空；本劇秦重在登門當夜即待花魁返院，稍爲削弱了在其它作品中所營造的期待感，以及賣油郎堅持到底的精神。花魁返院時已大醉，秦重不以

〔註 104〕原文作「圓」，按文意應改作「園」。

爲忤，整夜伴其身旁，並解扣懷抱茶瓶，令花魁醒來時有溫茶可潤喉。其夜半酒醒欲吐，賣油郎以衣盛其穢物，復在旁守候睡去的花魁。隔日花魁醒來，問明昨夜經過，心中既憐惜又愛其體貼老實，兩人的情緣就此種下。

至於瑤琴，她是通曉詩詞歌賦的才女，出身於小康家庭的掌上明珠，因戰亂淪落爲風塵女子。雖身爲花魁，「與那官家小姐一樣，呼奴使婢」，「蘇杭二州，大小官員、王孫公子，誰人不愛，那個不喜」，表面看來風光，養尊處優，但她不免自嘆「奴好比李亞仙並無二樣，缺少個鄭元洪救出院房須下，賤奴也是只得免強，一枝花反叫那人人來嘗」，道盡娼女的無奈與從良之想望。

秦重初見花魁天仙丰儀，爲其傾倒不已；但劇中亦安排花魁同時覷見賣油郎之一幕：

> 〔旦〕那是賣油郎？哎，可惜了！〔唱〕可惜了賣油郎到還雅俊，爲甚麼好子弟反在受貧？如今人在難處，有誰憐憫我花魁，見了他心中酸疼。〔白〕九媽，看那賣油郎是窮人，問他有多少油，與他買完，等他明日好做生理。……〔白〕九媽，從今以後叫賣油郎與我們送油。（《俗》105 冊，頁 233～234）

這一段花魁初見賣油郎之情節，在所有「占花魁」相關作品中皆所未見。花魁初見賣油郎貌頗雅俊，料其應爲好人家出身，卻在此販油受貧。這令她不禁反觀諸己，自己何嘗不是出身於小康之戶，如今卻淪落風塵，兩人的不堪境遇是相似的。花魁出於同理之心，對賣油郎心生愛憐，她藉鴇母之力暗助這位青年。殊不知此一舉動，實爲兩人日後的再次會面種下契機。此段情節的增寫，描寫花魁「感同身受」之同理心，昇華劇中的花魁形象。

兩位主角初會之夜過後，花魁問明賣油郎來意，憐惜之心再起，「好叫我心中不忍，小生理又寧有多少資本，怎捨得十兩銀來會奴身？」加上秦重體貼地將自己嘔吐之穢物以衣盛裹，花魁內心更爲不忍，遂唱道：

> 可惜他是一個貧窮之輩，是衣官並王孫，可托終身。昨夜晚奴代酒把君失敬，我和你上牙才再敘恩情。〔生唱〕多感得花魁姐把我照應，我本是愚蠢人，敢不應承。我爲你整年半把心費盡，今夜晚陪〔註 105〕美人得遂乎生。〔旦唱〕奴愛他志成人，生來雅俊人，以〔註 106〕後奴與他要托終身。（《俗》105 冊，頁 257～258）

〔註 105〕本劇「陪」字均作「倍」，按文意改作「陪」。
〔註 106〕原文作「已」，按文意應改作「以」。

原本花魁還存有勢利之心，將自己從良的希望寄託在往來的「衣官王孫」身上；但她見到賣油郎謙抑的態度，聽到他述說苦心積攢之心聲，直爲其志誠之情心折不已。加以花魁之前便對秦重棲身市井賣油之景象萌生憐惜，先有好印象在前。已於風塵中浮沈五載的她，頓時覺悟眼前這位「雅俊人」，目前雖爲生理奔走計較，然而爲人誠懇老實，或許將來會有一番作爲。花魁從此便一片痴心向他，欲托以終身，並囑其時來探望，爲免相思。劇中寫花魁經此夜後，一整年竟不再出院接客，所爲即是她翹首盼望的賣油郎，有朝一日再來相會。亦因此，花魁不肯招接吳八公子，惹起暴行禍端。在「院房留秦」一目中，花魁對秦重吐露了她心底的聲音：

〔小旦白〕秦郎那！〔唱〕想從前別君家常常掛念，在院中想郎君把眼望穿。我爲你得下了相思病患，茶不思飯不想□每難安。吳公子他搶奴所爲那件，思想你纔栽下這樣禍端。奴爲你受盡了多少磨難，今晚下會佳期，死也心甘。（《俗》105 冊，頁 283～284）

瑤琴的這番心聲，說來如泣如訴，把她長期以來對秦重的思念傾瀉而出，幾已至無法自拔之地步。由此可觀之，瑤琴隨秦重從良之願，是至爲堅定且熾烈的。編劇者亦藉由此一情節設計，爲瑤琴之人物形象添上濃厚的浪漫情志與色彩，此亦爲其它「占花魁」作品所未有之特色。

本劇之唱句與說白，雅俗兼容。韻文如：「男兒志氣透淩雲，蟾宮難攀枉費心。五車詩書無窮盡，室門反做買賣人。」說白則如：「正是積攢半載費心機，十兩白銀會佳期；撥開羅帳佳人醉，魚水交歡在夢裡。」賓白雅致優美；劇中甚至援引《詩經・桃夭》之「桃夭」與「其葉蓁蓁」等語詞，頗富文人氣息。然而當述及煙花行徑時，卻又寫得毫不遮掩。如劉四媽謂嫖客「一個個愛年輕腳小好看，上了床好一似牯牛抄田，一個月要登濫幾床草荐竹床」，將其喜好展露無遺；又如「美女餞行」一目，妓館眾家粉頭陸續登場：

〔二旦上唱〕我爹娘生下我肥膘兩片，若有呑嘗一嘗，又香又田，那一個有錢來，任隨他幹；無錢的呑口水，看倒爲難。〔三旦上唱〕奴本是藍盆子，有錢就幹。幼年時我也還紅過幾天，一輩子我總是害怕老陝，把子口掙壞了就要半年。（《俗》105 冊，頁 327～328）

編劇者藉由這些娼女之口，極爲露骨地刻畫娼妓從業之心態與無奈，語詞之直接俚俗，讀之令人印象深刻。然而語詞之俗，並不減全劇關目營造之獨到與特色；劇中散發的民間氣息，亦不失作爲一齣地方戲之本色。

第四節　粵戲《獨占花魁》

粵戲爲流行於廣東省的地方大戲〔註107〕，又稱廣東大戲、廣府戲等。流行於講說粵語地區，如廣東、廣西、香港、澳門及華僑聚居之地。粵劇有其長久的歷史淵源，繼承中國戲曲「以歌舞演故事」的藝術傳統，並形成自己的獨特風格。爲中國南方地區自成一派的戲劇瑰寶之一。

一、粵戲簡介

粵戲興盛於廣東地區，是否就與「廣東戲」畫上等號？在此應先略作正名，以明其分際：

> 我們稱廣東戲爲粵劇，是一種很不正確的說法，因爲一般習慣所稱的粵劇是廣府戲，或廣州戲。它是廣東省境內流傳最廣的戲，卻不是唯一的戲。廣東省的戲劇除粵劇外，還有潮劇、瓊劇、廣東漢劇、正字戲、西秦戲、白子戲、采茶戲等。粵劇雖然流傳最廣，影響最大，但其他的戲，也都有其獨特的風格。〔註108〕

孟瑤的說法，清楚地劃分「粵劇」與「廣東戲」可能致使混淆的關係。粵劇是廣東地區的最大劇種，是以廣州爲重心，向外發展壯大的一種戲劇。楊蔭深謂兩廣地區的地方戲，最初皆根源於漢調。粵劇本也用漢調演唱，後來因爲地方環境關係，逐漸產生變化，而演變爲與漢調絕異的地方戲。〔註109〕

廣東省最初流行的唱腔，與兩京、湖南及福建等地相同，皆是弋陽腔的流布區域。崑曲所向披靡後，本地亦曾受其影響；最後則因皮黃躍居中國戲劇主流，而成爲梆黃的天下。〔註110〕粵劇的歷史可概述爲：最遲起源於明成化年間已存在的本地酬神土戲。明中葉以來，先後受到弋陽、崑腔及梆黃等「外江班」較完美戲劇形態與唱腔影響，採用「戲棚官話」演唱梆黃腔調。至清中葉以後，積極汲取廣州方言，以及廣東民間的俗樂與本地土戲唱腔等養分，使其地方性日益增強，逐漸演變成爲具有嶺南韻味與鮮明風格特色的粵劇。〔註111〕

〔註107〕曾永義：《俗文學概論》（台北：三民書局，2003年6月），頁763。

〔註108〕孟瑤：《中國戲曲史》（台北：傳記文學出版社，1991年4月再版），頁629～630。

〔註109〕參見楊蔭深：《中國俗文學》（台北：世界書局，1995年10月），頁73～74。

〔註110〕參見孟瑤：《中國戲曲史》，頁630～631。

〔註111〕「戲棚官話」頗近於桂林方言。參見康保成：〈從「戲棚官話」到粵白到韻白——關於粵劇歷史與未來的思考〉，《江西社會科學》2006年第1期（2006年1月），頁26。

關於粵劇的唸白，最常見的是一般的「口白」。它不用押韻，不受節拍的約束，不分上下句，句子可長可短，且較爲口語化。有的粵劇口白念時以音樂襯托，常注明爲「音樂襯白」。唸白還有數種，如：「有韻口白」，口白句子可長可短，每句字數自由，但幾乎句句押韻；「鑼鼓白」，句式可長可短，這類唸白多用於抒發人物激動的心情，因此念來鏗鏘有力，句子較爲短小精練；「引白」，一般用於人物上場，基本上爲七字句或五字句，多爲兩句或是四句；「詩白」，以一首四句的七言詩或五言詩作爲唸白。其它另有數種唸白，可見得粵劇的唸白是相當靈活自由且多樣的。〔註 112〕

余秋雨認爲，粵劇有其特出的藝術特徵：善於表達豔麗的情感。劇中人物的情感是較爲著重世俗人情的，此乃嶺南風格所造成；故事情節較適合表現美麗的傳說。粵劇的風格秀美，故適於呈現浪漫的故事情節；情節結構及語言皆頗爲簡明輕快。〔註 113〕粵劇是糅合唱作念打、樂師配樂、戲台服飾及抽象形體等的表演藝術。其擁有豐富優美的唱腔，獨特瑰麗的服裝與臉譜，以及精美見稱的舞台布景，無不彰顯其濃郁的嶺南浪漫文化特色。

粵劇享有「南國紅豆」之美譽。除了唱腔廣納各家之長外；在劇目與情節方面，粵劇亦是海納百川，既承襲及改寫其它戲曲與小說作品，甚至融入西方文化及語言入劇，劇目多達萬種，是包容性及適應性極高之劇種。長期以來，「方言粵劇」一直是粵劇的主流，受到粵、港、澳等地及海外華人青睞；然而就因爲其以廣州方言入劇，以致和北方觀眾產生極大隔閡。即便粵劇曲詞優雅，旋律婉轉動聽；然而粵劇不同於粵曲，作爲推動故事情節的唸白部份，往往使粵語方言區以外的觀眾懵懂難明。〔註 114〕因此粵劇始終流行於固定區域，難以突破北上獲得更多迴響。

二、《獨占花魁》粵戲之故事特色

本劇題名爲「獨占花魁」，木刻本。封頁上書「廣州市太平新街」、「以文堂」字樣，爲廣州市以文堂印行；卷端題「新戲橋獨占花魁」；版心題「獨占

〔註 112〕詳見潘邦榛：〈粵劇的念白〉，《南國紅豆》1998 年第 1 期（1998 年 1 月），頁 50～52。

〔註 113〕詳見余秋雨：〈余秋雨談粵劇〉，《南國紅豆》2001 年第 3 期（2001 年 5 月），頁 20～21。

〔註 114〕參見康保成：〈從「戲棚官話」到粵白到韻白——關於粵劇歷史與未來的思考〉，《江西社會科學》2006 年第 1 期（2006 年 1 月），頁 26。

花魁」。關於封頁上所書「廣州市太平新街以文堂」，已清楚標明出版者與出版地；至於出版時間，筆者援引相關資料茲作說明：

> 說是一冊，其實只有六葉。封面題《紅毛番話‧貿易須知》，繪一紅毛，戴禮帽，手持司的克。封面下方有「以文堂只字無訛」字樣。……書是木刻本，無刊刻年份，但從刻書的書肆以文堂，可約略知其大概年代。以文堂與五桂堂、醉經堂都是廣州城裡老字號的書鋪，都成立於光緒中葉，位於西關第七甫的鬧市中，曾經刻了大量的木魚書。民國以後路名更改，以文堂的確切地址是光復中路狀元坊內太平新街。民國間所刻或所印木魚書大都寫明書肆地址，由此或可探知刊刻年代。但此冊《紅毛番話》未寫明以文堂所在，故很可能是晚清之物，但又不大可能早於光緒中葉。〔註115〕

這段文字略及廣州以文堂之背景資料。其謂該堂成立於清光緒中葉，原址在民國成立以後有所改易；又謂民國間所刻或所印大都寫明書肆地址。若據此說，則本劇上題「廣州市太平新街以文堂」字樣，則應為民國後刊印。至於卷端所題「新戲橋獨占花魁」字樣，據筆者檢索，「戲橋」是指早年粵劇做「大戲」演出時，或放映電影的「劇情說明書」和「電影說明書」之俗稱。當時是隨戲票贈送的，爲的是使觀眾了解劇情〔註116〕。

劇情梗概如下：朱仲賣油維生，某日偶見娼女花魁，心生愛慕，積攢十兩資費後得以會見。花魁酒醉嘔吐，污髒朱仲衣裳，欲賠銀兩而朱氏不受，對其心生好感。公子惡少吳八耳聞花魁艷名，指名要其陪酒遭拒，將之強行擄走，剝光衣衫推至山坑，爲途經的朱仲所救。花魁遂以身相許，隨其返家。

本劇關目情節較少。由故事梗概可知，劇情較之於其它「占花魁」戲曲濃縮甚多，僅餘賣油郎初見花魁、相會之夜花魁醉吐、吳八暴行以及花魁爲朱仲所救等情節。主要角色亦僅有賣油郎朱仲、娼女花魁、龜婆陳氏及惡少吳八四人。

就故事背景而言，全劇未揭示故事發生之時間、地點，是本劇特殊之處。男主角朱仲本姓秦，在情節方面被生父賣與朱姓油販，自此生父未於劇中現

〔註115〕周振鶴：〈『紅毛番話』索解〉，《廣東社會科學》1998年第4期（1998年7月），頁145～146。

〔註116〕本筆資料爲網路檢索所得。引用網址：
http://www.fsonline.com.cn/fston/fstonrw/wwschan/200307170140.htm
（引用日期:2008年4月15日）。

身。而養父朱氏因遭「荷花賤人」害死，而荷花又與夥計邢權十分相得，故事敘述「後來蒼天報應昭彰，雷劈當堂」，使得故事添上一抹果報色彩。這樣的情節安排，與京劇《獨占花魁》中，兩人遭盜賊所害之橋段，報應方式雖有不同，然而同具因果意味，箇中頗有異曲同工之妙。

朱仲攢足十兩之後，表明欲會花魁，鴇母陳氏便逕喚後廂的花魁接客，兩人至此爲初次交接。這段從男方一見鍾情至雙方見面的過程，推進得相當迅速，省略了原本在小說「占花魁」作品中「久候」及「屢訪未果」的時間距離。在前述川戲《獨占花魁》中，賣油郎帶著銀兩初次登門拜訪娼館，表明欲會花魁之意後，鴇母即讓他在院內守候至夜始歸的女主角。就兩位主角相會的時間軸來看，川戲與本齣粵戲是較短的；而本劇更是交易當下即刻見面，因此稍微削弱劇情的「期待」張力。

本劇在情節上最明顯的改造之處，是在吳八公子擄去花魁事件之後。首先是鴇母陳氏的反應，面對如此的突發狀況，她顯然慌了手腳：

> 【丑白】他恃有財有勢，將我女兒搶去。如何是可？也罷，于今剩得有錢銀，不免唔做娼寮，享吓福罷咯著呀！（《俗》133 冊，頁 535）

身爲花魁名妓，其必爲妓館賺進大把利市，因此鴇母言「于今剩得有錢銀」。花魁不知去向，陳氏當下求援無門。她或許擔憂起：即便尋回花魁，將來難保不會再有如吳八一般的惡客上門，屆時屢生事端，勢必不堪其擾，更壞了妓院名聲。於是她索性歇業，帶著錢財另去過日子。

其次則是花魁得救一段。花魁遭吳八狠推山坑之下後，幸得朱仲路經相救，朱氏一番憐惜勸慰；花魁則是盡訴衷情：

> 【旦唱】相公果然仁義廣，奴家不願轉院行。跟隨爾回家，堂上侍奉，衿枕度時光。【生唱】既然不棄寒微樣，飢鹹淡飯在家堂。恐怕鴇娘知道上，不肯相容也枉然。【旦白】相公此事不必過慮，鴇娘定然估奴家死了，料然不妨。【生白】既然如此，且隨我回店房便了。【唱】此乃前緣天注定，千里可能繫赤繩，手攜愛卿往前進。（《俗》133 冊，頁 538～539）

花魁得朱仲相救之後，當下即決定隨其從良，脫離楚館生涯。朱仲本還擔憂老鴇必不肯應允，不料花魁竟說陳氏應料其已遭遇不測，便自作主張地隨朱仲遠走。於是鴇娘停業，花魁離院，兩方在毫無交集的情況下，故事至此結束。這兩段情節的安排，可謂是出人意表的，對照於其它「占花魁」作品之故事，沒有一部如這般結局，幾乎是草率收束。雖說劇情寫鴇母決定歇業，是讓花魁自由選擇從良的決定變得合理化；然而顧此失彼，全劇便顯得虎頭蛇尾。結局不見高潮，就像故事說得不夠精采，自然失去感染接受者的力量。

在人物部份，首先登場的是賣油郎朱仲。他的成長背景是坎坷的，因母喪遭生父賣與朱氏，而朱氏又爲他人所害，生父亦不知去向。就身分而言，已與孤兒無二致。而花魁一角，劇中更是未敘及其背景與來歷，僅云是由老鴇陳氏買得。兩位主角料應俱是寒微出身，孤兒的身分使得他們日後在選擇姻緣時，有極大的自主空間。本劇較特別的是老鴇一角，試觀其背景：

> 人做龜婆心腸毒，我做龜婆心腸足。但逢初二與十六，各人得餐飽豬肉。老身陳氏，不幸夫君早喪，並無人所靠。是我拉皮條度日，剩得三頭五百，在本處開間勾魂院。又買得一個女兒名喚花魁，十分天姿國色，于今閒暇無事，不免坐在院中，等候人到來幫襯也罷。【唱】擺下名喚風流陣，有人嫖舍要現銀。（《俗》133 冊，頁 526～527）

此位老鴇的來歷，與其它「占花魁」作品之內容相較頗有不同。在其它作品中，寫王九媽者最多，而王九娘、王氏亦有之；唯是劇以陳氏出。其餘作品皆未敘及此位鴇母來歷或背景，但在本劇中交代得頗爲清楚。她因爲夫喪，無所依靠，因此從拉皮條做起；攢足資本後，便開起妓戶，買得花魁來大燒利市。如此的身分設定，使得這個角色的「從業理由」較能獲得認同。

本劇主題爲「獨占花魁」。然而綜觀全劇，並無任何關於花魁會客之描述，致使「花魁」徒具其名，卻未有身價之實。即便劇中出現的兩位男性角色，亦未曾與其交接。朱仲及花魁的角色形象不夠完整立體：朱仲不具備它本「占花魁」故事中的志誠、老實形象；花魁則是缺乏眾家貴客競逐之身價寫照。而故事又欠缺豐富跌宕的情節經營，是以全劇無法突顯賣油郎得以「獨占」花魁之合理依據。

作爲一齣地方戲，以粵語方言入戲，爲粵劇之主要特徵。本劇中有多句唸白即以粵語述之，如：「吘花魁咁者」〔註 117〕、「勢唔估到得番双倍咁番貨」〔註 118〕等句，筆者須經檢索解讀後始能領會其意。這些唸白部份，本應是推動故事情節的主力；然而逕以粵語入文，令不諳粵語者無法理解，造成觀眾解讀故事情節的滯礙，此亦爲粵劇普及廣布之局限處。

〔註 117〕筆者譯爲「就叫花魁這麼罷」。
〔註 118〕筆者譯爲「怎樣都料想不到能得到如此雙倍的財物」。

第五節　嘣嘣戲《花魁從良》

前節曾述，中國的地方戲，可分作「大戲」與「小戲」兩大系統。大戲如皮黃、崑曲、川戲、粵戲等；小戲則是野生的藝術，是新興於民間的藝術形式。唱的是民間日常所見之事，如男女戀情、家庭瑣細、打諢滑稽等。起初多是坐著清唱，後來漸發展為起身扮演，成為一種戲劇的形式。雖然戲文內容生活俚俗，難登大雅之堂，卻最受大眾歡迎，始終在各地流傳不衰。源自於北方的嘣嘣戲，即為其中代表之一。〔註 119〕

一、嘣嘣戲簡介

關於「嘣嘣戲」名稱之起源，可謂眾說紛紜，各家主張說法莫衷一是。茲先援引教育部「重編國語辭典修訂本」之檢索資料為例說明：

> 蹦蹦兒戲（ㄅㄥˋ　ㄅㄥˋㄦ　ㄒㄧˋ）：一種流行於我國華北、東北一帶的劇種。源出河北灤縣、昌黎一帶的對口蓮花落，後吸收河北梆子、京劇等，成為類似梆子戲，而唱詞歌調則更簡單。亦稱為「評劇」、「評戲」。〔註 120〕

該條資料對於「蹦蹦兒戲」之起源、演變與特色，做了簡要概述。然而其標舉之名稱為「蹦蹦兒戲」，又與本節探討之「嘣嘣戲」名稱有異，故於此則須先進行正名。

楊蔭深認為，「蹦蹦戲」命名之意，乃源自想阿寶以為北平有種小昆蟲名為「蹦蹦兒」，善於跳躂。蹦蹦戲亦注重「跳躂」，故借為名。〔註 121〕劉復亦名之為「蹦蹦戲」，謂其為許多人合同扮演的〔註 122〕。孟瑤則謂河北小型戲曲中的「評劇」，即為北方所流行的「落子」，又名「蹦蹦」。對於「蹦蹦」二字之來源，其說明：

〔註 119〕此類小戲最初扮演時，無所謂戲台形式。或於曠場，或者拼就幾張桌子，使用樂器簡陋，僅用鼓板合著拍子，或用胡琴和著伴奏。至於服裝與化妝，皆無所謂特別準備。劇本無人編寫，就將原有歌曲互相對唱，但為迎合觀眾心理，有時加幾句對白，尤其是打諢插科之類，藉以吸引觀眾興趣。詳見楊蔭深：《中國俗文學》（台北：世界書局，1995 年 10 月），頁 67～68。

〔註 120〕本條資料引用網址：http://dict.revised.moe.edu.tw/（引用日期：2008 年 4 月 13 日）。

〔註 121〕參見楊蔭深：《中國俗文學》（台北：世界書局，1995 年 10 月），頁 80。

〔註 122〕劉復、李家瑞等編：《中國俗曲總目稿・序》（台北：中央研究院歷史語言研究所，1932 年 5 月初版；1993 年 2 月景印一版），序頁 1。

> 有謂蹦蹦戲即「半班戲」的訛念，即所謂雛型戲曲的意思；又謂蹦蹦是對該劇藝人的一種輕蔑之詞，蹦蹦是形容動物的跳動，以譏其不中規矩繩墨的意思。所以他們自己是不喜這兩個字的，因此自稱爲「吃雙調兒的」；另外還有「玩意兒」、「編曲」、「二人轉」……等名稱，最後才定名評劇，是一種雅稱。〔註 123〕

孟瑤指出「蹦蹦」爲動物跳動之摹聲詞，可資呼應楊蔭深的說法。又謂其爲「半班」之訛念，有「二人轉」等別名，最後定名爲「評劇」，是與前述辭典資料吻合。

然而，早先研究嘣嘣戲成績斐然的阿英（1900～1977）與李家瑞，均主張應作「嘣嘣」。首先就阿英所述以觀之：

> 嘣嘣戲從北方到了南方，口旁變成了足旁，因而我的一篇稿子，全部的「嘣」字，也被口字變成足字。……且《北平俗曲略》和北平印行的戲本，也都作口旁，可作兩大力證，我之用口旁非誤。又嘣嘣戲不僅是評書、京戲的混血兒，也還加入了花鼓戲的成份。〔註 124〕

其說明原在北方搬演的嘣嘣戲之名，傳至南方卻被改爲足字旁的「蹦蹦戲」。他在另一篇文章中，則引《北平俗曲略》之資料，駁詰《大公報》白丁所謂「嘣嘣爲『半班』兩字促音，故嘣嘣戲即爲『半班戲』」之說。〔註 125〕現就李家瑞之說法以證之：

> 嘣嘣戲有人稱爲半班戲，以其戲班中腳色常不足，往往以一人兼作幾種腳色，所以只用半班的人數。這話不過是因爲「嘣嘣」二字的音近於「半班」，所以附會出來的，一班半班並有甚麼標準？而且嘣嘣戲的班子，也儘有組織很完全的，半班戲的名稱，完全不能成立。現有嘣嘣戲的本子，不下數百種，都標著「嘣嘣」字樣。我想這「嘣嘣」的名稱，必是因爲戲中所用樂器，以梆子爲主，而梆子的聲音，即是「嘣嘣」然，所以即稱爲嘣嘣戲。這裏有兩個理由：（一）俗造字中表示聲音的字，都加口旁，這嘣字加口旁，也有表示聲音的可

〔註 123〕孟瑤：《中國戲曲史》（台北：傳記文學出版社，1991 年 4 月再版），頁 609。

〔註 124〕阿英：〈關於嘣嘣戲〉，原載於 1936 年 4 月 6 日上海《大晚報》副刊「火炬」。收錄於阿英等著：《阿英全集・附卷》（合肥：安徽教育出版社，2006 年 5 月），頁 130。

〔註 125〕詳見阿英：〈嘣嘣戲的名稱由來——答『大公報』白丁先生〉，收錄於阿英等著：《阿英全集・附卷》，頁 131～132。

> 能；（二）「嘣嘣」有人念作「蚌蚌」，有人念作「笨笨」；這就是因爲敲梆子的聲音不與語音密合，聽者各隨所聽而比擬之。〔註126〕

李家瑞駁詰「半班戲」之說無法成立，並爲「嘣嘣戲」之名稱由來提供極有力之佐證。因此可謂「蹦蹦戲」實爲「嘣嘣戲」之訛名，內容實則一也。

嘣嘣戲與「秧歌」一般，俱爲流行於北方的民間小戲。關於其起源，楊蔭深比較想阿寶、魯男子及洪深等各家主張，採用想阿寶謂起於「秧歌改造」之說法。〔註127〕李家瑞則謂嘣嘣戲又稱「奉天落子」、「奉天評戲」，唯是否源於奉天已不可考。然而在戲詞中確實遺有許多評書口氣，往往在兩人接唱之際流露出來。至於嘣嘣戲之體制特色：

> 嘣嘣戲戲文的組織，略如梆子腔，惟詞句全用俗話，說白應對，完全和平常口氣一樣。所用的樂器，也和梆子腔差不多，也是以老胡琴和梆子爲主，不過音調比較簡單些，沒有梆子腔那樣的變換多。普通戲劇的唱詞，都不能句句聽清，惟有嘣嘣戲的唱詞，卻能一字一句都聽得明白。〔註128〕

李氏清楚指出，嘣嘣戲之戲文體制及輔助樂器，與梆子腔頗爲相近；並點出其唱詞「通俗」之特色，且多唱男女間的戀愛故事，故在表演時能夠讓觀眾聽得明白。又因爲表演時所需演員較少，伴奏簡單，對於化妝及舞台之條件要求較低，因此早期在鄉間農村頗爲流行。

嘣嘣戲爲後起之劇種〔註129〕，因俗曲以抄本或木刻本通行時，並無嘣嘣戲的本子；直到後出的石印、鉛印本通行時，始有相關戲本刻印問世。

二、《花魁從良》嘣嘣戲之故事特色

筆者於《俗文學叢刊》第124冊中得有《花魁從良》嘣嘣戲曲本一部；

〔註126〕李家瑞：《北平俗曲略》（上海：上海文藝出版社，1990年5月，依據國立中央研究院歷史語言研究所1933年1月版影印），頁22。

〔註127〕據楊氏《中國俗文學》所述，魯男子謂起自灤州影戲；洪深以爲起自灤州的驢子會；而想阿寶則謂起自秧歌改造，是由《馬寡婦開店》與《小老媽》二劇看出其遺跡。其表演形式不僅唱，且加以「扭」，即爲前述之「跳蹉」。詳見氏著：《中國俗文學》（台北：世界書局，1995年10月），頁79～80。

〔註128〕李家瑞：《北平俗曲略》（上海：上海文藝出版社，1990年5月，依據國立中央研究院歷史語言研究所1933年1月版影印），頁22。

〔註129〕楊蔭深謂嘣嘣戲原始於唐山，繁榮於關外，然後始傳到平、津一帶，這還是在民國21年（1932）以後。故嘣嘣戲之崛起只是近代的事，不是最早即有的。詳見氏著：《中國俗文學》（台北：世界書局，1995年10月），頁80。

另於中研院傅斯年圖書館檢索得有三部嘣嘣戲善本影像。這四部嘣嘣戲之曲本，版式皆爲鉛印版，曲本內容大同小異，唯有少數唱句與唸白略微改易字詞；主要差別在於出版者與曲本封頁相異，排印版面與題名亦有別也。茲列四部作品之封面書影如後：

圖　一

圖　二

圖　三

圖　四

圖一爲收錄於《俗文學叢刊》第124冊中之嘣嘣戲曲本《花魁從良》，每面十七行，共九面，出版處所不詳；圖二爲《獨占花魁》曲本，頁左別題「花魁從良」，與「黛玉悲秋」合刊，卷端亦題「花魁女從良」，署爲北平學古堂印行，出版時間不詳。每面從十七行至二十五行不等，共八面；圖三爲《賣油郎獨占花魁女》曲本，封面別題「花魁女從良」，卷端題「賣油郎獨占花魁」，署爲北平老二酉堂印行，出版時間不詳。每面從十七行至二十一行不等，共八面；圖四則爲《獨占花魁》曲本，卷端題「花魁女從良」，署爲北平寶文堂同記書鋪印行，出版時間亦不詳。每面二十一行，共七面。圖二至圖四皆是於傅斯年圖書館所得之善本影像。因各本內容改易之處甚微，本文乃擇已由《俗文學叢刊》出版之《花魁從良》曲本，做爲文本討論對象。

本劇題名爲「花魁從良」，封頁上方題「花魁從良」，頁下方題「獨占花魁」，卷端題「花魁女從良」，鉛印本，出版處所不詳。然而劇中有「南門外大順號存著銀子一千兩，東門裏廣順當存著銀子一千餘」兩句，據筆者索驥，「廣順當」、「大順號」皆爲當鋪名號，山西典當業自明清以來發展蓬勃，經營多元，於清末民初時達於巔峰。是以本齣戲文或許爲山西人士所編寫，或於山西地區搬演，可能亦交由當地出版者刊行。〔註130〕

本劇篇幅不大，茲簡述劇情梗概：公子哥兒吳強性好嫖蕩，一日欲至青樓尋找花魁解悶。妓女花魁屬意個性忠厚之賣油郎秦仲，因思念成疾，不願招接吳強。吳氏惱羞成怒，隔日率眾僕強搶花魁至荷花船上陪酒，其堅決不從，遭扒衣赤體棄於江畔。幸得秦仲搭救，是夜盡訴衷情，並委以從良之願。遂託乾娘劉海棠代其贖身說媒，花魁終得從良，與秦仲拜堂。

由故事梗概觀之，本劇略去原本「占花魁」故事前段大半內容，僅存留「花魁遇劫」及「贖身從良」兩段主要情節。因此，本劇題名「花魁從良」，可見全劇重心皆置於花魁一角身上，並以「遇劫」及「從良」爲情節重心開展鋪敘。首先登場的吳強公子，父親曾任地方太守，自謂「自幼生來好漂蕩，愛走烟花柳巷行」，是個賴父親餘蔭度日的公子哥兒。其聽聞老鴇王九娘言「心上之人」

〔註130〕明清時期，山西典商長足發展。其數之多、規模之大、分布之廣，居中國境內之冠。其資本構成豐富多樣，規模龐大；且經營靈活，業務多元。不僅收當物品種類繁多，具規模之當鋪甚至辦理存放款業務。據此，本劇中花魁於兩間典商處個別存有巨資，便是合理的。詳見劉建生，王瑞芬：〈淺析明清以來山西典商的特點〉，《山西大學學報》（哲學社會科學版）第25卷第5期（2002年10月），頁12～15。

花魁患病，本出自好意，欲入室探望花魁；不料花魁病中糊塗，聽聲以爲是朝思暮想的秦郎來探，惹惱吳強。吳氏怒斥「我自交你非日淺，銀子花了幾皮箱」，並謂其在花魁身上已耗數千銀兩，不該受此怠慢。花魁拒客的堅決態度，遂惹出由此足見兩人關係匪淺，以及嫖客貪色、娼女愛財之面目。

花魁的烈性，在她於妓館拒客，及遭擄上船卻仍不從的兩件事約可見之。在妓院時面對吳強的斥責，她駁斥道：「氣壞花魁女紅粧，從今以後斷來往，快些出去我的樓房。」是一副非常強硬之拒客姿態；被強擄上船後，吳強逼其陪酒，她先是怒斥對方惡賊，再唱道：「吳賊呀！任憑殺來往任憑刮，你想我陪酒萬不能。」即便身陷危局，依然堅拒不從。由此除了看出其性格剛烈外，亦能感受其對賣油郎秦仲用情至深。因在她當初接待秦仲之後，念及賣油郎出身經歷與己相仿，兼且同鄉之人，因而決心隨其從良。但又深懼鴇兒不肯放人，因此憂病在床，以致招來吳強暴行之禍事。此實因花魁一心向著賣油郎，無心再接客，才膽敢讓老闞客、大金主吳強吃閉門羹。

花魁對賣油郎秦仲的愛，可說是建立在青樓浮沈生涯之上的「有感而發」。以花魁的身分，她所招接的對象非富即貴，如吳強這般撒漫千金亦不足惜的富家公子，所見非只一人：

> 迎賓待客幾年限，見過了多少俊俏男。會過王孫闊公子，伴過舉監與生員。知心知意無一個，俱都是假意就近嘴頭甜。眞心惟有秦爺你，金石良言無二三。（《俗》124 冊，頁 88）

富室豪家、王孫公子，無一不拜倒在花魁的裙下。這些貴客表面上一副「就近嘴頭甜」，但卻都是虛情假意，是不值得託付之對象。

> 休說王孫貴公子，也莫說誰高與誰低。濫子逢遇風流女，密語盡情都是虛；心如黃連口似密，米湯灌他爲的是他的銀子。身榮上樓是客公子，無有銀錢他再來就是窰皮。烟花院擺設一座活地獄，誰會誰有恩愛那會那是夫妻，口是心非誘人的妙計。我從秦爺無假意。（《俗》124 冊，頁 88）

花魁的這一番剖白，深刻揭露嫖客無心、娼妓勢利的眞實面目。日復一日的煙花「活地獄」徵逐，暗埋的是「口是心非誘人的妙計」。花魁對秦仲是完全坦承的，爲的是讓賣油郎見到她至情的一面。她要隨他從良，那怕茅屋草室，布衣蔬食，「若是貴衣著賤體，下世難免代毛的畜；想情理要飽總得家常飯，要暖便是粗布衣」，足見花魁從良之心至爲堅定熾烈。

花魁與秦仲皆來自汴梁，因遭金兀朮之亂，逃荒而居家失散。輾轉流落至南方後，一個身陷煙花；另一個則委身市井賣油。劇中對於秦仲的背景，除此之外未做多敘。他在劇中首次登場，是在花魁遭吳強棄於江畔時，途經偶遇的：

> （上秦仲唱）秦仲外鄉去討債，日斜西下回店房。一行走著自思想，不忘花魁好心腸。都說是真少假多烟花女，惟有花魁有信蓋群芳。我秦仲若得此女席共枕，情願各廟燒長香，心口念念時不忘。（《俗》124冊，頁87）

唱詞中云「外鄉討債」、「回店房」，表示秦仲應已坐店，或是在鋪中相幫；而往來客戶有賒欠帳款的情況，顯示已有熟習的舊客戶。按小說「占花魁」故事所述，賣油郎在此段情節已繼承養父朱十老之油坊，當日乃前往十老墳上祭掃返家。因此，本劇應是略去前述情節，即無須再增加多餘角色，唯小說中的掃墓改為收帳矣。

由上段唱詞，可感受到秦仲對花魁亦頗有眷戀。他相信花魁不會誆哄自己，「若得此女席共枕」，可見得秦仲對於兩人有朝一日能同衾共枕，是懷有寄望的。「情願各廟燒長香，心口念念時不忘」，此二句描摹賣油郎用情之深的情狀，亦賦予此角志誠之形象。

然而賣油郎深知自己在身份上，是無法匹配花魁的。當花魁欲其留宿，他回道：「待二三年，弄出二十兩銀子，再來往宿。」與花魁共度一宵，需索價二十兩，對做小經紀的賣油郎而言，無非是件難事。由這句話可知本劇省略原故事中積攢銀兩之情節。因此，賣油郎「積誠」形象仍在，只是劇中未提。

> （仲白）你什說此話。你這裏享無限之福，那有從良之心？即有從良之心，那王孫公子，明公高士，往來多年，何能輪到我身上？（《俗》124冊，頁88）

這一番話，顯示秦仲自貶自抑的心態。他了解以花魁的身價，往來賓客非富即貴。在煙花門徑裡，她已是曾經滄海，而微不足道的賣油郎，又豈能與那些一擲千金的闊綽貴客相比？

> （秦白）你雖然真心從我，我想你慣住這高樓大院，要進我那茅屋草室，你怎受的？……（仲白）你在此吃的是珍羞美味；頭戴〔註131〕金銀翡翠；穿的是綾羅綢緞；每日盛席三醉。移到我那裏，你何能受的？（《俗》124冊，頁88～89）

〔註131〕原文作「代」，按文意應改作「戴」。

秦仲畢竟是一般升斗小民，價值觀是務實的。他怕過慣奢華日子的花魁無法適應，才提出這樣的質疑。然而細思之，秦仲此番問話，亦帶有一絲試探意味，他必須確定花魁是眞心要與他從良，而非僅是「密語盡情」的假意虛詞。於是他以最實際的物質生活變化提出詰問，換得花魁「吃者美味比黃連苦，惜著糟糠比蜜甜」的堅定回覆。因爲婚後不單是擁有彼此即可，更需適應對方的生活模式。花魁若眞心向他，那些生活環境上的優劣改變，自然不會是從良之路上的絆腳石。

劇中另一個特出的人物，是劉海棠一角，這個角色與王九娘俱是開妓院的鴇母，其爲花魁乾娘。但王氏的角色在劇中顯得平板，如花魁在對劉氏傾吐時所言，「自從那年進柳巷，打罵凌辱受過幾場」，後遭金員外梳弄，料應是如小說情節一般，爲鴇母計拐得逞。又如花魁委請劉氏代爲說服贖身時，九娘開價一千兩銀子，索價甚高，爲劉氏所拒。諸如此二端，已可知王九娘乃爲一典型老鴇性格，心狠且貪財，是稍嫌樣板化的人物，不若劉氏一角來得突出。劉四娘在登場時，如此介紹自己：

> （白）我劉四海棠。想當初年青的時候，也打過好腰；如今老了，不能工客。買了幾個姑娘，就指著他們吃喝。（《俗》124 冊，頁 89）

可知劉氏亦曾是娼妓出身，如今年華老去，轉型爲鴇兒，依賴壓榨年輕女子的肉體與青春爲業，卻多少仍帶有同情憐惜之心。當初花魁遭到梳弄，一心自縊爲休，經劉乾娘勸解，並許其日後從良，才涉入風月場。花魁既經其手間接推入火坑，如今有從良之願，「秦仲果是好人，你願隨他從良，也是好事」，劉氏自是願意助她一力，遂其美願。

在劉氏與九娘議定贖身之價後，隔日帶著秦仲登門說親。不料九娘反悔，謂昨日俱是戲言，劉四娘回道：

> 這是甚麼話呀！孩子終身大事，也是你不笑談的不成。你老年人不小了咧，作點德行事罷，難道下世還幹這個麼？（《俗》124 冊，頁 92）

劉氏又謂，花魁在九娘院中爲其掙錢不少，也需賠些東西作爲嫁妝。雖說劉氏已收花魁財禮在先，道義上必須達成所託。但從她規勸王九娘的一番話裡可知，她是有心要幫助花魁脫離苦海的；況且煙花行徑，在社會上遭人輕蔑，萬不得已始勉強爲之。劉氏是過來人，對此道理體會甚深。觀之於此劇的劉氏一角，其角色性格實與京劇《獨占花魁》中的劉四姨頗爲相近。兩者皆帶有練達與溫厚形象，亦頗富同情憐惜之心；而兩劇中的花魁皆對其表明欲與賣油郎從良之願，與它劇由花魁自行贖身，而不言明從良對象之情節有所不同。故就此二端，能合理推測是劇與京劇《獨占花魁》應具有承襲關係。

綜覽全劇，頗能反映嘣嘣戲之劇種特色。曲詞方面，無論說白或是唱詞，皆極爲口語化，通俗易懂；登場角色不多，主角爲花魁與秦仲兩人，吳強、王九娘與劉四娘俱屬陪襯性質；因主題濃縮爲「花魁從良」，專力於兩位主角敘情與從良過程的描述，因此主題及情節頗能集中發揮，是本劇主要特色。

王國維謂戲曲乃以歌舞演故事也，其與小說作品，差異僅在於呈現手法及藝術形式的不同。小說題材藉由戲曲媒介搬演，在劇作者之筆下，假託增新者有之，借題翻案者亦有之，其將此些素材加以點竄組合，即成一問世之作。

「占花魁」故事在《醒世恒言》問世之後，其脫俗的曲折情節、眞摯的青年愛情，及濃郁的市井風格，受到文人與創作者的青睞，改寫及後出之作不絕。在戲曲作品方面，自清初李玉《占花魁》傳奇起，此一娼女與賣油郎的愛情喜劇主題，便在劇壇搬演不斷。在傳統大戲有李玉之作與崑曲、京劇爲代表；在地方戲曲亦有川戲、粵戲與嘣嘣戲相互輝映。

李玉《占花魁》以明清文人傳奇的愛情婚姻爲主題，其肯定戀愛自由，及以「情」爲主的擇偶標準作爲婚姻基礎。在愛情戲的架構下，包覆的是闡揚風教之作意，反映李玉編作之個人情志與時代背景。京劇《獨占花魁》則與是唸白俚俗，劇情內容反映生活化及口語化之特色。其揉合《醒》卷三及《占花魁》傳奇內容之痕跡極爲明顯。而川戲《獨占花魁》則在情節上頗有改易，關目安排繁複亦具特色，判斷其可能揉合《醒》卷三及京劇《獨占花魁》之內容，並在此基礎上進行增補改寫。至於粵戲與嘣嘣戲兩齣花魁劇，因受制於篇幅，故側重於單一主題之渲染鋪陳，如著眼於兩位主角之愛情故事，或是描述女主角之從良經過。這些劇作經過篇幅的濃縮，散發民間氣息，雖迥異於早期的文人傳奇作意，卻不失作爲地方戲之本色。

第四章　說唱作品中的「占花魁」故事

中國的說唱藝術歷史悠久，它是吸收各種形式作品的養分而發展起來的。來自民間的說唱藝術，是韻散相兼、有說有唱的敘事性民間文學作品。包括故事賦、變文、話本、詞文、講經文等作品，在唐代時期成為民間說唱作品之嚆矢。經過敦煌民間說唱最初發展以後，民間說唱文學開始昌盛蓬勃。〔註1〕在宋代有鼓子詞、唱賺、諸宮調、涯詞、陶真等；元以後的詞話；明代以後的彈詞、道情、蓮花落；清代則是彈詞、鼓書、快書、木魚歌等。〔註2〕皆是受到變文影響，而略加變化的講唱文學，可謂敦煌民間說唱的嫡系。

由唐至今，民間說唱類別儘管名稱多變且複雜，然其說或唱之體制卻較能一致。就音樂角度而言，它們又可分為「樂調體式」與「講念體式」兩種。「樂調體式」即在說唱當中，加入曲牌，配上當時流行的曲子，將整個故事的韻文部份以樂曲唱出。明代的蓮花落、敘事道情即採用曲牌。至於「講念體式」，即謂在說唱過程中，不加曲牌，其韻文不配以流行樂曲，僅佐以一些簡單的樂器進行講念。明清時期的寶卷、鼓詞、彈詞、子弟書及快書等，皆是採用此種體式。〔註3〕

明清以降，是說唱藝術蓬勃發展之全盛期，風氣影響所及，在各地產生一些新興的說唱曲種。如於明代興起之陶真、彈唱詞話、詞話、彈詞乃至小說、平話，實乃一物之異名。〔註4〕清中葉以後，流布全國各地的道情、蓮花

〔註1〕參見高國藩：《中國民間文學》（台北：臺灣學生書局，1999年9月二刷），頁383。
〔註2〕孟瑤：《中國小說史》（台北：傳記文學出版社，1991年4月再版），頁121。
〔註3〕參見高國藩：《中國民間文學》，頁383～384。
〔註4〕曾永義：《俗文學概論》（台北：三民書局，2003年6月），頁733。

落、俗曲，亦逐漸在各地紮根繁衍而成爲地方曲種。它們雖都具有原本的共性，如曲牌結構；但也都各有因爲方言語音而產生的特色。〔註5〕這些帶有敘事性質的民間說唱文體，可說是在明清時期豐富了各地之說唱曲種，成爲市井民眾所熟悉的俗文學作品。

「占花魁」故事，自馮夢龍編纂的《醒世恒言》刊布以來，作品中洋溢的市井風情，以及青年男女眞摯動人的情感主題，頗受讀者及文人作家之青睞。在前章已揭之小說、戲曲作品中，陸續改作的情況可略窺其影響。本章將視野延伸至說唱作品，以筆者所能搜集之範疇，包括：鼓詞〈賣油郎獨占花魁〉、福州評話《賣油郎》與閩南歌仔《最新賣油郎歌》等三部。依推測作品之流布時期，分節簡述各體裁之內容，進而分析作品中的「占花魁」故事特色。

第一節　鼓詞〈賣油郎獨占花魁〉

「鼓詞」爲流行於中國北方的講唱文學；正如「彈詞」之流行於南方的情形相同。彈詞以琵琶爲主樂；鼓詞則以鼓爲主要輔助樂器。〔註6〕筆者於《中國傳統鼓詞精匯》一書中，得〈賣油郎獨占花魁〉鼓詞一篇。以下即先略述鼓詞體例及內容，再分析該篇作品。

一、鼓詞簡介

鼓詞的來源，始於唐代變文。至於宋代，變文之名消滅，而鼓詞以起，可見「鼓詞」之名起源甚早。楊蔭深認爲鼓詞的由來爲：

> 鼓詞也像彈詞是唱詞之一，不過牠除彈絃子以外，兼打小鼓及鐵片，這與彈詞僅彈絃子的不同。同時彈詞有敘事代言兩體，鼓詞卻只有敘事一體；彈詞流行於南方，而鼓詞流行於北方；彈詞所唱的多爲才子佳人的離合故事，鼓詞多爲慷慨激昂的歷史故事，這些也都是不同的。但是兩者都有說有唱，由散文與韻文合組，都可說是由變文演變而來，那又是相同的。〔註7〕

鄭振鐸亦認爲，「鼓子詞」是最明顯的受到「變文」影響的一種新文體。在歌唱

〔註5〕曾永義：《俗文學概論》，頁738。

〔註6〕鄭振鐸：《中國俗文學史》（台北：臺灣商務印書館，1999年4月臺一版第十次印刷），頁384。

〔註7〕楊蔭深：《中國俗文學》（台北：世界書局，1995年10月），頁115。

方面，似頗受大曲的體式支配；但其散文和歌曲交雜而組合成之的方式，則全爲變文之格局。在文體的流別上而言，大曲乃純粹之敘事歌曲，鼓子詞可視爲變文之同流。〔註8〕宋人之鼓子詞，傳者絕少，趙德麟的《商調蝶戀花鼓子詞》爲最早的鼓詞之祖〔註9〕；而據陸游〈小舟游近村，捨舟步歸〉詩所載：

> 斜陽古柳趙家莊，負鼓盲翁正作場。身後是非誰管得？滿村聽說蔡中郎。〔註10〕

可見在南宋之際，蔡伯喈故事已成爲「鼓詞」這種民間講唱文學的流行題材。而鼓詞開始盛行的時間，約於明代左右；至於現今流傳的鼓詞作品，大都爲清人所做，而作者亦多爲說唱者。其情形正與宋人話本爲說話人所作之道理相同。

現今鼓詞的體例，可以《中國俗文學》書中所揭爲大意：

> 鼓詞的體例，與彈詞也以韻散文合組的，大抵議論敘事則用散文，記景寫情則用韻文。又因爲是敘事體，所以沒有代書中人的說白，只有說書人自己的表白。唱詞通常也分七言與十言兩種，參差互用，其實都是七言，十言中的三言乃是襯字。取材多爲歷史與義俠的故事，這大約是北方人性情較烈特嗜所在的緣故。著名的如《左傳》、《春秋》、《前後七國志》、《三國志》、《北唐傳》、《薛家將》、《粉粧樓》、《綠牡丹》、《楊家將》、《呼家將》、《水滸傳》、《濟公傳》、《包公案》、《英雄大八義》、《小八義》、《大明興隆傳》、《施公案》、《劉公案》等等，或由小說所改編，或爲後來小說所由出，都是長篇大幅，有多至一百回以上的，所以全書很長，非唱至幾十天或幾個月不能完的。〔註11〕

由上可知，鼓詞與彈詞皆有韻散相間之寫法，大抵以七言爲主。由於多敘歷史故事，故篇幅龐大爲其特色。然楊氏亦謂：

> 鼓詞雖多敘的是這種武勇的故事，但也非絕對沒有寫兒女風月故事的，不過這些都比較簡短，主要的如《西廂記》、《二度梅》、《蝴蝶盃》、《三元傳》、《紫金鐲》、《繡鞋記》等。〔註12〕

〔註8〕參見鄭振鐸：《插圖本中國文學史》（台北：莊嚴出版社，1991年1月），頁529～530。

〔註9〕鄭振鐸：《中國俗文學史》（台北：臺灣商務印書館，1999年4月臺一版第十次印刷），頁384。

〔註10〕陸應南編注：《陸游詩選》（台北：遠流出版事業，1994年4月初版四刷），頁197。

〔註11〕楊蔭深：《中國俗文學》（台北：世界書局，1995年10月），頁116。

〔註12〕楊蔭深：《中國俗文學》（台北：世界書局，1995年10月），頁117。

鄭振鐸認爲，小規模的鼓詞，從二本至十本左右的也還不少。大都是講唱風月故事，但亦雜有諷刺性質的，或是講唱民間流行故事與時事的鼓詞。〔註13〕這些內容比較簡短的鼓詞，可能受到清代中葉以後，講唱大規模鼓詞者漸少，而「摘唱」風氣始爲盛行之影響。摘唱是摘取大部鼓詞的精華段落，另作它唱。鄭振鐸認爲，這是一種「源於社會和經濟」的自然演變趨勢，如南戲的演唱，由全本而變成「摘出」；鼓詞也便由全部講唱而轉爲摘唱。以後漸成風氣，更有人專門寫作這種短篇供給摘唱的鼓詞。〔註14〕及至後來，差不多每個著名的故事皆有鼓詞作品，可見早期北方民眾對於鼓詞之嗜。

鼓詞傳進山東，轉成以唱爲主的「小型鼓詞」，唱的亦是短篇故事，名爲「段兒書」。曾永義以爲清代乾隆八旗的「子弟書」，清末興起之「大鼓書」，可能皆受「段兒書」影響而發展起來。〔註15〕清季以降所唱的鼓詞，包括京韻大鼓、奉天大鼓、山東大鼓等分別，其大致上彈唱的方式相去不遠，表演形式的風格亦頗爲一致；但上述各種鼓詞體，實際上亦分別吸收當地民間戲曲及民歌之音樂成份，揉合而成現今所見面貌。〔註16〕

二、〈賣油郎獨占花魁〉鼓詞之故事特色

本篇鼓詞作品，通篇幾乎以韻文呈現，僅有一處說白。唱詞以七言爲主，偶雜以八至十二言，這其中又以十言爲多。故事敘述女主角莘瑤琴原生於汴梁員外之家，因久旱賊起，與雙親逃難過程中遇賊兵冲散，後遭舊時街坊卜喬拐騙，賣與蘇州妓戶王九媽家。瑤琴因生得清秀，鴇母遂以「花魁娘」喚之，要二十兩銀子始過得一宿。一日賣油郎秦仲於大街偶見花魁美貌，知其身家來歷後，決意每日積錢，費兩年半時間始湊足二十兩。後在鴇母九媽的要求下，秦氏只得再積上半年之資，爲置新裝一會花魁。賣油郎空等十日餘，終得夜會花魁；卻因瑤琴醉酒，秦仲內心雖急，但仍體貼地照料酒後不適的她。花魁醒後得知秦仲一番照料與心意，給予二百兩銀子作爲補償。後花魁

〔註13〕參見鄭振鐸：《中國俗文學史》（台北：臺灣商務印書館，1999年4月臺一版第十次印刷），頁396。

〔註14〕參見鄭振鐸：《中國俗文學史》，頁401。

〔註15〕參見曾永義：《俗文學概論》（台北：三民書局，2003年6月），頁744～745。

〔註16〕這種追求「音調上的特徵」，乃成爲各種鼓書藝術的重要發展標誌。如京韻大鼓的板式唱腔；山東大鼓的「南口」、「北口」音調；東北大鼓的「對唱」、「幫腔」，均表現出各地民間音樂之特點。詳見黃春玲、張勝芳：〈明清時期說唱藝術探究〉，《中國科教創新導刊》總第462期（2007年第13期），頁16。

遭惡徒吳強施以暴行，剝衣鞭打，幸得秦仲相救。兩人一夜纏綿後，瑤琴提出與其從良之願，自取五百兩紋銀贖身，遂得與秦仲成姻。

此篇鼓詞作品中的主題，與小說、戲劇作品一般，以「花魁娘」莘瑤琴與「賣油郎」秦仲的妓院愛情故事爲主軸；唯本篇僅以此一主線鋪陳情節，與前章《花魁從良》蹦蹦戲的「從良」主軸類似，但與其它相關作品的多線主題發展頗爲不同。生於員外之家的瑤琴，是個清秀佳人的形象：

> 眉清目秀世無雙，唇紅齒白多雅致，黑森森青絲亮又光。心兒靈來性兒巧，貫通四書和文章，笙琴細樂全學會。（《中國傳統鼓詞精匯》頁 881，以下簡稱《鼓》）

這位年輕的姑娘，眉清目秀、唇紅齒白，又且心性靈巧、才藝兼備；甚至能貫通四書經籍，可見得雙親對這個獨生女的冀望與有心栽培。然而女主角如此的出身與背景，卻未在作品後續的情節中有所發揮與呼應。就在其與雙親逃荒時，瑤琴被沖散的似乎不僅是家庭關係，亦包括這個人物形象有更深入刻畫的可能性。她遭到卜喬拐騙，來到蘇州，被賣給鴇母王九媽；因爲美貌出眾，爲老鴇喚作花魁娘。在這段墮入風塵的過程中，不見瑤琴的拒絕與堅持，只言「二十兩銀子過一宿，十兩銀子飲酒漿」，稍微削弱了原本在小說與戲劇作品中，瑤琴一角所塑造出的貞潔形象。

男主角名爲秦仲，但在作品中亦曾寫成「秦鐘」。生於何處不詳，僅謂其「父母雙亡離故鄉」，是個離鄉背景的孤兒。在蘇州城內曾做貿易，現以擔油販賣維生。某日他在街上偶然覷見一頂轎上的美嬌娘，當下便爲其花枝招展的丰采著迷：

> 頭上青絲如墨染，鬢邊斜插花海棠。柳葉彎眉眞好看，秋波杏眼水一汪。紅撲撲的櫻桃口，白亮亮的牙兩行。粉面桃腮無倫比，懸膽花的高鼻梁。（《鼓》頁 882）

從賣油郎秦仲的眼中，我們見到一個青樓名妓的外在美貌：柳葉彎眉、杏眼秋波、紅唇皓齒，十足的脂粉艷麗形象；相較於瑤琴幼年時期「眉清目秀」的佳人模樣，如今於風塵中打滾的她，打扮自是另一番風味。

> 耳戴八寶鍍金墜，赤金鈕子放毫光。正逢六月天炎熱，瑤琴姐未穿什麼好衣裳。黃羅大衫外罩綠，紅袖褲腿繡花鑲。金蓮不過將三寸，又不倒搭又不栽啷。好似白綾把腳裹，紅緞小鞋花滿幫。嫩筍手拿著一只水煙袋，胳膊上金銀鐲子響嘩啷，對子荷包胸前掛，不用說

砂仁荳蔻裡邊裝。不聞說話朱唇動，想必是口內含著子檳榔。坐轎內復又擰個鴨子腿，金蓮搭在磕膝蓋上。(《鼓》頁 882)

這段賣油郎初見花魁的過程，先見到臉部美貌與特徵，再細觀全身的裝束與舉止。金飾綴身，光鮮打扮，足下三寸金蓮，名妓的嬌麗姿態使得秦仲好不動心；花魁手上掛著的水煙袋，說明此篇鼓詞約為清代以後作品〔註 17〕。透過這兩段敘述，塑造出一個相當生動的民間麗人形象。小說與戲曲作品，側重的是描摹其靜態美貌；而在鼓詞作品中，將眼光放寬至裝扮與舉措，形塑出的花魁形象，更能貼近民間曲藝作品之特色。

秦仲得知花魁娘子的身價後，思量道「為人不把鮮花采，枉在陽世苦奔忙」，為了一會花魁之願，他決定「今後少吃少喝少交友，少穿幾件好衣裳」，如此便能每日積省銀兩。由秦仲「少吃少喝少交友」一句觀之，約略可知其身處於市井生活繁榮，交遊頻繁的時代環境；為了應酬體面，穿著得體是必需的。因此，想要積攢銀兩，不僅開源，更要節流，秦仲便從日常生活開銷做起，這又是鼓詞作品透露民間氣息之處。

不同的是，賣油郎這回耗兩年半的時光，才湊足二十兩銀子。「二十兩銀子過一宿，十兩銀子飲酒漿」，在鼓詞作品中，瑤琴的夜渡資加倍；相對地，秦仲得費上加倍的時間始能圓夢。在本篇中，賣油郎與王九媽家素昧平生，他是帶著二十兩銀子首次登門拜訪的。九媽觀其樣貌，料定其與行走煙花的嫖客一般，僅是要來風流一回；沒想到秦仲開出欲會花魁的要求，令鴇母大感意外。因為花魁交接的客人，俱是「官長當舖綢緞行」，一介賣油郎豈可輕易近身。然而當秦仲端出銀兩，九媽卻又立刻換上勢利臉孔，改口尊秦仲為大爺；只是她要秦仲改裝束，花魁才有可能接待他。秦氏聽罷萬般無奈，好不容易積足二十兩，何來閒錢再置衣裝。但會見花魁的心意堅決，於是他又耗費半年時間，才存足置辦新裝之資。

從段落中屢次提及的穿著、綢緞之言，可謂與故事發生的背景地蘇州互相呼應。因為蘇州自明季以來，即是富庶的商業與手工業城市，絲織業相當

〔註 17〕煙草種植非中國特產，而是引種於西方，依目前得見史料所載，最早不過於明萬曆年間，即十七世紀初期。清代起華北各地普遍種植煙草，吸煙的習俗始遍及全國各地。水煙的吸食始於清代，在道光年間便已「吸水煙者遍天下」；而清代的水煙吸食多以婦女為多，尤以家境較佳的婦女以及娼妓為甚。詳見袁庭棟：《中國吸煙史話》(台北：臺灣商務印書館，1998 年 11 月)，頁 45～46；89～90；122～123。

發達〔註 18〕。在鼓詞中，花魁往來的客人包括「當鋪」及「綢緞行」，此與小說戲曲作品中的「王孫公子」稍有不同，代表的是民間商賈氣息濃厚。一般商業人士已具足夠經濟能力，出得起與花魁這般名妓交接的高額資費；而他們亦有興致流連青樓，透露出當時市井經濟的繁盛景象。

秦仲等待十餘日後，終於有得見花魁娘子之機會。這天花魁去四合號裡陪客，傍晚始返，上樓後瞥見秦仲坐在床邊，她的反應是：

> 花魁有點看不上，扭項回頭問鴇娘。我的媽，這是與誰留的客，與哪位姑娘留的好客商？他的那出身高低撈不準，也不知幹的哪一行。（《鼓》頁 884）

面對這位突然到來的陌生男子，她當然了解又是一名嫖客來訪，只是慣與富人貴客交接的花魁，對這位來歷不明，背景不識的客人，頗爲存疑，大有拒見之意。從她的問話中關切的是「出身高低」與「幹哪一行」，可見瑤琴變身爲名妓後，往來的「客層」提升，心態亦隨之逐漸勢利。老鴇爲秦仲粉飾身分，謂其出身綢緞行之家，家大業大，瑤琴只得應允待客，遂喚來酒菜，與秦仲同飲。前揭之作品中的花魁多半是醉歸返家；但在本篇，花魁至此才「飲酒不把秦重讓，一壺子酒喝了個精大光」，可以說她是待客飲酒始醉；亦可說她是不想接待秦仲，刻意灌醉自己。醉後的花魁倒床入睡，獨留期待此刻近三載的秦仲在側，一人無奈悶坐。他索性舉目四望，從他的眼中，我們得以見到花魁房中的擺設：

> 紙糊天棚如雪洞，方磚鋪地明又光。粉灰牆上美人畫，巧手丹青畫滿牆。八仙桌子當中放，上擺著迎賓待客小茶缸。各樣擺設眞齊備，座鐘掛鐘針兒表，按著時刻響叮噹。三尺多高穿衣鏡，硃砂插瓶列兩旁。渾天球在空中掛，照的影兒一片光。（《鼓》頁 884）

鼓詞作爲能唱的韻語作品，作品中往往極盡鋪陳之能事。在本篇鼓詞中，首先對於花魁的美貌及姿態作一番細緻描摹；在此則是圖繪花魁起居室內之景象，從擺設至用品，包括幔帳、夜壺、煙袋與煙槍等，無一不至。此與小說、戲劇作品中著重人物互動與情意交流之呈現方式，頗有不同。

捱到三更時分，花魁起身欲吐，秦仲懼其沾了紅綾被窩，連忙伸出袍袖接住，再奉上整夜懷抱在身的暖茶。秦仲守候一夜，文中寫他從一更起「悶坐起思量」，接連二更、三更，好不容易盼到花魁醉後暫醒床上坐時，「喜壞賣油哥」，秦仲樂得欲對花魁一訴衷情；竟料她又一倒而睡，此時四更鑼聲傳

〔註 18〕參見繆咏禾：《馮夢龍和三言》（台北：萬卷樓圖書公司，1993 年 6 月），頁 1。

來，秦仲「心中吃醋暗著急」，只是他不忍喚醒熟睡的瑤琴，只得繼續耐性等候。隔日瑤琴詢問秦仲昨夜之事，秦氏據實以告，因而打動花魁芳心。在她問明秦仲來歷後，於心不忍其白耗銀兩，便取二百兩銀予秦重，他毫無推拒，且滿心歡喜地帶著銀子離開。這一整段情節，從長夜等待開始描寫，雖然秦仲仍有受吐、覆被、奉茶等貼心舉動，然而文中亦對秦仲性急又無奈的描摹頗爲傳神。一句「心中吃醋暗著急」，以及毫不推辭地收下花魁的補償銀兩，大大削弱原本在小說戲曲作品中近乎「朝聖」性質的志誠賣油郎形象；但相對地卻也更貼近市井人物的合理心態。

其後惡徒吳強公子登場，他倚仗父親的官職，不務正業，流連煙花柳巷。花魁自從受秦仲一夜體貼之情後，便犯起愁腸，朝思暮想，萌生隨其從良之意。因此面對吳強的蠻橫要求，她決意託病不就，這般拒絕便著實惹惱對方。原因在於吳強非與花魁素昧平生，而是長期與其往來的闞客。這段情節，幾乎與前章《花魁從良》蹦蹦戲之諸多劇情頗爲近似，茲將兩篇中情節近似部份表列出，俾利比較：

〈賣油郎獨占花魁〉鼓詞	《花魁從良》蹦蹦戲
自從秦仲出了店，終朝每日倒在床。頭不梳來臉不洗，茶飯不用把病裝。鴇兒一見心不悅，每日見她犯愁腸。那日油郎住一宿，想似屈了女花娘。（《鼓》頁 887）	新接一位賣油的客，名叫秦仲住汴梁。也是逃荒居家失散，又同邑來又同鄉，引起我的心頭願，意欲隨他去從良。淨身出離烟花巷，跟隨秦爺回故鄉。又恐不媽不准放，因此憂愁病在床。（《俗》124 冊，頁 90）
也是花魁該如此，來了惡徒名吳強。此人居住北門外，他父親現任坐正堂。身爲公子不務正，煙花柳巷隨意撞。（《鼓》頁 887）	自幼生來好漂蕩，愛走烟花柳巷行。我大爺吳強，家父曾作過福建太守。是我生來學文不成文，又習武藝。（《俗》124 冊，頁 85）
花魁一見心不悅，尊聲少爺聽其詳。奴家今日身得病，不能起來敘情腸。從今話別把樓下，另選一位女嬌娘。花魁說出推辭話，氣壞公子小吳強。回府去又叫來惡奴好幾個，將花魁搶出抬到江邊上。（《鼓》頁 887～888）	（吳唱）大爺今日把樓上，你不該這樣好喪邦，心中惱怒一旁站。 （魁唱）氣壞花魁女紅粧，從今以後斷來往。快些出去我的樓房。 （吳唱）家中千金合北斗，難買妓女好心腸。花魁今日你可氣死我，眞叫大爺臉無光。大爺我暫且回家去，叫來打手與你遭殃。從此往後不來了，再也不來花樓上。 （吳唱）滿面無顏樓下，回家去搬家將大鬧一場。 （ 白 ）花魁呀！花魁呀！你等大爺明日與你算賬。可氣死我咧。（《俗》124 冊，頁 86）

花魁又把少爺叫，從今出了烟花行。公子聞聽心好惱，叫聲丫頭無義娘。自從那年交了好，銀子花有好幾箱。你常說世上無有咱倆好，哪知你暗謀財灌米湯。（《鼓》頁888）	（吳唱）怒惱大爺我吳強。我自交你非日淺，銀子花了幾皮箱。（《俗》124冊，頁85～86） 滰子逢遇風流女，密語盡情都是虛；心如黃連口似密，米湯灌他爲的是他的銀子。（《俗》124冊，頁88）
公子越說越有氣，叫了聲家將與我剝衣裳。家將聞聽不怠慢，渾身上下剝個光。吳公子手拿鞭子把花魁打，只打得皮開肉破滿身傷。急忙與我抬下去，將她抛在江沿上。（《鼓》頁888）	（吳唱）吳強一旁心好惱，罵聲花魁小畜生。吩咐小子拉下去，將他衣服扒個淨打淨。（過場白）花魁呀天堂有路你不走，地獄無門自來投。叫聲小子們隨爺回府去。……將我拉到江沿上，脫去衣服一體未留。（《俗》124冊，頁86～87）

從花魁思慕賣油郎開始，直到她遭到公子哥兒吳強的施暴過程。比較兩篇作品，不僅在情節上多所相似，甚至語詞亦頗有承襲之處（請見引文標明底線文字）；唯相異處僅在於吳強之父的身分，鼓詞謂其現任官職；而嘣嘣戲則言其曾任地方官。

在花魁慘遭吳公子暴行後，幸得秦仲偶經此地，發現境況悽慘的花魁被棄於荒野，心中萬般憐惜，脫衣與其禦寒，並相伴返回妓館。吳強公子的殘忍心態，令人膽顫心驚；襯托出地位低下的賣油郎秦仲，才是老實體貼的忠厚人，是瑤琴值得託付從良的對象。上述吳強怒斥花魁一段，謂其爲行交好之名，卻行眩惑謀財之實的「無義娘」。吳強以近乎控訴的方式，指責瑤琴過去的一片蜜語甜言皆是假，爲的即是誘其消費，付出大把錢財。這番話將打滾風塵中的娼女行徑，刻畫得淋漓盡致，雖然使花魁的形象更貼近於現實人物的價值觀與言行舉措；然而卻也減削花魁娘子原本形塑的崇高地位，使得故事主角的浪漫情志打了折扣。

瑤琴決定自行贖身隨秦仲從良，他要秦仲去南街的四合號，取回寄頓的兩只皮箱。瑤琴拿出紋銀五百兩，請託乾娘與她「立逼老鴇畫押」。此處的乾娘，未言其名，僅陪伴瑤琴說服九媽使其贖身；而九媽也念及瑤琴爲店裡賺了幾大皮箱的銀子，在「也爲人來也爲己」的心態下，甘心鬆手。這兩位鴇母角色，不似小說及戲劇作品中貪財勢利、老成練達的形象；由於在鼓詞作品中著墨甚少，亦難以藉其角色製造情節之高潮。

花魁從良，僅帶走房內四只栽花缸，乃因「金銀財帛裡邊藏」，指望有朝一日從良時派上用場。此與《花魁從良》嘣嘣戲末時，劉四娘要花魁挑選房內之物權作嫁粧，她指明要帶走四口蓮花缸〔註19〕，四媽笑其憨痴，秦仲接

〔註19〕原文作「紅」，按文意應改作「缸」。

話：「有用處，到我家好盛〔註20〕香油。」劇中並未交代這四口缸的實際作用爲何，今對照鼓詞內容，始明其可能用處。花魁隨了賣油郎，倚此資財發家置產，開設油房。兩人後生一子，得御筆欽點探花郎，留下美名，吉慶收場。由於秦仲無雙親，自是無小說作品中「歸宗復姓」及戲劇作品「滿門榮蔭」之情節；而瑤琴在篇首與雙親失散後，便再也沒有重逢之情節安排，使得全篇鼓詞單純圍繞在「賣油郎獨占花魁」此一主題之上。

本篇鼓詞作品，亦能從部分文字中一窺時代與地理特色。如前述之水煙袋；以及故事的發生地蘇州城；花魁至「四合號」裡陪客，「四合號」爲早年北平永定門附近之茶館〔註21〕；文中使用的「紋銀」，爲清朝時普遍流通的貨幣〔註22〕；以及莘、秦二人重聚時飲宴於炕邊，「炕」爲北方各地用磚或泥在屋裡砌成的臥榻，用以生火取暖。由於鼓詞爲北方的講唱文學，因此藝人在說唱時，以北方特有之風土特徵入文，能夠吸引聽眾獲得共鳴。至於作品的生成時代雖無法遽斷，至少能確定爲清代以降之作品。

第二節　福州評話《賣油郎》

在眾多的傳統曲藝中，福州評話以其獨樹一幟的風格，與濃郁的民間特色廣受歡迎，是古老曲藝及說唱文學的代表之一。福州評話是福州地區僅次於閩劇的曲藝，也是南北評話群芳中的一枝奇葩。鄭振鐸認爲，流傳於福建地區的「評話」，實爲彈詞流行至南方地區的講唱文學之分支。〔註23〕《俗文學叢刊》

〔註20〕原文作「成」，按文意應改作「盛」

〔註21〕據秋生〈夏季五頂・南頂〉一文所述，「每歲自舊曆五月朔至望開放廟會十五日，早年遊者如雲。燒香者與遊逛者有別，蓋遊逛者較燒香者多之故也。永定門外至大紅門，有十餘里之馬路，兩旁茶棚林立，開廟日香會雲集。其開茶棚之人，半爲一般土匪流氓，每歲在茶館內之土匪架人，以及傷風敗俗之事層見迭出。即如今該處之老茶館，如四合號、四平台等依然存在。開廟時跑車跑馬者終日不絕，各項武會進香，亦是沿途演練，其繁華地則由永定門至大紅門，及至廟前則反冷清無人矣。清末時天橋南添設跑馬場，夏季賽馬者頗多，而南頂之馬場因之取消。日下天橋馬場亦無形停頓矣。」參見網路版《北平日報》第七版，1929年5月29日，引用網址：http://www.bjmem.com/bjm/zrbz/pdfNewspaper.jsp?newspaper=/bjm/zrbz/200711/P020071106547499845079.pdf（引用日期：2008年3月25日）。

〔註22〕詳見郭彥崗：《中國歷代貨幣》（台北：臺灣商務印書館，1995年9月初版二刷），頁100。

〔註23〕參見鄭振鐸：《中國俗文學史》（台北：臺灣商務印書館，1999年4月臺一版

收有《賣油郎》福州評話一篇，茲略述福州評話之內容，再分析該篇作品。

一、福州評話簡介

前述鄭氏認為，彈詞在南方福建地區的分支即為「評話」，其中又以福州地區傳唱最盛，可視為彈詞在此地之別稱。孟瑤謂福州評話即為「閩音彈詞」，屬於「土音彈詞」之方言彈唱一類。〔註24〕這類作品中多雜以福州方言，但多為鈔本，少有刊印出來的。早期閨閣中人往往向專門出賃此種「評話」的鋪子借閱，有《榴花夢評話》一種，據聞有三百餘冊，篇幅冗長，最負盛名。〔註25〕

評話與彈詞關係密切，相較於北方的鼓詞，彈詞為流行於南方的說唱文學代表。其異稱甚多，在明代時亦稱為「陶眞」，在浙江又喚作「南詞」，流行於福州即為評話。楊蔭深謂「評話」實為宋時的「平話」，乃指一般說書而言的，其曾聞閩人稱彈詞為評話，也有說有唱，與說書有說無唱頗有差異。〔註26〕曾永義加以歸納後，認為陶眞、彈唱詞話、詞話、彈詞乃至小說、平話，實為一物之異名。〔註27〕

福州評話流行於福州方言區，在清雍正年間已有坊刻多種評話本，光緒年間頗為盛行，表演特色可謂「鑼鈸聲中刀光劍影，話說古今瀉雲蒸霧」，享有「人文活化石」美譽〔註28〕。說書人以福州方言講述故事，輔以表情動作，使用折扇、醒木等簡單道具，通過書場、茶館和走街串巷行藝，為融合文學、表演及音樂為一體之說唱藝術。其內容為韻散結合之體式，韻文部份以七字句為主，其間雜有說白，可謂承變文俗講之一脈體制而來。

> 在表演上夾說夾吟，以吟代唱，不歌而誦，使韻文部分明白如話，與說白渾然一體，增加了抒情性與音樂性。……以壓座靜場，擊節間奏，增強書勢，渲染氣氛。在題材體裁上，大小書兼說，分成長解、短解、君臣、公堂、家庭、青衣和花書，歷代藝人還采擷當地

第十次印刷），頁348。

〔註24〕參見孟瑤：《中國小說史》（台北：傳記文學出版社，1991年4月再版），頁606。

〔註25〕詳見鄭振鐸：《中國俗文學史》，頁381。

〔註26〕許多說法以為彈詞源於平話，然楊氏認為彈詞實受變文影響較深，雖屬旁系，但仍是由變文演變成功的。詳見楊蔭深《中國俗文學》（台北：世界書局，1995年10月），頁107～109。

〔註27〕參見曾永義：《俗文學概論》（台北：三民書局，2003年6月），頁727～733。

〔註28〕陳曉嵐：〈福州評話的唐宋餘韻〉《福建藝術》2003年第6期（2003年12月），頁48。

故事和里巷新聞「頃刻間提破」，書目豐富多彩。〔註29〕

福州評話的內容，雖有韻文與說白部份，而夾敘夾吟的說唱方式，使得韻文明白易懂，兼顧抒情內容與音樂藝術之呈現。在語言上，活用並保存了福州方言中的詞彙，包括俗語、諺語等，充分體現風土人情。福州評話自明末清初之際發跡，其歷百年而未衰，至二十世紀末依然風行於閩南地區，說書各家才人輩出，「人文活化石」之名，誠非過譽。

二、《賣油郎》福州評話之故事特色

前述福州評話保留了福州方言中的諸多語彙，本篇即參雜大量的福州方言於韻文部份，念誦時與閩南語口語極爲相近，爲其語言之最大特色。本篇封面書題「賣油郎」；下小字：上海書局石印；卷端及版心皆題「獨占花魁」。評話的編寫者直接於篇末點名「閑來編做說平話，今古奇觀摘出梨」作爲收束，清楚告知題材來源。「摘出梨」即爲「摘出來」之意，方言特色可窺一斑。《今古奇觀》爲「三言」、「二拍」的選輯本，抱甕老人的這本白話短篇小說集，在當時極爲風行，以至於掩蓋不少原書的光芒，因此本篇《賣油郎》評話摘自於《今古奇觀》是可以理解的。而《今古奇觀》卷七的〈賣油郎獨占花魁〉，即是原封不動摘選《醒世恒言》卷三全篇內容，故亦可謂本篇評話之本事源自於《醒》卷三，全篇《賣油郎》評話乃順〈賣油郎獨占花魁〉小說故事敷衍成篇的。

宋明話本有所謂「入話」作爲開場白，或描景狀物，歌詠四季；或發抒情懷，感慨古今，不一定須與作品內容有關，由此漸入正題。福州評話亦存有此種形式，但其不僅作爲定場詩，而是括敘全篇，概寫大意，以韻文吟唱方式，做緊扣全篇核心主旨的總括性開頭。本篇評話的開場序言是：

青春可愛又可誇，少年知禮不貪花，拒辭不亂青環女，後得奇緣報不差。幾句餘文歸正傳，且將書史事來□。宋朝傳下第九帝，欽宗帝主坐龍庭，天下紛紛四大寇，朝中信用四奸臣。可憐百姓遭亂世，以致刀兵不太平，不表國家多有事，且把書文說分明。小說花魁從良傳，平話叫做賣油郎。千古風流傳不朽，故將彩筆寫根源。（《俗》372 冊，頁 71）

這段開頭即清楚交代全文發生之背景時間，在於宋欽宗靖康之難時，外寇侵逼，

〔註29〕（未題撰者）〈一枝獨秀的福州評話與伬藝〉，《中外文化交流》1997 年第 6 期（1997 年 6 月），頁 23。

百姓遭逢亂世，與《醒》卷三故事之時代背景相同。本段揭櫫全篇之主旨，即爲兩位青年男女「青春可愛又可誇」的愛情故事：秦重是「不貪花」的知禮少年；瑤琴則是「拒辭不亂」的青環女，這一段賣油郎得以「獨占花魁」之經歷，可謂兩位主角節行瓌奇而獲致之奇緣。然而本段並無敘及鄭元和與李亞仙之事。

全篇評話率以七言韻文爲主，其間雜以說白，韻散結合使得文體內容富有變化。前述本篇評話本自於《今古奇觀》卷七，亦即爲《醒》卷三，因此衡諸全文，不論在主題呈現、情節鋪陳、人物角色等層面上，與《醒》卷三之內容幾無二致。尤其在說白之處，絕大部分與小說內容雷同，用以開啓及說明情節轉折之處，茲舉二例以明之：

《賣油郎》福州評話	《醒》卷三〈賣油郎獨占花魁〉
我美兒往來的，都是王孫公子，富室豪家，眞個是「談笑有鴻儒，往來無白丁」的。你是做經紀的人，豈不認的秦小官，如何肯接你？（《俗》372 冊，頁 80）	九媽道：：「我家美兒，往來的都是王孫公子，富室豪家，眞個是『談笑有鴻儒，往來無白丁。』他豈不認得你是做經紀的秦小官，如何肯接你？」（頁 28）
花魁道：「我夜間好醉。」 秦重道：「不甚醉。」 又問：「我可曾吐麼？」 秦重道：「未曾吐。」 花魁心中自想：「我記得吐了一次，且曾食過茶，難道做夢麼？」 秦重見說應道：「吐也曾吐過，小可見娘子多食了酒，也防難吐，因此預備一壺茶，煨在懷裡。小娘子果然吐了討茶，小可傾奉小娘子，又蒙不棄，把茶連飲了幾杯。」 花魁聞說驚道：「腌臢的吐在那裡？」 秦重道：「小可恐怕小娘子被褥污了，因把小可衫袖貯了，免污小娘子衣服。且使小可得沾娘子餘瀝，寔爲萬幸。」（《俗》372 冊，頁 83）	（美娘）便道：「我夜來好醉！」 秦重道：「也不甚醉。」 又問：「可曾吐麼？」 秦重道：「不曾。」 美娘道：「這樣還好。」 又想一想道：「我記得曾吐過的，又記得曾喫過茶來，難道做夢不成？」 秦重方纔說道：「是曾吐來。小可見小娘子多了杯酒，也防著要吐，把茶壺煖在懷裡。小娘子果然吐後討茶，小可斟上，蒙小娘子不棄，飲了兩甌。」 美娘大驚道：「髒巴巴的，吐在哪裡？」 秦重道：「恐怕小娘子污了被褥，是小可把袖子盛了。」 美娘道：「如今在那裡？」 秦重道：「連衣服裹著，藏過在那裡。」 美娘道：「可惜壞了你一件衣服。」 秦重道：「這是小可的衣服，有幸得沾小娘子的餘瀝。」（頁 35）

觀此二例，評話的說白部份，幾乎脫胎自話本。不僅句式接近，即連用詞亦多所相同，可見本篇評話直接據話本改寫之痕跡是很明顯的。而在韻文部分，則有方言俚語參雜句中，呈現福州評話之特色。

本篇之故事發展，與《醒》卷三作法一致，採取雙線式並進，先敘莘瑤琴之背景遭遇，再寫秦重部份。兩人偶遇過後，再將主軸聚合到愛情故事之上。瑤琴因是莘家獨生女，吟詩作對、琴棋書畫件件皆能，兼且「桃腮杏臉蓮子面，天姿國色柳葉眉」，因此佳婿難尋。其後紛亂禍起，莘家三人遭賊兵冲散，隔鄰卜喬亦在逃難人群之中。文中謂其曾開米鋪，「因用小斗，主顧散去店倒」，可見其投機好利之心態。瑤琴後遭卜喬誆騙，以二百兩代價賣與王九媽妓家。九媽因愛其生得標致，又因瑤琴「念奴良家百姓女，豈做秦樓楚館人」之堅持，始終未強迫其接客。直至瑤琴長成，妖嬌風流，臨安城內富家公子咸慕其名，號爲花魁，九媽遂改其名爲王美娘。這些西湖風流子弟，各個仰慕不已，遂編歌以頌之：

王美娘子賽觀音，天姿國色動人心，若得與伊同一宿，不妨破費數千金。（《俗》372 冊，頁 73）

美娘因此名聲愈重，賓客絡繹，即便有人屢求梳櫳，始終不肯應承。子弟們見花魁空享盛名，卻未有陪客之實，又歌以諷之：

花魁娘，貌如花，原來暗裡有一差，可惜中看不中用，出此石女誤自家。（《俗》372 冊，頁 73）

這兩首歌之作意，與《醒》卷三的兩隻〈掛枝兒〉曲，有異曲同工之妙。唯〈掛枝兒〉乃盛行於明季之民歌，因此民間氣息濃厚，亦不求對仗工整；此二曲以七字句爲文，「石女」喻美娘不肯接客之舉動，頗爲直接潑辣。

爲護花魁身價與名聲，九媽心生一計，讓金員外於中秋邀得花魁游湖，灌醉破處，「可憐絕色聰明女，墜落烟花羅網中」，這一段情節與小說完全相同。美娘遭殘，更不肯覆帳接客，九媽心急，只得喚人去請湧金門蘭花院主劉四媽來做說客。兩位鴇母相見，文中以「妖精共汝最相得」形容，對於老鴇壓榨勢利之形象有深刻之刻畫；又以孔明及蘇秦兩人之形象，比喻劉四媽之口舌便給，可與小說中的「女隨何、雌陸賈」互相呼應。

劉四媽勸解美娘，勿做「中看不中騎」的「廟前馬」。花魁欲從良脫身，指望四媽指點，劉氏聞言一笑，道出「眞假苦樂早共遲，更有好低有八字」的八件「從良論」，文字相當精采：

眞從良，才子必須配佳人，一雙兩好世難尋，汝貪我愛難割捨，琴瑟調和在家庭；

假從良，有個子弟愛小娘，寔是花債非姻緣，假意從良嫁他去，又彈別調過東牆；

苦從良，一入侯〔註 30〕門似海深，可憐磨難苦伶仃，雖然子弟心歡愛，怎奈他妻最妬心；

樂從良，子弟知心愛烟花，愛恩深處便爲家，妻妾相知無話講，生男養女笑哈哈；

早從良，風花雪月樂悠悠，得意濃時便好遊，趁早歸局歸好對，休教虛度老來憂；

遲從良，官司嚴示禁烟花，強橫欺凌弄散查，虛度光陰年易老，好多得嫁便爲家；

好從良，歷盡風波丰老年，老成嫖客兩無嫌，志同道合收成好，白首和諧勝似前；

低從良，你貪我愛興騰騰，妬忌拈酸最可憐，家道凋零難過世，三飡不繼日如年。

（《俗》372 冊，頁 75）

這八件從良之道，可謂呼應小說中的八種「從良論」：除了眞、假、苦、樂之外，早從良對應趁好從良；遲從良對應沒奈何從良；好從良對應了從良；低從良對應不了的從良。這一整段文字，實際上即是將小說中白話的內容，濃縮其意後，改以韻文呈現。以下茲以一例舉隅：

如何叫做樂從良？做小娘的，正當擇人之際，偶然相交個子弟。見他情性溫和，家道富足，又且大娘子樂善，無男無女，指望他日過門，與他生育，就有主母之分。以此嫁他，圖個日前安逸，日後出身。這個謂之樂從良。（《醒》卷三，頁 13～14）

樂從良，子弟知心愛烟花，愛恩深處便爲家，妻妾相知無話講，生男養女笑哈哈。（《俗》372 冊，頁 75）

比較後能發現，評話的寫法，即是濃縮小說的內容，以韻文方式「換句話說」；唯小說的語言雖爲白話，但卻較爲優美，評話的語言則近於俚俗。如今再舉一例：

怎麼叫做假從良？有等子弟愛著小娘，小娘卻不愛那子弟。本心不願嫁他，只把個嫁字兒哄他心熱，撒漫銀錢。比及成交，卻又推故

〔註 30〕案：原文作「候」，按文意應改作「侯」。

> 不就。又有一等痴心子弟，明曉得小娘心腸不對他，偏要娶他回去。拚著一主大錢，動了媽兒的火，不怕小娘不肯。勉強進門，心中不順，故意不守家規。小則撒潑放肆，大則公然偷漢。人家容留不得，多則一年，少則半載，依舊放他出來，爲娼接客。把從良二字，只當個撰錢的題目。這個謂之假從良。(《醒》卷三，頁 13)

> 假從良，有個子弟愛小娘，寔是花債非姻緣，假意從良嫁他去，又彈別調過東牆。(《俗》372 冊，頁 75)

評話裡的句意，依舊濃縮萃自小說作品，雖然無法全面性地交代小說原本陳述之內容，但這種摘要式的韻文寫法，精簡易懂，亦頗有其藝術價値。

經過劉四媽一番有力勸解，以三般好處進行利誘，說得美娘終於動心，自此開啓她「不是王孫並公子，也是貴客共豪門」的青樓生涯。

結束此條主線，再啓男主角秦重部分。在本篇評話中，秦重的身分設定是較爲特殊之處。他的首次登場，是作爲臨安城賣油鋪店東秦十老之養子；原本在小說中所敘，秦重爲其本名，但因父親將他賣與開油店的朱十老，自己在上天竺做香火，因此秦重改姓爲朱。本篇評話略去小說中的此段情節，使油鋪老闆直接易姓爲秦，因此男主角現身之名即爲秦重。這對秦氏父子經營賣油生意，後招伙計邢權相幫，店內有使女蘭花，屢次勾搭秦重不成，遂轉投邢氏，暗結私情。兩人後用計構陷秦重，使十老攆其出戶。這段收養的親子關係，如文中十老所謂「古云子須破腹生」，不若小說中的刻畫來得深刻。

至於男主角生父的出現是在篇末部份，當秦重最終得與花魁結合，夫妻倆至天竺寺還願時，才巧遇在寺內做火工的父親。皈依在天竺寺的秦父，絲毫不留念塵世，即便兒媳一再懇求返家享福，「香公也毛一滴淚，不以爲念樂逍遙，即日雲遊三海外，芒鞋竹杖興悠悠。」是絕對地明月清風，看破紅塵。秦重一角在評話中的身分，雖與小說一樣擁有生父與養父，然而其與養父之情誼不若小說中來得深刻；與生父亦僅有短暫偶遇相認之情節。因此原本在小說中經營的「歸宗復姓」主題，在評話中僅描述「歸宗」部分，削弱男主角對於身分認同及自我追尋之形象。

賣油郎與花魁的初會，有兩回的邂逅機緣。他因擔油爲九媽所見，開啓他得以近窺花魁之契機。賣油郎做起「蝦蟆空想天鵝肉」的痴夢，妄想有朝一日能與花魁相會，其自謂「人間無我這痴人」，此一「痴」字即可作爲其追求花魁歷程之貼切註腳。

與花魁相見的十兩資費，秦重費半年積成，置衫買鞋，演習斯文，小說中本有的情節與禮數，本篇盡皆相同。在其對九媽表明欲會花魁之意後，九媽亦以「糞桶也務兩個耳」譏刺他，直到賣油郎取出十兩銀錢，且意態甚堅，鴇母只得勉爲其難收下。因爲向來「談笑有鴻儒，往來無白丁」的花魁娘子，交接之客皆是王孫公子、富室豪家，區區一介賣油郎欲近其身，至爲困難。然而鴇母終究貪財，受秦重之託，只得作成這門生意。

小說故事中，秦重初會花魁之夜，營造出「朝聖」之氛圍。在本篇中是以此般文字呈現的：

> 把燈撥得光明亮，脫鞋將身坐在床，滾茶懷身偎緊緊，看見花魁可愛人。將身傍在伊身上，倚在身旁伴佳人。細想我身何福份，得近青樓大貴人，看伊來往非凡品，都是公卿官宦兒。天從人願能親近，這段奇逢世難尋，多感周全蒙媽媽，今晡何幸近嬌嬌。……娘子可比天仙女，小可寔是凡間人，昨宵幸近小娘子，只恐伏伺不周全，多蒙雅愛不見責，感恩不淺有何言。（《俗》372 冊，頁 83）

賣油郎不將自己能會花魁之機會，歸於日積銀兩之功，而是「天從人願」，並蒙鴇母相幫，才讓他得有這段「難尋奇逢」。此亦可視作另一種價值觀之「朝聖」心態，尤以韻文寫來更覺優美。

評話作品礙於篇幅關係，無法細述諸多情節。本篇對於《醒》卷三之內容雖多有承襲，然亦在許多情節處稍有省略，前已述及部分，現如吳八公子暴行一段：

> 聽講杭城地方，有一個現任閩中福甯太守，姓吳名岳。有弟八子，人人都叫伊爲吳八公子。在父任中回來，聞知花魁絕色，屢求不見，一日帶領惡僕，強迫遊湖。花魁不從，將花魁胶帶綉鞋脫下，丟撇湖邊。（《俗》372 冊，頁 85）

略述吳八公子一段，簡練有餘，然而省去過多原本在小說中所呈現的，關於吳八公子之背景，以及對美娘施暴的全部過程。因此少了「劫後餘生」之驚險感，亦使得原本吳八公子在小說中的「觸媒」角色，在本篇評話中顯得較爲平乏無力。

至於全篇情節與小說作品最大不同處，在於瑤琴與秦重二次相逢後，是夜決定委身於他。在此之前，瑤琴雙親莘氏夫婦流落臨安城，適巧由秦重召來店內相幫。因此在瑤琴當晚對秦重細述自己的出身時，秦重即聯想到店內甫至的莘氏夫婦。秦氏返家一問，確定莘家三人得有團圓契機後，才與瑤琴商量起從良之計。於是瑤琴心生一計，依然委由劉四媽前去說服鴇母使其贖身；然而說詞改易，劉氏以吳八對外宣揚花魁一事，爲莘父聽聞，因此請託劉氏來此詢問女兒下落。因爲花魁過去相交者，一夥皆是官家子，「赫赫勢耀好驚人」，九媽一懼這些公子哥兒學樣撒潑；二來則懼實情曝光後，官威相逼，誣陷自己擋人從良，壞了娼館名聲。因此膽顫心驚，求教劉氏代爲主張。四媽獻計，要美娘與父親到此，交付二百銀兩作爲贖身之費，自肯放人。於是莘家三人終得重聚，花魁如願贖身，並對九媽表明自己將嫁與賣油郎秦重，未來得有相見機會。婚後育有兩子，俱登榜爲官，誥封秦氏夫婦。

前段所述情節，與小說情節頗有改易：莘家三人相認時間不同，劉四媽勸說九媽之說詞亦不同。評話編作者的此種安排，或許欲與小說內容稍作區隔，亦有可能欲使情節合理化而改變。因爲原本在《醒》卷三充斥的「巧遇」情節，使得情節之推進稍爲欠缺邏輯與合理性；本篇評話讓莘氏夫婦先與瑤琴相認，再以此環節作爲劉氏說詞之根柢，既能說服王九媽，亦能說服聽眾與讀者。

小說中本謂秦重與莘氏夫妻偕老，生二子俱讀書成名；然在評話中述花魁所生二子「讀書登榜做官員，誥封敕贈父共母，祿享千鍾受皇恩」，似非出於《醒》卷三之本意，而頗近於李玉《占花魁》中「聖德天祿，滿門封蔭」之榮蔭結局，推測應是受其影響所致也。

綜觀全篇評話，無論在主題、情節與結構上，承襲自《醒》卷三的痕跡相當明顯。其以福州方言俗語入話，民間氣息濃厚；又以韻文體爲主、說白爲輔之方式鋪敘，體制整齊中帶有變化，亦頗富綿邈之韻味。然而本文受制於篇幅，略去原本小說中經營的千迴百折情節，逕以濃縮方式爲文，因而欠缺迂迴曲折之劇情，削弱全篇故事之吸引力。

第三節　閩南歌仔《最新賣油郎歌》

歌仔是流行於台、閩一帶之民間傳統敘事歌謠，在台灣俗稱「唸歌」，是傳統的民俗曲藝之一；其文本則名爲「歌仔冊」。這些謠諺歌曲，對早期的人們而言，具有充分的娛樂性質。歌仔冊亦爲清代以來閩南及台灣社會流行之通俗讀物，其內容記載一些「歌仔」的唱詞，形式眾多，內容則包羅萬象，屬於說唱文學的一支。在沒有影音錄像設備的年代，紙本印刷的歌仔冊對於

「非物質文化遺產」之保護與流傳，可說具有一定的貢獻。〔註31〕

一、閩南歌仔簡介

「歌仔」一詞，實際上與一般所說的「歌謠小曲」、「民謠小調」同義。因以流傳於閩南及台灣的「河洛話」發音的一個名稱，「歌仔」一詞，自然是指用河洛話所演唱的各種歌謠曲調之總稱。其主要以歌唱方式呈現，民間流傳的「歌仔冊」或「歌仔簿」，以及俗文學領域的歌謠出版品皆可稱爲「歌仔」。〔註32〕關於歌仔冊之定義，王順隆作如下解釋：

> 根據現存的文獻資料顯示，遠自清道光年間，在閩南地區的鄉鎮裡，流行著一種以通俗漢字記敘閩南民間歌謠的小冊子，其內容多爲敘述歷史故事的長篇敘事詩，或與當時社會風俗有關的勸世歌文。就其印版來分，從最早期的木刻版，再演進成石印版，更有後來鉛印版的大量發行。從其具有商業價值，和存世書目的數量上看來，在當時必定風行一時。這些以閩南方言文字所寫下的彈詞系統俗曲唱本，就是所謂的「歌仔冊」(koa-a-chheh)。(亦有稱之爲「歌仔簿」，或「歌簿仔」者，目前尚無一固定的稱呼。此種歌本與現今市面上所販售之流行「歌本」，雖同用一語詞，但所指事物迥異。以下所稱「歌仔冊」專指早期的閩南語歌仔唱本。)〔註33〕

由此，可謂歌仔冊源於清末時期的中國閩南地區，是專指早期的閩南語歌仔唱本。臧汀生認爲，台灣的民間歌謠，受到傳統力量主宰，其七字四句爲一單元的格式，完全即爲母體之翻版。也就是說，台灣的民間「歌仔」，在形態上要歸溯自大陸；其與大陸民間傳唱的歌謠乃絕不可分，差別僅止於取材環境不同。〔註34〕周純一據其查閱中研院史語所傅斯年圖書館藏之十四盒「閩

〔註31〕歌仔冊的形式，可分爲短篇的歌謠、中篇的勸世歌與長篇的故事歌等；內容則包括歷史故事、民間故事、時事新聞及民俗事象等。參見洪淑苓：〈孟姜女歌仔冊的敘事特點與孟姜女形象——以台灣大學楊雲萍文庫所藏資料爲範疇〉，《民間文化論壇》2006年第5期（2006年10月），頁54。

〔註32〕參見張炫文：《歌仔調之美》（台北縣：漢光文化事業，1998年7月），頁13。

〔註33〕王順隆爲台灣地區私人收藏歌仔冊最著名者，有三百七十多種。其所建置之「閩南語俗曲唱本『歌仔冊』全文資料庫」，採申請使用制，使用者可透過網頁介面瀏覽及查詢相關歌詞內容，網址：
http://www32.ocn.ne.jp/~sunliong/index.html。王順隆：〈談臺閩「歌仔冊」的出版概況〉，《臺灣風物》第43卷第3期（1993年9月），頁109。

〔註34〕參見臧汀生：《臺灣閩南語歌謠研究》（台北：臺灣商務印書館，1995年5月

南唱本」後〔註 35〕，認爲「歌仔冊」傳入台灣後，在台發展成爲「歌仔」此一特有之說唱表演藝術，屬於曲藝性質作品。既非立體扮演之歌仔戲，亦非所謂福建「錦歌」橫的移植。而台灣歌仔據以彈唱之「歌仔簿」，其成分其實頗爲複雜。分析早期台灣歌仔唱本，雖然可見其對於閩南傳統舊唱本之強烈依賴性，然卻不能忽視其後台灣歌仔所自有之創作性及地方色彩。〔註 36〕「歌仔冊」或「歌仔簿」，是台灣說唱表演時所參考使用的唱本，屬於底稿性質；民間藝人在表演時，並非完全依照歌仔冊之文字內容照本宣科地呈現，而是會據現場之反應，對唱本之篇幅做適度性的增刪。

明季以降，各種形態的閩南語白話資料在民間流傳，其中即以俗曲唱本的「歌仔冊」發行量最多，影響層面最廣；歌仔冊所記錄的閩南口語，最爲通俗而不做作，因此可視爲閩南語研究最有價値的原始素材。〔註 37〕「歌仔」可謂閩南說唱文學之代表，曾子良對於「歌仔」之名作此番定義：

> 「歌仔」一名，有廣義、狹義之分，廣義的「歌仔」泛指閩臺歌仔簿所收錄的所有閩南語通俗音樂文學，它包括大量的閩南語民歌、小調和雜歌，以及作爲說唱曲藝基礎的「歌仔」；狹義的「歌仔」是指有說有唱，作爲說唱曲藝基礎敘述性的「唱本」。〔註 38〕

以狹義觀之，「歌仔」即爲閩南語之說唱曲藝。它可以是最簡單的「念歌」或「念歌仔」，亦可匯聚眾多歌仔調，加上身段台詞，編劇成爲歌仔戲。前述其爲說唱表演時所參考使用的唱本，表演者起初以「半說半唱」，或「說中帶唱，唱中帶說」之形式說唱，是以口頭流傳的方式，活在民眾的口裡，並不依賴文字或樂譜；後來爲了便於記憶與傳誦，漸有人將其唱詞以文字記錄下來。最初爲手抄本形式，清末時期廈門的會文堂、博文齋等書局開始將「歌仔」

初版第四次印刷），頁 33。

〔註 35〕目前該館所藏「閩南唱本」，恐已較周氏當年所見增加不少。據該館中文版網頁「典藏菁粹—特色簡介－俗文學」館藏來源說明所載，民國 90 年有丁愛博（Albert E. Dien）先生捐贈閩南歌仔冊 280 種。
引用網址：http://lib.ihp.sinica.edu.tw/c/rare/special/srr2.htm（引用日期：2008 年 3 月 29 日）。

〔註 36〕詳見周純一：〈「臺灣歌仔」的說唱形式應用〉，《民俗曲藝》第 71 期，創刊十週年研討會論文集（1991 年 5 月），頁 109～120。

〔註 37〕參見王順隆：〈從七種全本『孟姜女歌』的語詞、文體看「歌仔冊」的進化過程〉，《臺灣文獻》第 48 卷第 2 期（1997 年 6 月），頁 165。

〔註 38〕曾子良：《臺灣閩南語說唱文學「歌仔」之研究及閩臺歌仔敘錄與存目》（台北：私立東吳大學中國文學研究所博士論文，1990 年 6 月），頁 3～4。

的唱詞刊印成小冊子出版，即爲慣稱的「歌仔冊」或「歌仔簿」。其唱詞通常以「七言四句」或「七字仔」形式寫成，每四句一段，四句皆押同韻，一般稱爲「四句聯」。表演者在演唱時以殼仔弦或月琴等樂器伴奏，並視場面而斟酌說與唱的變化。這類通俗讀物，早期皆是木刻本，由上海、廈門等地的書局刻印後運銷台灣，後來台灣的玉珍書店、瑞成書局、竹林書局等都曾發行鉛印本，形成歌仔調與歌仔冊的風潮。〔註 39〕

以閩南方言說唱的「歌仔」，其不僅是民間口耳相傳之口語文學，更有實際上將唱詞內容訴諸文字之歌仔冊歌本。其以民眾熟悉的口語入文，記載引人入勝的故事，對於普羅大眾之啓蒙教育，亦頗富有正面功能。惜因近世之社會變遷甚速，資訊發達，新興的娛樂媒介日新月異，使得早年曾經席捲寶島的「閩南歌仔」文化，如今已不復往日風采，徒留骨董及研究價値。

二、《最新賣油郎歌》之故事特色

本篇封面書題「特別最新花魁女全歌」，左小字「廈門博文齋書局印」，附「賣油郎眞容」圖；卷端與版心皆題「最新賣油郎歌」。此外，筆者於台灣大學圖書館「楊雲萍文庫」中，亦查得「最新賣油郎歌」之歌仔冊資料，爲台北市「黃塗活版所」印刷發行，發行時間爲大正十五年（1926）。

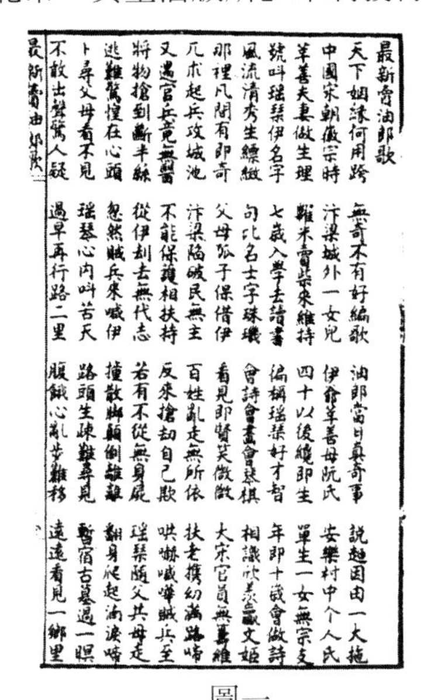
最新賣油郎歌
天下姻緣何用跨　無奇不有好編歌　油郎當日眞奇事　說起因由一大拖
中國宋朝徽宗時　汴梁城外一女兒　伊爺莘善母阮氏　安樂村中个人氏
莘善夫妻做生理　糴米賣柴來維持　四十以後纔卽生　單生一女無宗支
號叫瑤琴伊名字　七歲入學去讀書　偏稱瑤琴好才智　年卽十歲會做詩
風流清秀生標緻　句比名士字珠璣　會詩會畫會琴棋　相識[illegible][illegible][illegible]文姬
那裡凡間有卽奇　父母孤子保惜伊　看見卽贊笑微微　大宋官員無[illegible]維
凡亦起兵攻城池　汴梁陷破民無主　百姓亂走無所依　扶老携幼滿路啼
又遇官兵竟無醫　不能保護相扶持　反來搶刦自己欺　哄嚇喊嘩賊兵至
將物搶到斷半絲　從伊刦去無代志　若有不從無身屍　瑤琴隨父共母走
逃難驚惶在心頭　忽然賊兵來喊伊　撞散腳顛倒離離　翻身爬起滴淚啼
卜尋父母看不見　瑤琴心內叫苦天　路頭生疎難尋見　暫宿古墓過一暝
不敢出聲驚人疑　過早再行路二里　腹餓心亂步難移　遠遠看見一鄉里
最新賣油郎歌

最新賣油郎歌
天下姻緣何用跨　無奇不有好編歌　油郎當日眞奇事　說起因由一大拖
中國宋朝徽宗時　汴梁城外一女兒　伊爺莘善母阮氏　安樂村中个人氏
莘善夫妻做生理　糴米賣柴來維持　四十以後[illegible]生兒　單生一女無宗支
號叫瑤琴伊名字　七歲入學去讀書　偏稱瑤琴好才智　年卽十歲會做詩
風流清秀生標緻　句比名士好珠璣　會詩會畫會琴棋　相識欣羨贏文姬
那裡凡間有卽奇　父母孤子保惜伊　看見卽賢笑微微　大宋官員無[illegible]維
凡亦起兵來攻打　汴京陷破民無主　百姓亂走無所依　扶老携幼滿路啼
又遇官兵竟無醫　不能保護相扶持　反來搶刦自己欺　哄嚇喊嘩賊兵至
將物搶到斷半絲　從伊刦去無代志　若有不從無身屍　瑤琴隨父共母走
逃難驚慌在心頭　忽然賊兵來喊[illegible]　撞散腳顛倒離離　翻身爬起滴淚啼
卜尋父母看不見　瑤琴心內叫苦天　路頭生疎難尋見　暫宿古墓過一暝
不敢出聲驚人疑　過早再行路二里　腹餓心亂步難移　遠遠看見一鄉里
[illegible]想乞[illegible]小止飢　若得[illegible][illegible]來救命　有力再行也未遲　近前舉頭一看伊
最新賣油郎歌
2340589

圖一
廈門博文齋書局刊印《最新賣油郎歌》書影

圖二
台北黃塗活版所發行《最新賣油郎歌》書影

〔註 39〕參見張炫文：《歌仔調之美》（台北縣：漢光文化事業，1998 年 7 月），頁 13～17。

圖一爲署「廈門博文齋書局印」之「最新賣油郎歌」〔註40〕；圖二則是台大圖書館楊雲萍文庫中，由「黃塗活版所」印刷發行「最新賣油郎歌」〔註41〕。經過比對，此二版本之內容相同，唯刊印版面、方式及出版者相異。博文齋版的「最新賣油郎歌」爲半葉十三行；黃塗活版所版的「最新賣油郎歌」則多出一行，爲半葉十四行。博文齋書局印行的「特別最新花魁女全歌」爲手抄本；而黃塗活版所刊印的「最新賣油郎歌」則爲鉛印本。按照刊刻的演進方式，自是手抄本爲先。本文即以《俗文學叢刊》所載博文齋書局印行版爲討論文本。

至於兩間發行商的背景，王順隆謂「歌仔」盛行於清末的廈門、漳州兩地，其後隨著移民傳佈至台灣。就現今所存最早的歌仔冊來判斷，可確定不會晚於清道光年間（1821～1850）。在廈門地區，最早刊印歌仔冊的是文德堂，繼之有會文堂，光緒年間（1908）開業的則有博文齋書局。會文堂和博文齋的歌仔冊起先都是木刻版，由於歌仔盛行，博文齋的歌冊銷售量日增，以後到上海用石印，最後曾用鉛印。在大陸發行的歌仔冊，於清末時被往來於台灣海峽的商人引進台灣。歌仔冊的價格低廉，內容通俗，助長其在本地的風潮。初期台灣市場充斥著閩南地區發行的歌仔冊，直到日本大正年間，台北市北門町的「黃塗活版所」才以鉛字活版大量的發行台灣版的歌仔冊；同時，本地人的歌仔作品亦始漸出現。〔註42〕

本篇之故事架構，基本上與前揭作品近似，初分二線進行：先敘女主角瑤琴因逃亡失散，遭卜喬拐賣入娼寮爲妓，改名美娘。其後被迫梳弄，拒不

〔註40〕圖一取自出自《俗文學叢刊》第363冊，説唱類閩南歌仔（台北：新文豐出版公司，2004年10月），頁241。

〔註41〕圖二摘自國立臺灣大學圖書館：臺灣大學典藏數位化計劃資料庫—歌仔冊—楊雲萍文庫《最新賣油郎歌》。引用網址：http://140.112.114.21/retrieve/417537/ntul-mf0006_g23405890002.jpg（引用日期：2008年3月28日）。

〔註42〕王順隆指出，早期博文齋還向會文堂購取版本來印售，除在本店出售之外，更曾批發給閩南各地的書局及小攤販。博文齋書局一直持續經營至抗日戰爭前夕，抗戰勝利後亦曾復業過一段時間，繼續銷售歌仔冊，至五十年代初售罄爲止。博文齋早期出版的歌仔冊皆是木刻版本，至民初又曾委託上海神州書局石印，成書後再運回廈門銷售，後期更有鉛印本的流傳。至於後期風行台灣的「黃塗活版所」歌仔冊，一直到昭和四年（1929）爲止，除了大陸版的歌仔冊之外，其所發行的作品幾乎獨佔所有的台灣歌仔冊市場。詳見氏著：〈談臺閩「歌仔冊」的出版概況〉，《臺灣風物》第43卷第3期（1993年9月），頁113～115。

接客，由劉四媽出面說服，重拾豔幟，未久即享花魁盛名；距此三年前，秦良子秦重過繼與朱十老，其與十老親同父子，然遭店內夥計邢權與婢女蘭花構陷，爲十老不察而怒逐出府，自此以賣油營生。一日秦重賣油暫歇昭慶寺，瞥見美娘芳容，驚爲天人，遂勤力一年積攢銀兩，終得親近花魁機會。未料是夜美娘醉吐，賣油郎悉心服侍，美娘因而對其極有好感；未久秦重又適巧救下遇難花魁，兩人彼此相悅，花魁遂主動從良，嫁與秦重爲妻。

前謂閩南歌仔之文詞多爲通俗口語之七言體，亦有押韻；本篇即爲「七言四句」之形式，全篇爲七言體，四句一段，且四句皆押同韻。以閩南語入文，爲全篇語文之最大特色。篇首即謂「天下姻緣何用跨，無奇不有好編歌。油郎當日眞奇事，說起因由一大拖。」可知其著重於故事之「奇」，至於箇中所發生之情節，便是所謂的「因由一大拖」。故事中的瑤琴，雖具有成爲花魁之美貌條件，但對於她的「才智」，亦頗有著墨：

> 七歲入學去讀書，遍稱瑤琹好才智。年即十歲會做詩，風流清秀生縹緻，句比名士字珠璣。會詩會畫會琴棋，相識欣羨贏文姬，那裡凡間有即奇。（《俗》363 冊，頁 241）

> 不覺十四過光陰，各樣工夫盡出神。人求字畫去掛屏，畫龍畫鳳畫麒麟，字畫出名貌又奇，滿城大小欣善伊。（《俗》363 冊，頁 244）

> 即說美娘年十四，難得聰明即標緻。只是心性恰正氣，所說工夫卻伶俐。書深人賢有計智，那是男兒會考試。（《俗》363 冊，頁 246）

由上觀之，瑤琴不僅聰慧標緻，更是才藝過人，直比才女文姬；若是身爲男兒，甚至可應試獲致功名。自明季《醒世恒言》卷三以來的花魁故事，絕大部分皆著重於花魁美貌之描寫，頂多敘及其才色兼備；然而本篇閩南歌仔卻添增「智」的層面，或許與作品的寫成時代背景有關。傳統封建社會，女子無才便是德的觀念柢固；然而清末時期西學東漸，教育逐漸普及，女權開始抬頭。本篇的寫成背景約在當時，因此在作品中反映時人的意識、價值觀與社會現況，亦不無可能。

此外，透過文字的呈現，瑤琴在作品中的性格，亦較前述各種作品來得直率。如她被卜喬拐騙安置於九媽處時，等過數日始終沒有音訊，「暗恨卜喬無老寔」、「心肝愈急目滓啼」；待九媽告知其眞相後，恨遭卜喬拐賣，「害我心急恰慘死，腹內親像刀塊刺」、「瑤琴聽見氣險死，大罵卜喬無天理。拐騙害阮墜烟妓，阮今歸陰恰欣喜。」聽聞己身已遭賣入火坑，瑤琴悲慟莫名，甚至打算自戕了結，情緒表現毫不保留。又如秦重得會花魁之夜時，他所見的花魁是這般樣子：

頃刻嫦娥上樓時，美娘食酒眞大醉。看見秦重吐大氣，入房叫茶共叫水。就問這是賣油郎，九媽聽問心慌慌。應聲說是秦相公，秦〔註43〕重聽說親像虁。美娘大聲叫安童，又再喊聲叫翡翠。叫卜提酒提痰唾，安童女婢來相隨。提來酒杯浸玫瑰，美娘又罵即高貴。去換大杯會飽嘴，九媽〔註44〕就說勿擂搥。美娘應聲塊放屁，美娘大醉叫太尉，忙忙亂吐都不畏。（《俗》363冊，頁255）

從這段敘述看來，美娘原本就直率的個性，在成爲花魁名妓後，因受到王孫公子們的爭逐吹捧，言行更顯撒潑。這段情節中，美娘一眼即認出賣油郎身分，故有「看見秦重吐大氣」舉動。可見其置身青樓之後，亦多少沾帶上勢利習氣。

寫美娘遭到九媽設計梳弄一段，金二員外聞花魁之名，欲使三百銀「開彩」，美娘堅拒不從。貪人錢財的王九媽，便與員外謀劃起中秋夜使美娘醉酒破處之計。這一段過程，刻畫極爲露骨，將之對照於《醒》卷三中的敘述，即可明矣：

《最新賣油郎歌》	《醒》卷三〈賣油郎獨占花魁〉
員外招友有一郡，就叫美娘同伴去，灌到美娘醉紛紛，美娘一醉無神魂。脚浮手軟那飛雲，任人扛去錦帳内。九媽假意緊來巡，美娘本是無穿裙，綢褲紗衫白紋紋，衫褲強脫就要困。赤身親像蟶無根，員外入房笑抍抍。衫褲那脫沫那吞，趕緊上床共伊困。橄欖弄嘴甲斟唇，美娘一痛肉那峻。脚手無力已伊困，若卜翻走不從伊。今來軟弱不對抵，雖然不願不得已。忍痛据在伊料理，一暝連做七五起。（《俗》363冊，頁244）	請至舟中，三四個幫閒，俱是會中之人，猜拳行令，做好做歉，將美娘灌得爛醉如泥。扶到王九媽家樓中，臥于床上，不省人事。此時天氣和暖，又沒幾層衣服。媽兒親手伏侍，剝得他赤條條，任憑金二員外行事。金二員外那話兒，又非兼人之具，輕輕的撐開兩股，用於涎沫，送將進去，比及美娘夢中覺痛醒將轉來，已被金二員外耍得勾了，欲待掙扎，爭奈手足俱軟，繇他輕薄了一回。直待綠暗紅飛，方始雨收雲散。（頁8～9）

在「賣油郎歌」中，描述鴇母貪財好利，亟欲將花魁初夜出售之心態，刻畫得極爲生動。亦揭露所謂「富紳」之好色可鄙舉動，那管小娘子是頭一回，盡顯急色之態。對照於《醒》卷三之同一段情節，過程雖然近似，但能明顯看出兩篇作品寫作語詞之不同處：「媽兒親手伏侍」對照「九媽假意緊來巡」，顯然後者描摹鴇母嘴臉較爲肖似，「假意」一詞，用得極妙；「爭奈手足俱軟，繇

〔註43〕案：原文作「蓁」，按文意應改作「秦」。
〔註44〕案：原文作「馬」，按文意應改作「媽」。

他輕薄了一回」對照「忍痛据在伊料理，一暝連做七五起」，可見話本用詞較爲典雅，後者幾乎已近施暴舉動，將金二員外的急色舉止如實呈現。比較兩個作品，即可略窺民間俗文學作品在語詞使用及反映人物言行的特出之處。

劉四媽在本篇歌仔中的說詞，也略有不同。她是王九媽的結義妹子，被請來說服美娘下海接客，她先對已經「開彩遇財主」的「賢侄」道賀，作爲拉攏關係兼開啓話題。美娘是小康人家出身，自然不願墮入風塵，倚門賣笑，「我今不是路邊李，愛我接客等後世」，清楚表明她的堅拒姿態。四媽繼而好言勸說，「也罵也勸好嘴水，勸汝大辦莫畏葸」，要她識得大體，莫擋鴇母財路。本段的特別之處，在於劉四媽未以「從良論」說服美娘，她先是警告，若美娘依舊執意不從，九媽必有一番教訓，「那無打罵見少死，乎伊一個怨恨起，酷害終身無了時，不是一時是一世。」屆時不僅壞了名聲，肉體必有一頓折磨；其後再改以「苦口婆心」的方式進行勸解：

> 勸汝回心共返意，這卻不是做把戲，再通反悔來恰遲，烟花豈無會得志。汝著接客做生理，自然天公相包庇，有好郎君就對伊。四媽〔註45〕說完吐大媿，汝今乖乖聽我嘴，不是瘋顛食酒醉，不通力做我放屁，有好才子聽從伊，趁銀嫁粧暫建置。（《俗》363 冊，頁 247）

這一番說詞，有「這卻不是做把戲」的提醒，亦有「不通力做我放屁」的告誡，以及「汝今乖乖聽我嘴」的好言相勸；甚至搬出「汝著接客做生理，自然天公相包庇」之話語。而其中亦含有「趁銀嫁粧暫建置」之利誘，如此一來，「烟花豈無會得志」。劉四媽可謂使出渾身解數，雖未有長篇大論的「從良之道」，然而其從告誡到利誘，意態更爲懇切，亦爲本篇情節特出之處。

作品中對於秦重迷戀花魁的「痴」，亦有不同程度的刻畫。初見時，是「思想這女隻出群，心內暗恨無咱份」，他清楚了解自己是一介賣油郎，難以匹配這位嫦娥般的娉婷佳人；在他決心開始積攢會見花魁的資費後，內心不時產生患得患失的念頭：

> 秦重不時心納悶，恰慘亢旱塊望雲。日食袂飽暝袂困，親像漢王想昭君。心內想卜走去去，著挑油擔來去巡，油擔挑起在肩頭，心內納悶目滓流。不覺行到九媽兜，翌在門口就共喉。（《俗》363 冊，頁 252）

這段描摹秦重「食不暇飽，寢不遑安」的內心情態，他徘徊留連，甚至到了觸景傷情的地步，刻畫得相當傳神。當他對九媽表明「看來花魁恰表緻」的

〔註45〕案：原文作「九媽」，按文意應改作「四媽」。

來意時，面對九媽的爲難、使女的奚落，雖不免萌生愧心，「暗想眞正見少死，儼然親像病相思」。然而一片痴心驅使他堅持下去，終於令他盼到一會花魁的機會。即便他是積年始成資費，而相會之夜又是「空空過一暝」；然而能夠接近花魁，他便是「今旦相見感謝天，蝴蝶豈是爲貪甜」。對於花魁詢問再次會面的可能，他以「乞食那敢上曲棚」答之，極度自貶的謙卑態度，又懷有無比志誠的堅心，花魁當然大受感動，留下極佳的深刻印象。總言之，秦重即是賴一份痴心，才得以贏得花魁。因此從標題至全文，雖不提「獨占花魁」之結果；然而從篇中對於秦重言行的描述，原因是寫得相當明白的。

在本篇歌仔中，描寫吳八公子暴行一段，與前述福州評話頗爲近似。俱是強迫美娘遊湖，花魁不從，便將其繡鞋脫去，棄於湖邊。兩篇描述的過程皆相當簡短，異於其它花魁作品。因俱是南方地區的說唱作品，推測可能有彼此承衍之關係。

在美娘決斷要隨秦重從良後，將箱籠搬寄劉四媽處，本篇並無敘及美娘於各家寄頓資財之事。花魁逕將贖身銀兩交付劉氏，委請其代爲提出贖身要求，九媽亦應允，於是代請四媽做媒，在兩位鴇母見證下與秦重結親。這樣的收尾，與評話中美娘直接對鴇母表明嫁與賣油郎的舉動，有著異曲同工之妙；不似話本與戲劇作品中，花魁欲瞞騙鴇兒，欺說是自己贖身的情節。此應爲前述福州評話與歌仔作品相互承衍之另一可能佐證。

本篇以方言入話，既是作品特色之呈現，又可喚起讀者之共鳴。篇中方言用語比比皆是，如：「害我心急恰慘死，腹內親像刀塊刺」、「美娘接客不認眞，親像臭臊城乎神」、「忍痛据在伊料理，一暝連做七五起」、「臭賤女婢親像鬼，總爲思春枝葉肥」及「嘴前又留二匹秋，身穿紗衫甲油綢」等，部份用詞甚至接近俚俗，皆須以閩南語講說始能會意；又如篇末「此歌唱來眞完全，大家卜聽換別款」，眞實呈現說唱作品之特色。總之，閩南歌仔由於是流行於閩南及台灣地區的通俗讀物，作爲早期社會大眾的通俗娛樂，其紀錄民間生活點滴，既能達到寓教於樂之效果〔註 46〕，對於保存早期閩南民俗與文化，亦厥有功矣。

來自民間，內容生活俚俗，帶有敘事性質的說唱文體，其往往結合了編

〔註 46〕參見洪淑苓：〈孟姜女歌仔冊的敘事特點與孟姜女形象——以台灣大學楊雲萍文庫所藏資料爲範疇〉，《民間文化論壇》2006 年第 5 期（2006 年 10 月），頁 54。

作者與說唱者的智慧結晶，亦賦予說唱的故事主題一個新的面貌，可說是俗文學範疇中至為可喜之藝術形式。「占花魁」故事，經由馮夢龍筆下改寫而出的〈賣油郎獨占花魁〉一篇，其情節架構、藝術特色已臻於成熟，以致後世的戲曲及俗曲說唱作品，接續搬演這個故事。此一故事亦因為透過戲曲與說唱作品的傳播，進而成為市井民眾所熟悉的俗文學作品。

在上述說唱作品的「占花魁」故事中，其情節架構、人物形象大致不脫離《醒》卷三的內容。但故事藉由不同載體之形式開展，各個作品在思想內涵上隨著傳播地域之不同而產生變化；亦在體制、語言及人物塑造等方面，呈現其獨特風貌與特色，為故事主題添上不同之民間色彩。

第五章　結　論

「占花魁」故事，自馮夢龍編纂的《醒世恒言》問世以來，作品中洋溢的市井風情，以及青年男女眞摯動人的情感主題，頗受讀者及文人作家之青睞。自李玉的《占花魁》傳奇，到後出之改寫或選編的擬話本集，乃至流布各地的地方戲曲與民間俗曲說唱；呈現形式亦從文本流傳，而登上舞臺搬演，更深入民間，成爲民俗藝人講唱的題材。「占花魁」故事之膾炙人口的影響力，實可見一斑。

從文獻的回顧中，發現歷來關於「占花魁」故事之研究，幾乎聚焦於《醒世恒言》卷三的分析討論之上。研究層面包括了主題、情節、人物形象、藝術風格等各方面，可說是相當全面的；少數作品則涉及李玉《占花魁》傳奇之內容探討。至於延續此一故事衍生的相關作品，是學界未有著墨之處。筆者立基於此，索驥相關資料，試圖分析各作品之故事特色，以明「占花魁」故事之發展脈絡，及其在時代與文化層面上互相滲透與嬗變之軌跡，獲得初步的研究成果，試陳如下：

一、小說作品中的「占花魁」故事

「三言」問世後風行一時，對於明末清初之際的話本編作造成極大影響。綜觀《醒世恒言》、《今古奇觀》、《今古傳奇》與《西湖拾遺》四部小說中的「占花魁」故事，除《今古奇觀》卷七乃完全搬挪《醒》卷三原作之內容外；後出的兩部擬話本選集——《今古傳奇》與《西湖拾遺》，皆對原作內容進行小幅度之刪節或改易。馮夢龍筆下的「占花魁」故事，洋溢市井風味，其中有曲折入勝的情節，亦能如實反映市人群像。

在不同時期刊行的《今古傳奇》與《西湖拾遺》兩部話本集中，皆選錄「占花魁」故事原作。《今古傳奇》中的「占花魁」故事，經過編者有意識地進行內容刪節後，省略所有體制上的襯托及添飾元素，成爲純粹的故事文本；而《西湖拾遺》一書雖對於「占花魁」原作更動幅度較小，然其對原作中的詩詞韻語進行改頭換面之工夫，將原作中的俚俗詩文變爲蘊藉含蓄之語，使得改寫後之作品散發文人氣息。是以同一底本故事，在不同編作者之筆下便呈現相異面貌；然而後出之作由於刪節及改寫的工夫未能擴及全篇，便呈現風格不一致之情形，削減了《醒》卷三原作中所呈現的豐富樣貌，爲其不逮之處。

二、戲曲作品中的「占花魁」故事

小說與戲曲，實屬同源而異派之體裁。作爲鋪陳故事的載體，兩者之差異僅在於呈現手法及藝術形式的不同。劇作者往往由小說作品中掇拾題材，在劇作者之筆下，故事便呈現不同風貌。

戲曲中的「占花魁」故事，自清初李玉《占花魁》傳奇起，此一娼女與賣油郎的愛情喜劇主題，便於舞臺一再搬演。李玉爲崑曲之中堅人物，其《占花魁》劇作在曲壇中佔有一席之地。在傳統大戲有李玉之作與崑曲、京劇《獨占花魁》爲代表；而筆者所得之川戲、粵戲與嘣嘣戲的「占花魁」故事，便在地方戲曲的領域中與其相互輝映。

《占花魁》傳奇以明清文人傳奇的愛情婚姻爲主題，在愛情戲的架構下，包覆作者闡揚風教之作意，反映李玉編作之個人情志與時代背景。京劇《獨占花魁》之內容，則反映生活化及口語化之特色，其可謂融合《醒》卷三及《占花魁》傳奇內容，並添以繁複的關目安排。而川戲《獨占花魁》在情節上則頗有改易，判斷其可能揉合《醒》卷三及京劇《獨占花魁》之內容，並在此基礎上進行增補改寫。至於粵戲與嘣嘣戲兩齣後出之花魁劇，因受制於篇幅，故側重於單一主題之渲染鋪陳。劇作經過篇幅的濃縮，散發民間氣息，雖迥異於文人傳奇作意，卻不失作爲地方戲之本色。

三、說唱作品中的「占花魁」故事

來自民間，內容生活俚俗，帶有敘事性質的說唱文體，能夠賦予說唱的故事主題一個新的面貌，可說是俗文學範疇中甚富特色之藝術形式。「占花魁」故事本在馮氏筆下已臻於成熟，其書寫之妓院愛情喜劇主題，是深受聽眾與編作者青睞的。

在說唱作品的「占花魁」故事中，其情節架構、人物形象大致不脫離《醒》卷三原作之內容。但故事藉由不同的形式開展，各個作品在思想內涵上隨著傳播地域之不同而產生變化。如〈賣油郎獨占花魁〉鼓詞中所呈現的北方風土民情；《賣油郎》福州評話以韻文體為主、說白為輔之方式鋪敘，體制整齊中帶有變化，亦頗富綿邈之韻味；而閩南歌仔「賣油郎歌」，則通篇以方言入話，眞實呈現說唱作品之特色。這些作品在體制、語言及人物塑造等方面，呈現其獨特風貌與特色，為「占花魁」故事主題添上一抹濃郁的民間色彩。

前已對各體制之「占花魁」故事，以橫剖面之方式，分為小說、戲曲與說唱三類體裁，針對各作品進行討論分析；並在爬梳諸作之過程中，試圖探求各載體間可能之交涉或承襲關係。現將這些線索彙整，突破文類之區隔限制，呈現其可能之承衍情形：

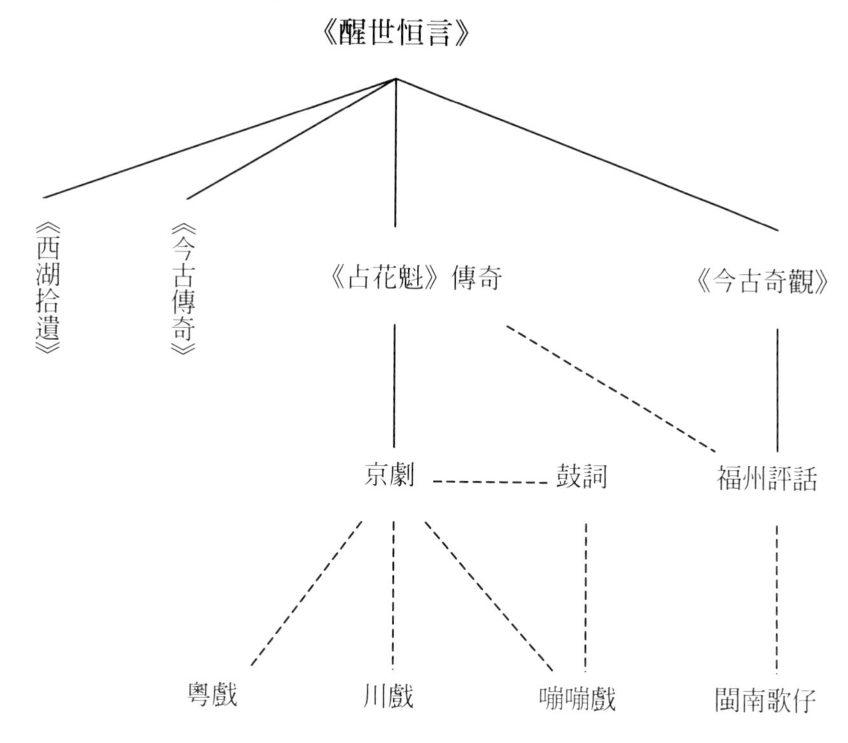

1. 書名或文體名逕代表該部作品
2. 實線表示有直接承衍關係，虛線則為推測具有承衍關係

由上圖可見，以《醒世恒言》卷三為首之「占花魁」故事群進行開展，

其中《今古奇觀》爲全文選錄；《今古傳奇》與《西湖拾遺》則是摘選《醒》卷三之內容進行部分改寫。李玉的《占花魁》傳奇，因劇作文字亦有襲自《醒》卷三之多處痕跡，故列爲受直接影響關係者。至於其後衍生的各體諸作，戲曲作品明顯承自《占花魁》傳奇及京劇《獨占花魁》而來，可見傳統大戲仍具有之一定影響力；而在地方戲曲及說唱作品中，由關係圖能見其可能受地域關係影響：如閩南歌仔可能承襲自福州評話之內容；而京劇、鼓詞與嘣嘣戲之發祥地皆位於北方，故其可能具有互涉及交融之現象，便是頗爲合理的。

「占花魁」故事，自馮夢龍之《醒世恒言》於明天啓七年（1627）刊印起算，至民初時期（1920～1930）的嘣嘣戲與閩南歌仔兩部後出作品，在歷經將近三百年的時空轉換，此一故事藉由不同載體，以諸多面貌呈現。其中受到讀者鍾愛，以及編作者青睞的元素，除文中已述之人物形象外；情節的鋪陳與改易，亦佔有重要之影響地位。筆者試將各體「占花魁」故事之情節拆解，過濾不僅於單一作品出現之情節元素，藉以梳理出其中較具普遍性之情節：

作品 情節元素		醒世恒言	今古傳奇	西湖拾遺	占花魁傳奇	京劇	川戲	粵戲	嘣嘣戲	鼓詞	福州評話	閩南歌仔
瑤琴逃難		√	√	√	√	√	√			√	√	√
遭人拐騙		√	√	√	√	√	√			√	√	√
賣與妓院		√	√	√	√	√	√			√	√	√
改名美娘		√	√	√	√	√					√	√
初遭梳弄		√	√	√	√				√		√	√
劉氏勸說	含從良論	√	√	√	√		√				√	
	不含從良論					√			√			√
（男）遭賣／過繼爲養子		√	√	√		√	√	√			√	√
（男）改姓		√	√	√			√	√				√
邢權、蘭花煽惑		√	√	√		√					√	√
遭攆戶而出		√	√	√		√	√				√	√

挑擔賣油		√	√	√	√	√	√				√	√
復姓		√	√	√								√
初見花魁		√	√	√	√	√	√	√		√	√	√
酒館問妓		√	√	√	√	√	√				√	√
積攢銀兩		√	√	√	√	√	√	√		√	√	√
拜望鴇母		√	√	√	√	√	√	√		√	√	√
等會花魁		√	√	√	√	√				√	√	√
花魁醉酒		√	√	√	√	√	√	√		√	√	√
（男）受吐奉茶		√	√	√	√	√	√	√		√	√	√
隔日敘情		√	√	√	√	√	√			√	√	√
（男）返歸養父處		√	√	√		√					√	√
莘氏投靠		√	√	√		√	√				√	√
公子擄妓施暴		√	√	√	√	√	√	√	√	√	√	√
（男）救花魁		√	√	√	√	√	√	√	√	√	√	√
主角再會之夜		√	√	√	√	√	√		√	√	√	√
花魁從良	自行贖身	√	√	√	√			√				
	表明從良對象					√	√		√	√	√	√
劉氏說服鴇母		√	√	√	√	√	√		√		√	√
主角婚嫁		√	√	√	√	√	√		√	√	√	√
莘家團圓		√	√	√	√	√	√				√	√
父子團圓	歸宗復姓	√	√	√			√					
	與父重逢				√	√					√	√
榮蔭結局					√						√	

＊（男）表男主角賣油郎秦氏，因其在各作品中姓名不盡相同，故以此爲代表。《今古奇觀》卷七則因完全選錄《醒》卷三之內容，在此不予分析。

經由上表的拆解分析，可歸結出其中較具吸引力之情節：

一、「公子擄妓施暴」及「賣油郎救花魁」兩段情節，出現比例最高。

二、對於故事情節之敘寫，多集中在賣油郎初見花魁之後。

三、對男、女主角婚配之故事結局的期待。

就筆者所得之「占花魁」各體作品，對於主角經歷或是背景的交代，並非見及所有作品之中；眞正開始集中描述的情節，則是在賣油郎初見花魁娘子之後。由此情節開始，賣油郎決心積攢銀兩，其後拜望鴇母表明欲會花魁之意，至初會之夜，花魁醉酒，賣油郎受吐，兩位主角自始種下情緣。這一段情節不僅於小說中書寫，更成爲舞台上傳唱不絕的經典橋段，成爲吸引讀者與觀眾目光的主要情節元素。

而「公子擄妓施暴」及「賣油郎救花魁」兩段情節，在故事中前後相連。就整體故事推進而言，公子的出現，正可視爲花魁對於從良所抱持的想望，與對象抉擇之分水嶺。在此之前，賣油郎的志誠體貼，確實曾使花魁傾心，然而她始終對於委身王孫公子存有希望；公子的強擄與暴行，則徹底粉碎她的初衷與期待。公子的角色具有催化觸媒之效，既襯托賣油郎的幫襯形象，亦加速兩位主角之結合。因此即便其爲反派角色，卻依然普獲諸作青睞，成爲作品中最不可或缺的人物之一。至於男、女主角婚配結局的安排，則充分反映讀者對於「有情人終成眷屬」傳統喜劇結局之期待與喜愛。

衡諸本論文所列之「占花魁」故事作品，筆者先採用文體區隔方式分章論述，在闡述的過程中，亦對諸作多所比較；接續則突破文類限制，尋求各作品之間衍變之軌跡與關連性。以下爰就其中發現做一歸納展示：

一、市井風貌與文人作意之呈現

自馮夢龍的〈賣油郎獨占花魁〉至於李玉的《占花魁》，兩部作品在主題、人物、敘事方式等各方面之呈現均有差異，此實爲兩位作者在思想情趣、價值觀念、創作主旨上懷抱不同所致。

就人物身分而言，乃是從市井小民到王孫貴冑的身分轉變。原本在小說中，男、女主角的出身皆屬一般，其生活於市井之間；但在李玉的傳奇作品中，兩位主角的身分地位都被提高，劇情則改弦易轍成爲落難公子與落難小姐的愛情故事，不脫傳統才子佳人的範疇。就思想情趣而言，兩部作品的主題，呈現的是從市井風貌至於文人作意之演變。其中包括對重儒輕商的觀念由顛覆轉爲認同，以及故事作者價値觀念之轉變。〈賣油郎獨占花魁〉本是一則清新可喜的故事，它有全新的主角、構思及結局；而李玉的改編則相當於一次還原舊貌的過程，故事、人物依舊，主題卻發生微妙變化。因此，馮、李二人雖選擇同一題材，但馮夢龍保留及呈現豐富的市井風貌，而李玉則傳達了道地的文人觀念。

二、人物形象從飽滿鮮明至削弱不足

《醒》卷三故事裡的各個人物，其形象可謂相當鮮明。尤其是對於男、女主角的背景交代、經歷鋪陳，以及心路情志的轉折，刻畫得極爲完滿。使得秦重成爲志誠青年的表率；而莘瑤琴與杜十娘所遭遇的悲喜不同結局，亦屢屢爲研究者熱衷討論之話題。《占花魁》傳奇則在作者李玉的情志書寫下，賦予兩位主角全新的身分表徵，亦可見其特色之處。

然而在戲曲及說唱作品之中，因爲體制的改變，編作者無法以足夠之篇幅對角色進行完整塑造。或許受時空因素影響，抑或是編作者有意爲之，除了減少登場的人物之外，對於主角的描寫亦不深入，以致其形象不夠完整突出。部分作品甚至爲人物性格改頭換面，讓花魁成了勢利無情的「無義娘」，著實大爲削弱原作中人物的浪漫情志與飽滿形象。

三、情節鋪排從曲折豐富至濃縮簡要

《醒》卷三的占花魁故事，情節曲折豐富，在編撰者的巧手經營下，善用巧合使全篇高潮迭起；李玉的《占花魁》傳奇，關目甚繁，登場人物增加，亦以足夠之篇幅鋪敘劇情，故事頗能予人目不暇給之感。

而在俗文學領域的後出戲曲及說唱故事中，部分作品刪削篇幅甚多，如嘣嘣戲、粵戲與鼓詞，其內容泰半僅存留主角會見及花魁從良等情節。然而其餘未做大幅刪節的作品，亦採取簡要情節之方式，將原作之內容予以濃縮改易。此類作法，使故事性大打折扣，便可能失去作品之感染力。

四、俚俗風格的遞嬗

在話本「占花魁」故事中，全篇散發市井風味，如實反映市民人物之樣貌與情狀。作者以諧謔幽默的語言，寫成一篇充滿俚俗趣味的喜劇小說。其乃著意於「諧於里耳」之通俗性，以市民生活爲題材，細緻描寫當時社會百態及人物形象，展現的是故事作者的獨到眼光與價値觀。

同樣描述市井生活情態，相同的俚俗風格，但在地方戲曲與說唱作品中所呈現的「占花魁」故事，便有著不同的氣味。來自民間的說唱藝術，吸收掇拾小說中膾炙人口的題材，加以點綴後便在民間中流行起來。將這兩種看似一般的俚俗風格相較：馮氏是以文人身分，觀察市井生活百態，描寫發生在民間的青年愛情故事。因此書寫使用語言，勢必務求摹肖升斗小民的口吻，始能如實反映主題特色；而所謂地方戲曲與說唱俗文學作品，其本源便是來自民間，作品的編寫者即是以市井的身分，來看待剔選適合搬演的故事題材。其發以爲文，當是自然的俚俗口吻。是以從小說、戲曲，以至於說唱作品呈現的軌跡觀之，編作者的身分有所轉換，民間氣息愈加濃厚。作品雖同具俚俗風貌，但當中是有其遞嬗過程的。

綜此，爲筆者就目前所能搜羅到的「占花魁」故事相關題材，進行不同面向的研究。資料蒐集工作千頭萬緒，諒此並非「占花魁」所有題材故事之全璧，其必有受時空以及資料佚失限制之處。由話本至戲曲及說唱體裁，隨著呈現載體的不同，「占花魁」故事推演出數種樣貌，諸作間自有其面目與特色，本論文將之條理呈現。唯筆者已勉力盡完整搜羅之責，並業已將「占花魁」故事群整理完畢。闕誤之處多所難免，祈望學界研究先進不吝指正。

參考書目

一、古籍、原典（依著作時代排序）

1. 〔宋〕陸游著，陸應南編注：《陸游詩選》（台北：遠流出版事業，1994年4月初版四刷）。
2. 〔宋〕羅燁：《醉翁談錄》（台北：世界書局，1975年5月三版）。
3. 〔元〕石君寶：《李亞仙花酒曲江池》，收錄於嚴一萍選輯：《叢書集成三編・古雜劇（二）》（台北縣：藝文印書館，1972年）。
4. 〔明〕王驥德：《曲律》，收錄於嚴一萍選輯：《百部叢書集成・指海》（台北縣：藝文印書館，1965年）。
5. 〔明〕田汝成：《西湖遊覽志餘》（台北：世界書局，1982年12月再版）。
6. 〔明〕呂天成撰，吳書蔭校注：《曲品校註》（北京：中華書局，1994年3月第二次印刷）。
7. 〔明〕沈德符：《顧曲雜言》，收錄於《叢書集成初編》（北京：中華書局，1985年北京新一版）。
8. 〔明〕李贄：《焚書》（台北：河洛圖書出版社，1974年5月）。
9. 〔明〕抱甕老人輯，笑花主人閱：《今古奇觀》，收錄於《古本小說集成》（上海：上海古籍出版社，1990年8月）。據上海圖書館藏本影印。
10. 〔明〕抱甕老人編，李平校注：《今古奇觀》（台北：三民書局，1999年1月）。
11. 〔明〕抱甕老人編，馮裳標校：《今古奇觀》（台北：建宏出版社，1995年3月）。
12. 〔明〕凌濛初著，徐文助校訂：《二刻拍案驚奇》（台北：三民書局，1993年9月再版）。

13. 〔明〕晁瑮：《晁氏寶文堂書目》（上海：古典文學出版社，1957年12月）。
14. 〔明〕馮夢龍編，李田意蒐集編校：《醒世恒言》（台北：世界書局，1983年1月三版）。爲葉敬池刊本，世界書局之影印本。
15. 〔明〕馮夢龍著：《醒世恒言》（台北：桂冠圖書公司，1991年2月再版三刷）。
16. 〔明〕馮夢龍編撰，廖吉郎校注：《醒世恒言》（台北：三民書局，2007年1月二版一刷）。
17. 〔明〕馮夢龍編，李田意輯校：《古今小説》（台北：世界書局，1991年3月再版）。
18. 〔明〕馮夢龍編：《情史》，收錄於《古本小說集成》。
19. 〔明〕馮夢龍編撰：《警世通言》（台北：世界書局，1991年3月再版）。
20. 〔明〕馮夢龍等著，橘君輯注：《馮夢龍詩文》（福州：海峽文藝出版社，1985年10月）。
21. 〔明〕馮夢龍編著，魏同賢主編：《馮夢龍全集．麟經指月》（上海：上海古籍出版社，1993年6月）。
22. 〔明〕馮夢龍編著，魏同賢主編：《馮夢龍全集．古今譚概》。
23. 〔明〕馮夢龍編著，魏同賢主編：《馮夢龍全集．壽寧待志》。
24. 〔明〕馮夢龍編著，魏同賢主編：《馮夢龍全集．春秋定旨參新》。
25. 〔明〕馮夢龍編著，魏同賢主編：《馮夢龍全集．掛枝兒》。
26. 〔明〕馮夢龍編著，魏同賢主編：《馮夢龍全集．太霞新奏》。
27. 〔明〕馮夢龍編著，魏同賢主編：《馮夢龍全集．智囊補》。
28. 〔明〕羅貫中編，〔明〕馮夢龍補：《馮夢龍全集．新平妖傳》。
29. 〔清〕王季烈：《螾廬曲談》（台北：臺灣商務印書館，1971年7月）。
30. 〔清〕李玉：《一笠菴新編占花魁傳奇二卷二冊》，收錄於林侑蒔主編：《全明傳奇：中國戲劇研究資料第一輯》（台北：天一出版社，出版年月不詳）。
31. 〔清〕李玉著，陳古虞、陳多、馬聖貴點校：《李玉戲曲集》（上海：上海古籍出版社，2004年12月）。
32. 〔清〕李銘皖、譚鈞培修，〔清〕馮桂芬纂：《同治蘇州府志》（上海：江蘇古籍出版社，1991年6月）。
33. 〔清〕谷應泰：《明史紀事本末》（台北：三民書局，1969年）。
34. 〔清〕吳綺：《林蕙堂集》，收錄於王雲五主編：《四庫全書珍本三集》（台北：臺灣商務印書館，1972年）。
35. 〔清〕陳樹基搜輯：《西湖拾遺》，收錄於《古本小說集成》。據大連市圖書館藏乾隆56年自愧軒刻本。

36. 〔清〕張廷玉等撰：《明史》，收錄於楊家駱主編：《新校本明史并附編六種》（台北：鼎文書局，1994 年 8 月八版）。
37. 〔清〕黃文暘：《曲海總目提要》（台北：新興書局，1985 年 11 月）。
38. 〔清〕葉德輝：《書林清話》（北京：古籍出版社，1957 年 1 月）。
39. 〔清〕夢閒子漫筆：《今古傳奇》，收錄於《古本小說集成》。據天津圖書館所藏集成堂本影印。
40. 〔清〕趙廷璣修，〔清〕柳上芝纂：《壽寧縣志》（台北：成文出版社，1974 年 6 月）。
41. 〔清〕趙翼：《二十二史箚記》（台北：世界書局，1997 年 4 月初版十二刷）。
42. 北京市戲曲編導委員會編輯：《獨占花魁》，收錄於《京劇彙編》第八十八集（北京：北京出版社，1961 年 11 月）。
43. 吳秀之等修，曹允源等纂：《吳縣志》（台北：成文出版社，1970 年）。據 1933 年鉛字本影印。
44. 張青琴修編，吳仁溥編譜：《獨佔花魁》，收錄於《新編國劇劇本叢書》（台北：黎明文化事業公司，1983 年 7 月）。
45. 《俗文學叢刊》第 80 冊，戲劇類崑曲「占花魁」（台北：新文豐出版公司，2002 年 5 月）。
46. 《俗文學叢刊》第 96 冊，戲劇類崑曲《繪圖綴白裘》十集四卷。
47. 《俗文學叢刊》第 105 冊，戲劇類川戲《獨占花魁》。
48. 《俗文學叢刊》第 124 冊，戲劇類嘣嘣戲《花魁從良》。
49. 《俗文學叢刊》第 133 冊，戲劇類粵戲《獨占花魁》。
50. 《俗文學叢刊》第 363 冊，說唱類閩南歌仔《最新賣油郎歌》（台北：新文豐出版公司，2004 年 10 月）。
51. 《俗文學叢刊》第 372 冊，說唱類福州平話《賣油郎》。

二、專書（依著者姓氏筆畫排序）

1. 小川陽一編著：《三言二拍本事論考集成》（東京：株式會社新典社，1981 年 11 月）。
2. 王昕：《話本小說的歷史與敘事》（北京：中華書局，2002 年 12 月）。
3. 王秋桂主編：《中國地方戲曲叢談》（新竹：國立清華大學人文社會學院思想文化史研究室，1995 年 5 月）。
4. 王凌：《畸人．情種．七品官——馮夢龍探幽》（福建：海峽文藝出版社，1992 年 3 月）。
5. 毛家華編著：《京劇二百年史話．上卷》（台北：行政院文化建設委員會，1995 年 5 月）。

6. 王國維：《王國維戲曲論文集》（台北：里仁書局，2005 年 10 月初版三刷）。
7. 王慶華：《話本小說文體研究》（上海：華東師範大學出版社，2006 年 10 月）。
8. 王瓊玲：《晚明清初戲曲之審美構思與其藝術呈現》（台北：中央研究院中國文哲研究所，2005 年 12 月）。
9. 王麗娜編著：《中國古典小說戲曲名著在國外》（上海：學林出版社，1988 年 8 月）。
10. 朱一玄、寧稼雨、陳桂聲編著：《中國古代小說總目提要》（北京：人民文學出版社，2005 年 12 月）。
11. 李家瑞：《北平俗曲略》（上海：上海文藝出版社，1990 年 5 月）。依據國立中央研究院歷史語言研究所 1933 年 1 月版影印。
12. 吳梅：《顧曲麈談》（台北：臺灣商務印書館，1988 年 11 月台四版）。
13. 吳梅著，陳乃乾校：《中國戲曲概論》（台北：學海出版社，1979 年 10 月）。
14. 何滿子：《中國愛情與兩性關係——中國小說研究》（台北：臺灣商務印書館，1997 年 8 月臺灣初版第二次印刷）。
15. 沈謙：《修辭學》（台北縣：國立空中大學，1998 年 10 月修訂版三刷）。
16. 阿英等著：《阿英全集・附卷》（合肥：安徽教育出版社，2006 年 5 月）。
17. 周英雄：《小說・歷史・心理・人物》（台北：東大圖書公司，1993 年 10 月再版）。
18. 孟瑤：《中國小說史》（台北：傳記文學出版社，1991 年 4 月再版）。
19. 孟瑤：《中國戲曲史》（台北：傳記文學出版社，1991 年 4 月再版）。
20. 佛斯特（E.M. Forster）著，李文彬譯：《小說面面觀》（台北：志文出版社，2002 年 1 月新版）。
21. 胡士瑩：《話本小說概論》（台北：丹青圖書有限公司，1983 年 5 月）。
22. 俞爲民：《明清傳奇考論》（台北：華正書局，1993 年 7 月）。
23. 胡萬川：《話本與才子佳人小說之研究》（台北：大安出版社，1994 年 2 月）。
24. 胡萬川：《眞假虛實——小說的藝術與現實》（台北：大安出版社，2005 年 5 月）。
25. 馬幼垣：《實事與構想：中國小說史論釋》（台北：聯經出版公司，2007 年 9 月）。
26. 徐志平：《中國古典短篇小說選注》（台北：洪葉文化事業公司，1995 年 1 月）。
27. 徐志平：《清初前期話本小說之研究》（台北：臺灣學生書局，1998 年 11 月）。
28. 徐志平、黃錦珠：《明清小說》（台北：黎明文化事業公司，1997 年 4 月）。

29. 袁庭棟：《中國吸煙史話》（台北：臺灣商務印書館，1998年11月）。
30. 高國藩：《中國民間文學》（台北：臺灣學生書局，1999年9月二刷）。
31. 馬廉著，劉倩編：《馬隅卿小說戲曲論集》（北京：中華書局，2006年8月）。
32. 孫楷第：《中國通俗小說書目》（台北：木鐸出版社，1983年7月）。
33. 容肇祖、繆詠禾等著：《馮夢龍與三言》（台北：木鐸出版社，1983年9月）。
34. 孫遜、孫菊園編著：《明清小說叢稿》（台北：中國文化大學出版部，1992年9月）。
35. 莊一拂編著：《古典戲曲存目彙考》（台北：木鐸出版社，1986年9月）。
36. 陳大康：《通俗小說的歷史軌跡》（長沙：湖南出版社，1993年1月）。
37. 陸志平、吳功正：《小說美學》（台北：五南圖書公司，1993年11月）。
38. 張炫文：《歌仔調之美》（台北縣：漢光文化事業，1998年7月）。
39. 郭彥崗：《中國歷代貨幣》（台北：臺灣商務印書館，1995年9月初版二刷）。
40. 郭英德：《明清文人傳奇研究》（台北：文津出版社，1991年1月）。
41. 郭英德：《明清傳奇史》（南京：江蘇古籍出版社，1999年8月）。
42. 陳師益源：《古代小說述論》（北京：線裝書局，1999年12月）。
43. 陳師益源：《古典小說與情色文學》（台北：里仁書局，2001年9月）。
44. 陳新主編：《中國傳統鼓詞精匯》（北京：華藝出版社，2004年3月）。
45. 康逸藍：《明末清初劇作家之歷史關懷——以李玉、洪昇、孔尚任爲主》（台北：秀威資訊科技公司，2004年9月）。
46. 陸樹崙：《馮夢龍研究》（上海：復旦大學出版社，1987年9月）。
47. 康韻梅：《唐代小說承衍的敘事研究》（台北：里仁書局，2005年3月20日）。
48. 曾永義：《俗文學概論》（台北：三民書局，2003年6月）。
49. 程毅中：《明代小說叢稿》（北京：人民文學出版社，2006年12月）。
50. 賈文昭、徐召勛：《中國古典小說藝術欣賞》（台北：里仁書局，1983年3月）。
51. 葉嘉瑩：《迦陵談詩二集》（台北：東大圖書，1999年10月初版二刷）。
52. 葉慶炳編：《中國古典小說中的愛情》（台北：時報文化出版公司，1987年8月初版七刷）。
53. 楊蔭深：《中國俗文學》（台北：世界書局，1995年10月）。
54. 臧汀生：《臺灣閩南語歌謠研究》（台北：臺灣商務印書館，1995年5月初版第四次印刷）。

55. 趙景深：《戲曲筆談》（上海：上海古籍出版社，1980 年 8 月）。
56. 趙景深主編：《中國古典小說戲曲論集》（上海：上海古籍出版社，1985 年 6 月）。
57. 劉文六：《崑曲研究》（台北：嘉新水泥公司文化基金會，1969 年 1 月）。
58. 魯迅：《中國小說史略》，收錄於《魯迅小說史論文集》（台北：里仁書局，2003 年 2 月增訂一版二刷）。
59. 鄭振鐸：《中國俗文學史》（台北：臺灣商務印書館，1999 年 4 月臺一版第十次印刷）。
60. 鄭振鐸：《插圖本中國文學史》（台北：莊嚴出版社，1991 年 1 月）。
61. 鄭振鐸：《鄭振鐸全集》第六卷（石家莊：花山文藝出版社，1998 年 11 月）。
62. 劉復、李家瑞等編：《中國俗曲總目稿》（台北：中央研究院歷史語言研究所，1932 年 5 月初版；1993 年 2 月景印一版）。
63. 靜宜文理學院中國古典小說研究中心主編：《中國古典小說研究專集 1》（台北：聯經出版事業公司，1991 年 8 月第二次印行）。
64. 靜宜文理學院中國古典小說研究中心主編：《中國古典小說研究專集 5》（臺北：聯經出版事業公司，1982 年 11 月）。
65. 繆咏禾：《馮夢龍和三言》（台北：萬卷樓圖書公司，1993 年 6 月）。
66. 繆詠禾：《馮夢龍與三言》（瀋陽：遼寧教育出版，1993 年 9 月第 2 次印刷）。
67. 魏子雲：《中國戲劇史》（台北：臺灣學生書局，1992 年 3 月）。
68. 聶付生：《馮夢龍研究》（上海：學林出版社，2002 年 12 月）。
69. 譚正璧編：《三言兩拍資料》（上海：上海古籍出版社，1981 年 10 月第二次印刷）。
70. 譚正璧：《話本與古劇》（上海：上海古籍出版社，1985 年 4 月）。
71. 歐陽代發：《解讀宋元話本》（台北：雲龍出版社，1999 年 4 月）。

三、期刊／單篇論文（依論文出版時間排序）

1. 孫楷第：〈三言二拍源流考〉，收錄於《國立北平圖書館館刊》第 5 卷第 2 號（1931 年 3～4 月）（台北：台灣學生書局，1967 年 2 月重新影印出版），頁 3481～3532。
2. 鄭振鐸：〈明清二代的平話集（上）〉，收錄於《小說月報》第 22 卷第 7 號（1931 年 10 月）（東京：株式會社東豐書店，1979 年 10 月重新影印出版），頁 38169～38193。
3. 鄭振鐸：〈明清二代的平話集（下）〉，收錄於《小說月報》第 22 卷第 8 號（1931 年 10 月）（東京：株式會社東豐書店，1979 年 10 月重新影印出版），頁 38303～38330。

4. 張淑香：〈從小說的角度設計看賣油郎與花魁娘子的愛情〉，《現代文學》第 45 期（1971 年 12 月），頁 136～145。
5. 胡萬川：〈馮夢龍所編話本小說「三言」的版本與流傳〉《中華文化復興月刊》第 9 卷第 6 期（1976 年 6 月），頁 71～80。
6. 胡萬川：〈從馮夢龍編輯舊作的態度談所謂宋代話本〉《古典文學》第 2 集（1980 年 12 月），頁 360。
7. 歐陽代發：〈李玉生卒年考辨〉，《文學遺產》1982 年第 1 期（1982 年 3 月），頁 144～147。
8. 柏子仁：〈兩個話本故事的研究〉，《文學評論》第 7 集（1983 年 4 月），頁 71～107。
9. 周英雄：〈賣油郎：從獨占花魁到歸宗復姓〉，《當代》第 29 期（1988 年 9 月），頁 60～73。
10. 周純一：〈「臺灣歌仔」的說唱形式應用〉，《民俗曲藝》第 71 期，創刊十週年研討會論文集（1991 年 5 月），頁 108～143。
11. 胡萬川：〈「賣油郎獨占花魁」的喜劇藝術〉，《中外文學》第 20 卷第 10 期（1992 年 3 月），頁 4～16。
12. 盧興基：〈寓有近代精神的一個愛情故事——談談「賣油郎獨占花魁女」〉，《古典文學知識》1992 年第 5 期（1992 年），頁 37～41。
13. 王順隆：〈談臺閩「歌仔冊」的出版概況〉，《臺灣風物》第 43 卷第 3 期（1993 年 9 月），頁 109～131。
14. 李玫：〈清初蘇州劇作家考辨三則〉，《殷都學刊》1995 年第 3 期（1995 年 9 月），頁 42～45。
15. （未題撰者）〈一枝獨秀的福州評話與伬藝〉，《中外文化交流》1997 年第 6 期（1997 年 6 月），頁 23。
16. 王順隆：〈從七種全本『孟姜女歌』的語詞、文體看「歌仔冊」的進化過程〉，《臺灣文獻》第 48 卷第 2 期（1997 年 6 月），頁 165～186。
17. 潘邦榛：〈粵劇的念白〉，《南國紅豆》1998 年第 1 期（1998 年 1 月），頁 50～52。
18. 鄧長風：〈蘇州派戲曲家作品歸屬考辨三題〉，《故宮學術季刊》第 15 卷第 4 期（1998 年 6 月），頁 151～160。
19. 周振鶴：〈『紅毛番話』索解〉，《廣東社會科學》1998 年第 4 期（1998 年 7 月），頁 145～146。
20. 趙志成：〈杜十娘與莘瑤琴悲喜劇的內在成因〉，《錦州師範學院學報》第 21 卷第 1 期（1999 年 1 月），頁 86～90。
21. 黃小蓉：〈一悲一喜青樓吟——馮夢龍妓女從良藝術形象探析〉，《廣西師院學報》（哲學社會科學版）1999 年第 2 期（1999 年），頁 53～57。

22. 徐志平：〈話本小說之體製形式在清初的重大變化〉，《嘉義技術學院學報》第 64 期（1999 年 6 月），頁 129～149。
23. 薛宗正：〈馮夢龍的生平、著述考索〉，《烏魯木齊職業大學學報》第 9 卷第 4 期（2000 年 12 月），頁 47～48。
24. 許建崑：〈「三言」故事對唐人小說素材的借取與再造〉，收錄於《第一屆通俗文學與雅正文學全國學術研討會論文集》（台中：國立中興大學中國文學系，2001 年 2 月）。
25. 山鄉：〈試說「賣油郎獨占花魁」的文化意蘊〉，《集寧師專學報》第 23 卷第 1 期（2001 年 3 月），頁 19～23、45。
26. 周秀榮：〈「名士情結」的形成與消解——從『李娃傳』、「杜十娘」、「占花魁」看名妓從良取向的嬗變〉，《黃岡師範學院學報》第 21 卷第 2 期（2001 年 4 月），頁 52～55。
27. 余秋雨：〈余秋雨談粵劇〉，《南國紅豆》2001 年第 3 期（2001 年 5 月），頁 19～21。
28. 周企旭：〈川劇百年的形成與發展〉，《四川戲劇》2001 年第 3 期（2001 年 6 月），頁 29～33。
29. 張文珍：〈把握自己命運的人——「賣油郎獨占花魁」秦重形象賞析〉，《名作欣賞》2001 年第 4 期（2001 年 7 月），頁 40～42。
30. 劉勇強：〈西湖小說：城市個性與小說場景〉，《文學遺產》2001 年第 5 期（2001 年），頁 60～72。
31. 關家錚：〈二十世紀四十年代北平『華北日報』的『俗文學』周刊〉，《中國文哲研究通訊》第 12 卷第 2 期（2002 年 6 月），頁 145～183。
32. 王瑞芬：〈淺析明清以來山西典商的特點〉，《山西大學學報》（哲學社會科學版）第 25 卷第 5 期（2002 年 10 月），頁 12～15。
33. 宋光祖：〈『占花魁』——一本獨特的愛情戲〉，《戲文》2003 年第 6 期（2003 年），頁 30～32。
34. 陳曉嵐：〈福州評話的唐宋餘韻〉《福建藝術》2003 年第 6 期（2003 年 12 月），頁 48～49。
35. 王瑷玲：〈記憶與敘事：清初劇作家之前朝意識與其易代感懷之戲劇轉化〉，《中國文哲研究集刊》第 24 期（2004 年 3 月），頁 39～103。
36. 黃思超：〈從原作到改編——李玉與上崑『占花魁』的比較〉，《國立中央大學中國文學研究所集刊》第 9 期（2004 年 3 月），頁 55～68。
37. 李忠明：〈明末通俗小說刊刻中心的遷移與小說風格的轉變〉，《南京師大學報》（社會科學版）2004 年第 4 期（2004 年 7 月），頁 132～138。
38. 程國賦：〈三言二拍選本與原作的比較研究〉，《明清小說研究》2004 年第 2 期，總第 72 期（2004 年），頁 179～188。

39. 王小敏：〈『三言』中莘瑤琴與杜十娘形象的比較〉，《新東方》2005 年 Z2 期（2005 年），頁 77～80。
40. 王曾瑜：〈開拓宋代史料的視野與『三言』、『二拍』〉《四川大學學報》（哲學社會科學版）2005 年第 1 期（總第 136 期），頁 90～103。
41. 邱盛煌：〈淺析「賣油郎獨占花魁」〉，《中國語文》第 574 期（2005 年 4 月），頁 76～83。
42. 康保成：〈從「戲棚官話」到粵白到韻白——關於粵劇歷史與未來的思考〉，《江西社會科學》2006 年第 1 期（2006 年 1 月），頁 24～27。
43. 林月惠：〈女性自主權的展現：試論「杜十娘怒沉百寶箱」和「賣油郎獨占花魁」妓院愛情悲喜劇比較〉，《國文天地》第 252 期（2006 年 5 月），頁 45～49。
44. 洪淑苓：〈孟姜女歌仔冊的敘事特點與孟姜女形象——以台灣大學楊雲萍文庫所藏資料爲範疇〉，《民間文化論壇》2006 年第 5 期（2006 年 10 月），頁 54～62。
45. 張麗：〈市井風塵中的辯士——淺析「賣油郎獨占花魁」中劉四媽的形象〉，《中國西部科技》2006 年第 18 期（2006 年），頁 43～44。
46. 黄春玲、張勝芳：〈明清時期說唱藝術探究〉，《中國科教創新導刊》總第 462 期（2007 年第 13 期），頁 16。

四、學位論文（依論文出版時間排序）

1. 胡萬川：《馮夢龍生平及其對小說之貢獻》（台北：國立政治大學中國文學研究所碩士論文，1973 年 6 月）。
2. 王安祈：《李玄玉劇曲十三種研究》（台北：國立台灣大學中國文學研究所碩士論文，1980 年 6 月）。
3. 崔桓：《三言題材研究》（台北：國立台灣大學中文研究所碩士論文，1985 年 5 月）。
4. 李旻雨：《李玉占花魁研究》（台北：國立台灣師範大學國文研究所碩士論文，1985 年 11 月）。
5. 曾子良：《臺灣閩南語說唱文學「歌仔」之研究及閩臺歌仔敍錄與存目》（台北：私立東吳大學中國文學研究所博士論文，1990 年 6 月）。
6. 蔣美華：《馮夢龍文學研究》（台北：私立東吳大學中文研究所博士論文，1994 年 4 月）。

五、報章

1. 潘壽康：〈占花魁的思想與作者問題〉，《中央日報》第六版，1964 年 9 月 21 日。

六、網路資料

1. 日本東京大學東洋文化研究所所藏「雙紅堂文庫」全文影像資料庫：http://hong.ioc.u-tokyo.ac.jp/index.html。
2. 劉國強：〈「戲橋」珍存惹回味〉：http://www.fsonline.com.cn/fston/fstonrw/wwschan/200307170140.htm。
3. 教育部「重編國語辭典修訂本」網頁：http://dict.revised.moe.edu.tw/。
4. 網路版《北平日報》第七版，1929 年 5 月 29 日：http://www.bjmem.com/bjm/zrbz/pdfNewspaper.jsp?newspaper=/bjm/zrbz/200711/P020071106547499845079.pdf。
5. 國立臺灣大學圖書館：臺灣大學典藏數位化計劃資料庫—歌仔冊—楊雲萍文庫《最新賣油郎歌》：http://140.112.114.21/handle/1918/142239?doTreeView=true&forwardTo=/newdarc/darc-item-window.jsp&query=%E8%B3%A3%E6%B2%B9%E9%83%8E%E6%AD%8C。